의미가 없다면 스윙은 없다

Murakami Haruki

무라카미 하루키 최초의 음악 에세이

의미가 없다면 스윙은 없다

윤성원 옮김

문학사상

contents

07 시더 월턴 강인한 색채를 지닌 성실한 비주류 시인

"나는 월턴의 지적이고 단정하면서도 강철처럼 예리한 그 특유의 터치를 좋아하고, 이 사람이 때때로 깊은 곳에서 뿜어내는 집요하고 불길한 음색(그것은 악마적인 것의 잔향처럼 들린다)을 무척 좋아한다."

37 브라이언 윌슨 남부 캘리포니아 신화의 상실과 재생

"긴 세월 동안 이어진 황폐한 생활은 그의 내부의 무엇인가를 확실히 파괴해버린 듯이 보인다. 그럼에도 브라이언의 노래는 확실히 듣는 이를 감동케 한다. 거기에는 인생의 '제2막'만이 지니는 깊은 설득력이 있다."

67 슈베르트 피아노 소나타 제17번 D장조 D850
부드러운 혼돈의 오늘

"클래식 음악을 듣는 기쁨의 하나는 자기 나름대로의 몇 곡의 명곡을 가지고 자기 나름대로의 몇 명의 명연주가를 가지는 데에 있지 않을까 하는 생각이 든다. 슈베르트의 D장조 소나타는 나에게 있어서 그와 같은 중요한 '개인적인 서랍장'이다."

97 스탠 게츠 어둠의 시대, 천상의 음악

"나로서는 테너 색소폰 하나만을 의지해 모습이 보이지 않는 악마와 어둠 속에서 맹렬히 싸우며 무지개의 근원을 끊임없이 추구해온 젊은 시절의 스탠 게츠의 모습을 한동안 더 바라보고 싶은 기분이 든다."

129 브루스 스프링스틴 미국 노동자 계급의 대변인

"브루스 스프링스틴이 이야기로 노래한 것은 그와 같은 미국 노동자 계급의 생활이며, 심정이며, 꿈이며, 절망인 것이다. 그는 그렇게 80년대를 통해 미국의 노동자 계급을 위한 소수의 귀중한 대변인이 되었다."

161 제르킨과 루빈스타인 전후 유럽의 대조적인 두 거장 피아니스트

"두 사람만큼 세계관이나 특징이 다른 조합도 아마 없을 것이다. 제르킨의 연주 스타일을 좋아하는 사람은 루빈스타인의 연주를 배척하는 듯하며, 반대로 루빈스타인의 연주 스타일을 좋아하는 사람은 제르킨의 연주를 멀리하는 듯하다."

197 윈튼 마살리스 뛰어난 뮤지션의 지루한 음악

"마살리스는 클래식 트럼펫 연주가로서는 초일류이며 오케스트라와의 공연은 식은 죽 먹기였을 터이다. 그러나 정작 그가 오케스트라와 더불어 스탠더드 송을 연주하면 그건 손도 대지 못할 정도로 지루한 음악이 되고 만다. 도대체 어째서일까?"

235 스가시카오 J-POP 가수의 유연한 카오스

"노래를 듣고 있으면 정경이 눈앞에 펼쳐진다. 어디에서나 볼 수 있는, 아무것도 아닌 정경이지만 불가사의한 리얼리티가 문득 느껴진다. 구두 속의 젖은 감촉과 흐린 유리창의 나른함이 어떤 예감처럼, 혹은 이미 일어난 일의 기억처럼 피부에 와닿는다."

263 프랑시스 풀랭크 상쾌한 일요일 아침, 풀랭크를 듣는 행복

"상쾌한 일요일 아침, 커다란 진공관 앰프가 따뜻해지기를 기다리며 턴테이블에 풀랭크의 피아노곡이나 가곡 LP를 얹는다. 이런 게 역시 인생에 있어서 하나의 행복이라고 할 수 있을 것이다."

295 우디 거스리 학대받는 사람들을 노래한 국민시인

"거스리는 음악이라는 것은 메시지를 운반하는 생명체이며 사명을 다하면 사라져도 상관없다는 생각을 가지고 있었다. 그러나 그의 음악혼은 어떠한 모래 폭풍에도 날아가지 않고, 시대라는 파도에도 휩쓸리지 않고, 오늘날에도 남아 있다."

334 저자 후기 독자 여러분과 음악적 공감을 나눌 수 있다면…… | 무라카미 하루키
344 옮긴이의 글 세계적 작가 하루키의 깊이 있는 음악 세계 | 윤성원
349 참고문헌

■ 일러두기

    이 책에 게재된 레코드와 그에 관련된 일련번호는 모두 저자가 소장하고 있는 LP와 CD에 근거한 것입니다.

시더 월턴

강인한 색채를 지닌
성실한 비주류 시인

"나는 월턴의 지적이고 단정하면서도 강철처럼 예리한 그 특유의 터치를
좋아하고, 이 사람이 때때로 깊은 곳에서 뿜어내는 집요하고 불길한 음색
(그것은 악마적인 것의 잔향처럼 들린다)을 무척 좋아한다."

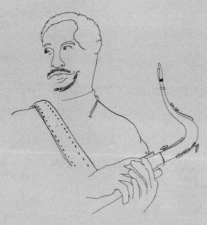

시더 월턴Cedar Walton

1934년 미국 텍사스 주 댈러스 태생의 재즈 피아니스트. 처음에는 아르앤드비R&B 밴드에서 연주했으나 병역을 마친 1958년경부터 지지 그라이스Gigi Gryce, 루 도널 드슨Lou Donaldson의 그룹에 참가하게 된다. 1961년에는 아트 블래키 앤드 더 재즈 메신저스Art Blakey & The Jazz Messengers에 가입했다. 그 후 샘 존스Sam Jones와 트리오 를 결성해 일렉트릭 사운드와 프리스타일이 주류가 된 시대에 정통적인 어쿠스틱 재즈를 고집하는 연주를 보여주었다.

　　연령이나 스타일에 상관없이 지금 현역에서 활약하고 있
는 재즈 피아니스트 중에서 가장 좋아하는 사람을 꼽으라고
한다면 맨 먼저 머릿속에 떠오르는 이름이 시더 월턴이다.
그런데 나의 의견에 열렬히 동의해주실 분은 아마(있다고 하
더라도) 극소수에 지나지 않을까 싶다. 그런대로 재즈를 좋아
하는 분이라도 시더 월턴이라는 이름이 낯설거나, 제대로 그
의 연주를 들어본 적이 없다는 분이 많을 것이다. 기껏해야
"시더 월턴? 그래, 그런대로 쓸 만한 피아니스트지"라는 정
도가 일반적인 반응이 아닐는지.

　　시더 월턴은 나무랄 데 없는 실력과 경력을 겸비한 연주가
지만 그가 재즈 팬들의 열렬한 호응을 받을 만한 기회는 이

제까지 단 한 번도 없었다. 야구 선수로 치자면, 어디까지나 예이기는 하지만, 퍼시픽리그Pacific League, 일본 프로야구 2대 리그의 하나의 하위 팀에서 2루수를 보고 있는 6번 타자 — **예**를 들자면 말이다 — 같은 존재다. 전문가들에게는 그 나름대로 평가를 받고 있겠지만, 어쨌든 눈에 띄지 않는 건 사실이다. 맬 왈드론Mal Waldron도 원래는 월턴과 다를 바 없이 눈에 띄지 않는 피아니스트였으나, 재즈카페에서 연주했던 〈레프트 얼론Left Alone〉이라는 곡이 히트하자, 적어도 일본에서는 굉장히 유명한 피아니스트가 되었다. 그런데 시더 월턴에게는 유감스럽게도(라고 해야 하나?) 그와 같은 기적은 일어나지 않았다. 그런 연유로 나는 이번 기회에 그에 관한 얘기를 써보고 싶어졌다. 시더 월턴에 관한 글을 쓸 수 있는 기회가 언제 또 있을지 알 수 없으니 말이다.

내가 처음으로 시더 월턴의 피아노 연주를 듣게 된 것은 1963년 1월에 있었던 아트 블래키 앤드 더 재즈 메신저스 Art Blakey & The Jazz Messengers의 일본 공연에서였다. 하지만 그 공연에서도 월턴은 두드러지는 존재가 아니었다. 그룹의 리더인 블래키가 굉장한 소리로 드럼을 쳐대는 데다, 트럼펫은 프레디 허바드Freddie Hubbard, 테너 색소폰은 웨인 쇼터Wayne

Shoter, 트롬본은 커티스 풀러Curtis Fuller로 편성되었으니 그야
말로 쟁쟁한 멤버들이 스테이지의 앞줄을 장식한 셈이다. 그
러니 시더 월턴의 피아노가 낄 자리가 있었겠는가. 솔직히
말해 나도 당시의 그의 연주가 어땠는가에 대해서는 아무런
기억도 나지 않는다. 특히 재즈 메신저스의 전임 피아니스트
였던 바비 티몬스Bobby Timmons의 힘차고 펑키funky, 재즈에서 흑인
적인 감각이 풍부한 리듬이나 연주한 연주에 비한다면 월턴의 피아노는
아무리 잘 봐주려 해도 '생기가 없다'고 밖에 달리 표현할 길
이 없었다.

월턴의 라이브 연주를 다시 듣게 된 것은 그로부터 거의
12년이라는 세월이 흐른 1974년 12월의 크리스마스 이틀
전, 신주쿠의 '피트 인PIT INN'에서였다. 당시 나는 스물다섯
살로, 시건방지고 얄팍한 음악 지식으로 머리가 꽉 차 있는
재즈광이었다. 그때만 해도 나는 시더 월턴이라는 피아니스
트에게 그다지 관심을 갖고 있지 않았다. 그동안 프레스티지
레코드사를 통해 발표됐던 몇 장의 앨범만을 들어본 바로는
걸출한 피아니스트라는 생각이 들지 않았기 때문이다. 월턴
은 그 당시 소위 말하는 '주류파' 뮤지션들의 레코딩 세션에
불려 다니는 바쁜 피아니스트 중 한 사람이었으나, 어디까지
나 평범한 조역에 충실한, 단지 출연 횟수가 많은 연주자였

을 뿐이었지 그 존재감은 약했다. 기억에 남을 만한 솔로 연주도 거의 없었다. 그는 잘나가는 연주가라기보다, 어딘지 편하게 불러 쓰기 좋은 세션 피아니스트라는 이미지가 강했다. 비슷한 시기에 데뷔해 제일선에서 맹활약하고 있던 맥코이 타이너McCoy Tyner나 허비 행콕Herbie Hancock의 참신하고도 힘찬 연주에 비하다면 격이 다르다는 인상을 떨쳐 낼 수 없었다. 그러니까 그의 연주는 어딘지 모르게 미적지근했다.

하지만 실제로 눈앞에서 들어본 결과, 내 예상을 뒤엎었다고나 할까, 그의 연주는 정말이지 놀랄 만큼 열기로 가득 차 있고 강렬했다. 베이스에 샘 존스Sam Jones, 드럼에 빌리 히긴스Billy Higgins로 편성된 트리오로 이렇다 하게 복잡한 장치도 없었다. 별다를 것 없는 심플하고 정통적인 피아노 트리오 연주였을 뿐인데, 스테이지 위의 세 사람의 호흡이 기막히게 맞아, 악기 저마다의 소리가 자발적이면서도 유기적으로 어우러지는 듯한 느낌이었다. 더구나 그러한 음상音像의 어울림은 하나하나 선명하게 **시각적**으로 볼 수 있었다. 세 사람 사이의 기본적인 음악 콘셉트가 일치되어, 연주가 시작되는 타이밍이 흐트러지는 일도 없었으며, 그 결과 소리가 서로 부닥치거나 혼탁해지는 일도 없었다. 더군다나 그와 같은 '타이밍'은 단지 연주하기 편하도록 만들어진 것이 아니었다. 모두에게 조금씩 '앞으로 나아가자'는 마음가짐이 있었기에 연주를 이어가면 이어갈수록 음악의 체온이 상승하게 된 것이다.

음악이라는 건 라이브 연주를 들어보지 않고는 알 수 없는 것이라는 사실을, 그때 새삼스럽게 실감할 수 있었다. 레코드는 편리한 것이지만 실제 연주 현장에 가보지 않고는 알 수 없는 것도 많다. 그리고 시더 월턴의 음악처럼, 작고 오밀조밀한 재즈클럽에서 연주하는, 몸에 찰싹 감기는 듯한 느낌이 드는 연주를 들어보지 않고는, 그 훌륭함을 파악하기 힘든 종류의 음악도 있다. 그러니까 월턴은 넓은 콘서트홀에서 자리 잡고 앉아 듣는 그런 타입의 연주가는 아닌 것이다. 그가 만들어내는 음악이란 소리 하나하나의 움직임을 직접 눈으로 확인하고 그 호흡까지도 느껴야만 비로소 그 진가가 전해져 오는, 지극히 개인적인 음악이다. 당시의 연주는 일본의 이스트윈드 레코드사에서 발매되었는데, 내가 직접 12월의 어느 날 밤 눈앞에서 들었던 생생한 소리에는 레코드로 듣는 연주(물론 이것도 충분히 훌륭한 것이지만)보다 두세 배 정도의 기백이 넘쳐났던 것 같다.

진지하고 성실하며 기골이 있는 비주류 시인이라는 게, 그날 밤 내가 시더 월턴에게서 받은 인상이었다. 요시유키 준

노스케吉行淳之介씨는 곧잘, "나는 본질적으로 비주류 시인입니다"라고 했는데 그와 상통하는 부분이 있는 것 같다. 시대에 한 획을 긋는 거대한 장편소설을 써내지는 않지만, 예민한 감각으로 세부를 들여다보는 단편소설이나, 옅은 빛깔의 베일에 휩싸인 친밀한 공간을 그려내는 중편소설의 영역에서 그는 다른 누구도 흉내 낼 수 없는 솜씨를 발휘한다. 굳이 말할 필요도 없겠지만 사람의 마음에 와닿는 소리나 말은 그 물리적인 크기로 잴 수 있는 것이 아니다.

반드시 뮤지션이나 소설가가 아니더라도, 그 수가 그다지 많지 않더라도, 세상에는 이런 타입의 사람이 존재한다. 평소에는 얌전해 적극적으로 앞에 나서서 의견을 피력하는 일이 없어 그다지 눈에 띄진 않지만, 중요한 순간이 오면 일어서서 적은 말수로, 하지만 정연하게 바른 의견을 논한다. 그 말에는 확실히 무게가 있다. 이야기가 끝나면 다시 제자리에 앉아 조용히 다른 사람의 의견에 귀를 기울인다. 그런 사람이 있기에 이 세상의 저울추 같은 것이 마땅히 있어야 할 자리에 조정되어 수렴되어 있는 것이라는 인상이 든다. 시더 월턴은 그야말로 그런 타입의 뮤지션이다. 천재적으로 타고난 와일드한 재즈 뮤지션도 분명 매력적이기는 하지만, 시더 월턴처럼 실력 있는 '숨은 맛' 같은 사람이 있기에 재즈 세계에도 그 나름대로 음영과 깊이가 생겨나는 것이 아닐까. 참고로 덧붙이자면 연주를 들었던 다음 날인 24일에는 이들 트리오에 와타나베 사다오渡辺貞夫가 가담한 콰르텟quartet, 사중창 또는 사중주를 이르는 말의 스테이지가 펼쳐졌다. 남겨진 레코드로 들었을 뿐이지만 이 또한 손에 땀을 쥐게 하는 연주라 할 수 있다. 별다른 준비 없이 거의 즉석에서 이루어지다시피 한 조인트 연주이니만큼 월턴과 와타나베 사다오의 음악적인 방향성이 미묘하게 엇갈려, 장기적인 관점에서 보면 청취자를 설득시키는 데 얼마간 문제가 있을 법하지만, 라이브로 들었더라면 틀림없이 훨씬 흥미로웠을 거라는 생각이 들고도 남는다. 그러나 유감스럽게도 나는 사정이 있어 직접 연주를 들으러 갈 수 없었다. 그 당시의 피아노 트리오라 하면 크게 나누어 빌 에반스Bill Evans나, 맥코이 타이너, 그도 아니면 오스카 피터슨Oscar Peterson이라는 세 거장의 스타일에 의해 좌우되는 듯한 상황이었다(허비 행콕이나 키스 재럿Keith Jarrett은 그 무렵에 의식적으로 트리오 연주라는 형식을 피하고 있었던 듯하다). 그런데 시더 월턴 트리오의 연주는 기존의 이런 스타일과 전혀 달랐기 때문에 그런 점에서, '오홋, 이런 연주법도 있었군' 하는 신선한 느낌으로 다가왔다. 그 힘차고도 강인한 오른손의 터치와 앞으로 끌려가는 듯한 전진감은 버드 파웰Bud Powell의 기법을 그대로 물려받은 듯했으며, 지성적인 음계의 프레이징phrasing, 음악적 악구를 서로 연결해 하나의 멜로디를 형성하는 과정은 명백히 신세대의 세례를 받은 것으로 그 두 흐름이 공존하고 혼재하는 모습이 신기하고도 뜻밖이며 매력적이었다. 테크닉을 과시하는 타입도 아니고 누구든 쉽사리 알아차릴 수 있는 뚜렷한 스타일을 표면에 드러내는 일도 없으니, 그저 멍하니 듣고 있다 보면 그냥 지나쳐버릴 것 같지만, 연주를 꼼꼼히 들어보면 특징적인 '시더 월턴 터치'라든가 '시더 월턴 절節' 같은 것이 존재하고 기능한다는 것을 알 수 있었다. 이 사람은 이 사람 나름대로 이 세상의 유행과는 연이 없다시피 한 장소에서 조용히 자신의 스타일을 모색해 왔던 거로군, 하고 깊이 감탄하게 되었다.

시더 월턴은 1934년에 미국 텍사스 주 댈러스에서 태어났다. 어머니가 피아노 선생님이었는데, 그 덕에 어렸을 때는 정규 과정을 밟아 클래식 피아노를 공부했다고 한다. 아르앤드비R&B 밴드에서 한동안 활동한 후 재즈 뮤지션을 꿈꾸며 1959년에 뉴욕으로 갔으나, 곧바로 징병되어 2년 동안 군대 생활을 했다. 제대한 후 그는 뉴욕을 이리저리 떠돌다 지지 그라이스Gigi Gryce와 연주를 하게 되었고, 같은 고향 출신인 케니 도햄Kenny Dorham의 밴드에 들어가 연주했다. 그리고 루 도널드슨Lou Donaldson과 공연하고 토미 플라나건Tommy Flanagan의 후임으로 제이 제이 존슨 퀸텟J. J. Johnson Quintet의 정규 피아니스트 자리를 맡게 되었다. 이 밴드에 머문 2년 동안 몇 곡의 탁월한(그러나 그다지 눈에 띄지 않는) 오리지널 곡을 밴드에 제공했다. 제이 제이 밴드를 그만둔 후 그는 아트 파머Art Farmer와 베니 골슨Benny Golson이 주재하는 재즈텟Jazztet에 들어가 1년 남짓 동안 그들과 함께했다. 그리고 바비 티몬스의 뒤를 이어 1961년 여름, 아트 블래키 앤드 더 재즈 메신저스에 합류했고, 1963년 일본의 고베 콘서트홀에서 당시 중학생이던 나와 조우하게 된 것이다.

어떻습니까? 이 정도면 재즈 뮤지션으로서 제법 화려한 경력이라는 생각이 들지 않습니까? 실제로 그가 머물렀던 밴드들은 하나같이 최고의 명성을 자랑하고 있었다. 그러나 어떤 밴드에 들어가도 월턴의 연주는 세상의 이목을 끌지는 못했다. 이런 사람도 좀 드물지 않을까 싶다. 그는 재즈 메신저스에 적을 둔 3년 동안 음악 감독의 직무를 맡아, 수많은 작곡과 편곡을 밴드에 제공했다. 그가 작곡한 〈우게쓰Ugetsu〉와 〈모자이크Mosaic〉는 앨범의 타이틀곡이 되기도 했다. 그렇지만 여전히 그는 스포트라이트 밖에 있었다. 작곡가로서의

재능도 뛰어나고, 아름답고 인상적인 곡이 몇 곡이나 되는데
도, 애석하다고 해야 할지, 이를 테면 듀크 조단Duke Jordan이
만드는 곡처럼 각광을 받지 못하는 것이다. 60년대 중반에
재즈 메신저스를 탈퇴하고 프리랜서가 된 이후 낮은 보수(아
마도)를 받으며 고용하는 이들의 편의대로 이리저리 불려 다
니던 월턴이 마침내 리더 앨범을 내게 된 것은 1960년대가
끝나갈 무렵이었다. 첫 앨범이 된《시더!Cedar!》(Prestige)는
트럼펫 주자로 케니 도햄, 테너 색소폰에 주니어 쿡Junior Cook
을 배치한 콰르텟 편성이었다. 다만 이 무렵의 케니 도햄은
마약 복용으로 상당히 흐트러져 있는 상태였고, 주니어 쿡도
이렇다 할 만한 것이 없는 뮤지션이었으므로 솔직한 이야기
로 그다지 매력적인 편성이었다고는 말하기 힘들다. 전체적
인 음상이 흐릿해 통일감이 없고 리듬은 여기저기서 마치 발
목이 잡힌 듯 얽혀든다. 빌리 히긴스도 너무 쳐댔다. 그 앨범
에는 월턴의 오리지널곡이 네 곡 수록되어 있는데 그 어느
곡을 들어보더라도 마음이 끌리는 개성 있는 곡이지만 그에
걸맞은 연주였다고 말하기는 힘들다. 월턴의 피아노도 리더
라는 자리가 편치 않았는지 어딘지 모르게 엉거주춤하는 감
이 있어, 원래의 박진감을 발휘하지 못한 듯한 아쉬움이 느
껴진다. 아니면 그의 연주 스타일이 그 시점에서는 아직 확

립되어 있지 않았는지도 모른다. 아마 양쪽 다 해당되겠지만, 이 앨범은 재즈 전문지《다운비트Downbeat》의 평가에서는 높은 점수(별 4개 반)를 받았지만, 이 점수에는 작곡가로서의 월턴에 대한 평가와 오랫동안 그가 과소평가되어 온 것에 대한 동정표가 포함되어 있는 듯한 기분이 든다. 현재 시점에서 들어보면(아니, 그 당시 시점에서 들어보더라도) 어딘지 모르게 잠에서 덜 깨어난 듯한 뮤지션이 점심 식사 전에 만든 앨범 같은 인상을 준다. 뜻이 있다는 건 알겠는데 와닿지 않는 것이다.

그 후 월턴은 1970년에 이르기까지 세 장의 리더 앨범을, 돈 슈리튼의 제작으로 프레스티지 레코드사로부터 내놓았으나 유감스럽게도 그 어느 앨범도 주목받을 만한 완성도를 가진 것이 아니었다. 이 가운데 블루 미첼Bule Mitchell(트럼펫)과 클리포드 조단Clifford Jordan이라는 젊은 연주자를 내세운《스펙트럼Spectrum》은 전작에 비한다면 진취적이라 할 만하다. 자작 타이틀곡인 〈스펙트럼〉의 긴 솔로 연주도 압권이다. 그러나 음악이 호레이스 실버 퀸텟Horace Silver Quintet을 지나치게 의식한 펑키 스타일로 만들어져, 시더 월턴이라는 연주가의 진가를 제대로 살려내지 못했다. 하드 밥hard bop, 공격적이며 격렬한 모던 재즈의 한 스타일의 잔재는 잘리려다 만 꼬리처럼 이어져 있고, 새로운 세계는 아직 열리지 않은 상태다. 이어 출반된 두 장의 앨범에서 시더 월턴은 부분적으로 일렉트릭 피아노를 연주했다. 이 앨범들을 듣고 있으면 이 시대에 주류파인 재즈 뮤지션으로 살아가는 것도 그리 쉽지만은 않았을 것 같아 동정하고 싶어진다. 미국 전역에서 반전운동이 격화되고 카운터 컬처counter-culture, 사회의 지배적인 문화에 정면으로 반대하고 적극적으로 도전하는 하위문화가 들먹여지고 록 음악이 전투적이리만치 기승을 부리던 1970년 전후는 재즈 뮤지션이 어느 때보다도 자신감을 상실한 시대이기도 했다. 주류파의 기수인 존 콜트레인John Coltrane, 1926년~1967년. 미국의 재즈 색소폰 연주자, 작곡자, 밴드 리더. 1960~70년대 재즈에 지대한 영향을 끼쳤다은 이미 자취를 감추었고, 다른 한쪽의 기수인 마일스 데이비스Miles Davis, 1926년~1991년. 미국의 재즈 트럼펫 연주자, 악단 지휘자, 작곡가. 1940년대 말부터 꾸준히 재즈의 흐름에 영향을 미쳤다는 망설임 없이 록 노선을 달리고 있었다. 대부분의 젊은 이들은 주류 재즈로부터 등을 돌린 상태였다. 그런 상황에서도 월턴은 자신이 나아갈 방향을 양심적으로 모색했으나, 레코드사의 불안정한 영업 방침에 좌지우지되는 등 좀처럼 스타일을 확립하지 못했다. 이러한 시기에 출반된 그의 음반은 각각의 곡에는 나름대로 가치가 있어도 앨범으로서의 통일성은 결여되어 있어, 듣고 있으면 전혀 안정감이 느껴지지 않는다. 레스토랑의 코스 요리의 조합에 문제가 있어 전체적으로는 맛없는 음식이 되고 마는, 그런 느낌이다.

이렇게 해서 프레스티지 시대의 시더 월턴은 망설임에 망설임을 거듭했고 신통치 않은 결과만을 남기고 만다. 보통 리더 앨범을 네 장이나 내면 그 나름대로의 윤곽이 자연스럽게 생겨나게 마련인데, 이 사람은 그러지 못했다. 리더가 되고도 무슨 까닭에선지 다른 이들에게 '휘둘리고 만' 그런 느낌이었다. 또한 자신의 밴드가 없어 앨범을 낼 때마다 멤버가 바뀐 것도 통일감을 조성하는 데 장애 요소가 되었다.

시더 월턴이 마침내 자신의 스타일을 찾기 시작한 것은 프레스티지 레코드사를 떠나 1972년에 행크 마블리Hank Mobley(테너 색소폰)와 찰스 데이비스Charles Davis(바리톤과 소프라노 색소폰)라는 두 색소폰 연주자로 편성된 퀸텟 연주로 신생 코블스톤 레코드사에서 《브레이크스루!Breakthrough!》를 녹음했을 무렵부터다. 음반 제작은 프레스티지 시대 때와 마찬가지로 돈 슈리튼이 맡았는데, 이 앨범에서의 월턴은 프레스티지 시대와 비교해 상당히 시원스러워졌다. 답답한 겉옷을 벗어던지고 '이왕 할 거면 하고 싶은 대로 해봐야 하지 않겠냐'는 듯 태도가 돌변한 것이 적잖게 엿보인다. 성가신 콘셉트는 차치해 두고 하고 싶은 대로 편안하게 연주한다는 점에서 다섯 명의 연주자의 의지가 일치해 있다. 그 결과, 단번에 녹음을 끝내버린 게 아닐까 하는 생각이 들 정도로 다소 거칠기는 하나 마음이 담긴 재즈 음반이 완성되었다. 적어도 그때까지 출반되었던 월턴의 리더 앨범에서 보였던 그 **애매한 답답함**은 보이지 않았다. 아마 코블스톤이라는 작은 신생 레코드사로 옮기면서 예전보다는 다양한 시도를 하기 수월해졌던 것이리라.

이 무렵부터는 시더 월턴의 피아노 연주에서도 그가 본디 지니고 있던 '신세대 버드 파웰'적인 박진감을 엿볼 수 있게 되었다. 단순히 온순하고 지적이기만 한 피아니스트에서 탈피하여, 할 때는 제법 억척스럽게 한다는 사실이 조금씩 드러난다. 이쯤 되면 된 것이다. 이 앨범에는 안토니오 카를로스 조빔Antonio Carlos Jobim, 1927년~1994년. 브라질의 보사노바 거장, 작곡가, 기타리스트, 보컬리스트의 보사노바Bossa nova, 1950년대 말에 삼바와 쿨 재즈가 결합해서 생긴 브라질의 대중음악와 〈러브 스토리Love Story〉가 '흥행물'의 일환으로 포함되어 있는데, 월턴은 이 곡들의 일부에서 일렉트릭 피아노를 연주했다. 그 연주는 애교로 봐줄 만한 것으로 앨범의 콘셉트를 손상시키지는 않았다. 아니, 오히려 〈러브 스토리〉의 테마는 제법 가슴속으로 **파고드는** 완성도를 보여

주었다. 아마 그러한 것을 아무 거부감 없이 받아들일 수 있을 정도의 자연스러운 힘이 생겨난 것이리라. 행크 마블리가 3년에 걸친 유럽 생활(아마 마약 때문이었을 것이다)에 종지부를 찍고 뉴욕에 돌아와 막 복귀했을 무렵이었는데, 그런 시기에 녹음한 것치고는 꽤 의욕적인 연주를 보여주었다. 찰스 데이비스의 음색은 때때로 을씨년스럽지만 얌전히 머물러만 있지는 않는다는 점이 그 나름대로 효과를 내었다. 내가 처음 이 음반을 입수한 시점은 1974년 '피트 인'에서 연주를 들었던 직후로, 그 후 이 음반은 꽤 오랫동안 나의 애청 음반이 되었다. 이런 단순함, 그러니까 그다지 청취자를 의식하지 않은 듯한 자기 주관대로 하는 연주가 자꾸 들어도 의외로 질리지 않는다. 덧붙여 말하자면 이 음반은 행크 마블리가 마지막으로 녹음한 앨범이 되고 말았다. 그리고 거의 같은 시기에 월턴과 자주 공연했던 케니 도햄, 리 모건Lee Morgan 등 하드 밥 시절의 거물 뮤지션들이 잇달아 세상을 떠났다. 하나같이 뜻하지 않은 죽음이었다. 재즈 풍속도가 크게 바뀌려는 순간이었다.

월턴과 슈리튼 콤비는 그 후 바로 뮤즈 레코드사로 옮겼는데, 연주의 콘셉트와 방향성은 한층 더 안정된 방향으로 나

아갔다. 특히 1973년에 녹음된 라이브 음반《나이트 앳 부머스Night At Boomers》(두 장으로 나뉘어 있다)는 훌륭하게 완성된 주류 재즈였다. 이 음반이 성공한 원인은 명백하다. 먼저 작은 규모의 재즈클럽에서의 라이브 녹음이라는 점, 그리고 피아노 트리오 연주에 게스트 연주자로 마음 맞는 동지, 클리포드 조단이 참가했다는 점이다. 조단은 강한 독창성을 지닌 연주자도 아니며 '이 사람이 아니면' 하는 강렬한 무엇인가를 가지고 있는 것도 아니다(블라인드 폴더 테스트blind folder test, 연주자를 알려주지 않고 그 연주자를 맞추게 하는 테스트라면 아마 응답자를 울리고 말 것이다). 하지만 그는 확실한 기량을 갖춘 멋진 주류 연주자로서 월턴의 음악을 빈틈없이 도와준다. 그의 연주는 트리오 연주에 위화감 없이 녹아들며 때로는 뜨겁게 음악을 고조시켜 간다. 아마 두 사람의 음악관에는—그리고 입장에도—상통하는 부분이 있었을 것이다. 당시 조단과 월턴 사이에는 실질적으로 둘이서 쌍두 밴드를 편성했다는 의식이 있었던 듯, 경우에 따라서는 두 사람 중 어느 한쪽이 리더가 되고 리듬 세션은 마침 일이 없는 이웃 뮤지션에게 부탁하곤 했다. 드럼에 빌리 히긴스, 베이스에 샘 존스 등이 참여하는 경우가 많았다. 워낙 소탈한 사람이었으니 정규 밴드로 상시 활약할 수 있는 상황까지는 가지 못했지만, 월턴도 일단 자신의 홈팀 같은 것을 뉴욕이라는 도시에 구축할 수 있었던 것이다. 이 앨범에서 월턴은 더 이상 일렉트릭 피아노를 치지도 않고, '흥행물'도 버트 바카락Burt Bacharach의 〈디스 가이This Guy〉 한 곡을 치는 데 그쳤다. 연주된 것은 월턴의 원곡이 한 곡(훌륭한 멜로디를 담은 〈홀리 랜드Holy Land〉), 조단의 원곡이 한 곡, 나머지는 모두 유명한 스탠더드 곡이다. 예를 들면 〈세인트 토머스Saint Thomas〉, 〈네이머Namer〉, 〈블루 몽크Blue Monk〉, 〈스텔라 바이 스타라이트Stella By Starlight〉 같은 곡들이다.

월턴과 조단은 "우리는 의식적으로 그런 선곡을 한 거죠. 이 녹음은 도전적이라기보다는 가능한 한 평소의 느낌 그대로 하고 싶었거든요"라고 말했다. 실황 녹음을 한 재즈클럽 '부머스'는 그들이 평소에 자주 연주하던 클럽이어서 편안한 마음으로 느긋하게 연주한 분위기가 전해진다. 대부분의 손님도 단골들이었다고 한다. 월턴은 인터뷰에서 "왜 바카락의 〈디스 가이〉 같은 곡을 연주했죠? 좋아하는 곡인가요?"라는 질문에 "아뇨, 손님이 신청해서 연주했을 뿐이에요"라고 망설임 없이 대답했는데, 그러한 적당한 느긋함이 이 음반의 매력이 되었는지도 모른다. 피아노의 음질은 다소 첫 소리를 내어(꽤 오래된 피아노인 듯하다) 익숙해지기까지는 시간이 걸리겠지만, 일단 익숙해지고 나면 이 또한 "라이브 음반갑게 마치 현장에서 실제로 듣는 듯한 느낌을 준다" 하는 말이 나올 것이다. 표면적으로 본다면 월턴은 이 라이브 음반에서 '소극적'인 음악 세계를 펼쳤다는 이야기를 들을지도 모른다. 언뜻 보면 잘 알려진 곡을 지극히 심플한 세팅으로, 익숙한 기법으로 연주하고 있을 뿐이니까. 이제까지 시더 월턴이 보여주었던 '점잖은' 분위기는 느껴지지 않는다. 그러나 주의 깊게 귀를 기울여보면 그것이 설령 아무리 손때가 묻은 익숙한 곡이더라도 그의 피아노 연주는 시간이라는 벽을 단숨에 무너뜨릴 듯한 기세로 앞으로 적극적으로 나아간다. 그것은 말하자면 지성파 피아니스트로 알려져온 월턴의 이제껏 드러나지 않았던 또 다른 측면인 것 같다. 예를 들어 피아노 트리오로 연주한 발라드 〈올 더 웨이All the Way〉를 들어보았으면 한다. 프랭크 시나트라Frank Sinatra가 불러 히트한 이 감상적인 노래를 월턴은 인정사정없이 건반을 두들겨대는 듯한 기세로 지극히 해석적이지만 설득력을 가진 연주를 해낸다. 코드의 전개도 결코 비밥Bebop, 모던 재즈 초기의 한 유형. 옛 재즈의 화성에 부가적인 '대리'화음들을 덧붙인, 복잡한 즉흥적인 연주의 장르이라는 틀 안에 쉽사리 수용되지 않는다. 그럼에도 본래의 노래에 실려 있는 마음은 잃지 않는다. 끈적이는 구석이 없는 참신하고 기막힌 연주다. 실명을 들어서 좀 그렇긴 하지만 토미 플라나건이나 행크 존스Hank Jones나 베리 해리스Barry Harris라면 이런 과감한 연주는 하지 못할 것이다. 월턴을 '재즈계의 쇼팽'이라고 칭하는 사람도 있는데 그러한 호칭이 자아내는 로맨틱한 실내악적인 이미지는 그가 연주하는 음악의 질을 편파적인 방향으로 정착시키고 마는 결과를 낳고 있는 게 아닐까? 그가 지닌 멋은 어디까지나 '투쟁하는 비주류 시인'으로서의 조용한 강경성에 있는 듯하다.

70년대에 접어들어 코블스톤 레코드사와 뮤즈 레코드사가 내 놓은 이 앨범들에는 작곡가·편곡자로서의 월턴의 지적인 측면보다는 오히려 주류파의 세례를 받은 후기 하드 밥 피아니스트로서의 즉흥적인 측면에 스포트라이트가 비춰지게 되었다. 그런데 결과론적으로 말하자면 그것은 그의 음악에 좋은 영향을 주었다. 지적으로 조그맣게 웅크리는 경향이 있었던 그의 음악이 그 지성에 더하여 보다 높은 체온과 적당한 공격성을 획득하게 된 것이다. 상업적인 성공과는 거리가 있긴 했지만, 그는 미약하나마 자신의 스타일과 스스로 딛고 일어설 수 있는 기반을 다질 수 있게 되었다. 월턴은 그 사실에 자신감을 얻어 1974년 12월에 자신의 트리오를 이끌고 일본으로 와 도쿄의 '피트 인'에서 라이브 공연을 가지게 되었고 그곳에 모여든 청중으로부터 열렬한 환호를 받게 되었다(앞에서도 언급했듯이 나도 그중 한 사람이었다).

뮤즈 레코드사에서 녹음할 당시 한 인터뷰를 통해 그는 다음과 같이 말했다.

"미국에서 재즈 뮤직이 결코 높은 평가를 받고 있는 것은 아니다. 클래식 음악과 비교해 현저히 낮게 평가되는 경향이 있다. 우리는 이러한 작은 클럽을 근거지로 삼고 있지만, 그렇게 해서 생계를 이어나가고 있을 뿐이라는 식으로 보지 않았으면 한다. 다른 나라를 보면 상황이 판이하다. 일례로 얼마 전에 아트 블래키와 함께 일본에 간 적이 있는데(1974년에 있었던 재즈 메신저스와의 재결합 투어), 세계적인 수준에서 볼 때 재즈가 어느 정도의 힘을 지닌 음악인가 하는 것을 새삼 깨닫게 되었다."

월턴이 상당한 의욕을 가지고 일본의 팬 앞에 섰으리라는 것은 이 발언을 통해서도 충분히 알 수 있을 것이다. 그리고 그가 일본 무대에서 펼쳐 보인 열정 어린 연주야말로 그와 같은 열의와 자부심의 반영이었을 것이다. '부머스'의 공연 때와는 달리 일본에서는 그의 원곡이 적극적으로 연주되었고, 눈부신 성과를 거두었다. 예들 들어 〈선데이 스위트Sunday Sweet〉 〈선트리 블루스Suntree Blues〉 〈판타지 인 'D'Fantasy In 'D'〉의 연주만 하더라도 그의 작곡가로서의 독창성과 피아노의 터프한 기교가 실로 절묘한 조화를 이뤄내고 있다. 또한 자작곡은 아니지만 〈위드아웃 어 송Without A Song〉의 감각 있는 편곡도 들어보기 바란다. 이 사람은 정말이지 '노래'를 기막히게 편곡한다는 생각이 든다.

1970년 후반 월턴은 몇 장의 뛰어난 앨범을 발표해 그의 입지를 굳혀나갔다. CBS나 RCA 같은 메이저 레코드사로부터 출반된 월턴의 많은 리더작leader作은 이렇다 할 뚜렷한 특색 없이 평범하게 만들어졌으나 인디 레코드사, 특히 유럽이나 일본의 레코드사가 제작한 앨범 중에는 주목할 만한 내용을 담고 있는 것이 많다. 그런 의미로 본다면 미국의 레코드사는 오랜 세월 동안 월턴 음악의 진가를 이해하지 못했던 것일지도 모른다(혹은 지금까지도 이해하지 못하고 있는지도 모른다). 70년대의 그의 연주 중 내가 가장 좋아하는 앨범은 레이 브라운Ray Brown의 베이스와 엘빈 존스Elvin Jones의 드럼이라는 호화로운 멤버로 77년에 녹음한《섬싱 포 레스터Something For Lester》(Contemporary)로 이 앨범에서 월턴의 연주는 실로 훌륭하다. 자신감에 차 있으면서도 지나치게 나서지 않고 브라운과 엘빈의 호흡에 귀를 기울이며 철두철미하게 피아노를 연주한다. 이러한 예술은 좀처럼 쉽게 할 수 있는 성질의 것이 아니다. 레이 브라운, 엘빈 존스라는 거물과의 공연에도 전혀 주눅 드는 구석이 없다. 월턴을 영입해 피아노 트리오로 녹음하고 싶다는 희망을 레코드사에 표명한 사람은 리더인 레이 브라운이었다. 그는 밀트 잭슨Milt Jackson 밴드의 일원으로 월턴과 함께 두 차례에 걸쳐 일본 공연을 했는데 그때 그의 연주에 반하게 된 것이다. "지난 몇 년 동안 내가 한 공연 중에서 시더는 가장 뛰어난 피아니스트였다"라고 브라운은 말했다. 월턴의 연주를 가장 바르게 이해하는 사람은, 어쩌면 이런 뮤지션 동료일지도 모른다. 그는 1975년에 샘 존스와 빌리 히긴스와의 트리오에 조지 콜맨George Coleman을 맞이해 '이스턴 리벨리언Eastern Rebellion'이라는 이름의 그룹을 결성해(물론 아일랜드의 유명한 '부활절 봉기Easter Rebellion'를 우의적으로 빗댄 명칭이다), 네덜란드의 타임리스 레코드사에서 녹음했다. 이 '이스턴 리벨리언' 명의의 연주는 멤버를 바꿔가며 시리즈로 제법 오랜 기간 이어졌는데, 굳이 말하자면 70년대를 가로지르는 '동부 주류파의 중도' 같은 노선을 지향한 셈이다. 연주 자체는 어느 정도의 궤도에 올라 있고 나름대로 들을 거리도 있으나 솔직히 말해 각별하게 혁신적인 내용이라고도 할 수 없으며 멤버가 자주 교체된 탓에 일관된 그룹 콘셉트가 결여되어, 다소 이름만 앞서는 그룹이라는 느낌이 든다. 월턴은 또한 덴마크의 스티플체이스SteepleChase를 위해 1977년에 새로이 떠오르던 테너 색소폰 연주자인 밥 버그Bob Berg를 영입한 쾌르텟 편성으로 라이브 녹음을 했다. 장소는 코펜하겐의 몽마르트르였고 그 연주는 꽤 격정적이며 들을 만한 것이었다. 특히 《세컨드 세트Second Set》의 〈선데이 스위트〉라는, 거의 20분 동안이나 이어지는 열정적인 연주를 듣고 "그래, 맞아. 바로 이거야. 이게 바로 시더 월턴의 음악이야" 하고 절감하게 되었다. 먼저 몸을 자연스럽게 움직이고 거기에 머리가 자연스럽게 따라온다. 그것이 월턴이라는 사람이 지닌 본연의 모습인 듯한 기분이 들었다. 격정적인 연주 사이에 저절로 배어나오는 참신한 지성, 그러한 것이야말로 월턴의 피아노 연주가 가지는 특유의 멋이 아닐까. 솔직히 말해 나는 예전의 '신주류파' 스타였던 허비 행콕이나 맥코이 타이너나 키스 재럿의 상업적으로 굳어져 버린 듯한, 때로는 답답하기도 한 연주 스타일보다 그러한 그의 자발적이고 자연스러운 참신함에 훨씬 호감이 간다. 정말이지 사람의 흥망興亡이라는 것은 알 수 없는 것이다. 월턴은 새로운 스타일을 내세우며 상업 전선에 뛰어들지 않았던 만큼 세상으로부터 인정을 받는 데 오랜 시간을 필요로 했지만 대신 스타일이라는 덫에 걸리는 일 없이, 또한 안이한 **습관**에 길들여지는 일 없이, 자기 페이스로 성실하게 자신의 음악에 깊이를 더해 갈 수 있었던 것이다. 그의 연주를 듣고 있노라면 음악의 품이 깊다고나 할까, 통풍이 잘 되어 언제 어디서든 신선한 공기가 스며 들어올 것 같은 느낌이 든다. 그렇기에 긴 시간을 들어도 그다지 피곤한 줄 모른다.

대기만성이라는 말은 그야말로 시더 월턴에게 적합한 말일지도 모르겠다. 최근 들어 꽤 많은 리더작을 발표하게 되었는데 "이건 좀 그렇네" 하는 작품은 거의 없다. 작품에 따라서는 지적인 분위기, 또는 감각적인 분위기를 자아내는 것도 있지만 그 어느 것을 들어보더라도 '역시' 하고 고개를 끄덕일 만한 수준이다. 다만 색소폰 연주자의 선정에 관해서는 이따금씩 수긍이 가지 않는 부분이 있기는 하다(원래 B급 연주자를 좋아하는 건지, 아니면 선택의 폭이 제한되어 있기 때문인 건지). 피아니스트로서의 그는 지나치게 오버하거나 앞서가는 일 없이 표현하고자 하는 바는 정확히, 그리고 자연스럽게 구사해 내는 일종의 거장의 품격 같은 것을 갖추게 된 듯하다. '영향력'이라는 단어가 그의 음악에 그다지 어울리는 말은 아니지만 그래도 최근 들어 활동하는 젊은 피아니스트의 연주를 들어보면 '이 연주는 시더 월턴이 이제까지 쭉 시도해 온 연주의 연장(혹은 답습)이 아닌가?' 하는 느낌이 들 때가 있다. 어찌 되었건 이 사람이 지닌 특유의 수수한 멋만은 변화하지 않는다. 그는 많은 재즈 팬으로부터 변함없이 '맞아, 시더 월턴이 있었지' 하는 느낌으로 받아들여진다. 단지 견실한 중용 피아니스트처럼 여겨지는 부분도 분명 있다. 다소 안타까운 기분도 들지만 그런 건 아마도 타고난 성격의 영향도 있을 테고 그건 그것대로 괜찮지 않나 싶다. 시더 월턴의 연주에는 재즈의 악마적인 색채가 엷다고 한다면 그건 맞는 이야기인지도 모른다. 그러한 의견에 굳이 반론을 제기할 생각은 없다. 하지만 한번 잘 생각해보았으면 한다. 존 콜트레인이 사망한 이래 마일스 데이비스의 몇 앨범을 제외하고는 도대체 얼마만큼 진정한 의미의 '악마적인' 재즈가 우리 앞에 등장했던 것일까? 납득할 만한 예를 들어주었으면 한다. 우리는 그런 시대에 살고 있는 것이다. 좋든 싫든 말이다. 그럼에도 우리는—적어도 나는—재즈라는 음악을 계속해서 듣겠다는 의지에 변함이 없다. 생각건대 재즈라는 음악에 대해 이야기할 때, 우리는 이미 선택지의 내용의 시비를 논하기보다는 오히려 선택지의 지시 방법의 시비를 논해야 하는 시점에 와 있는 것은 아닐까? 아무튼 나는 월턴의 지적이고 단정하면서도 강철처럼 예리한 그 특유의 터치를 좋아하고, 이 사람이 때때로 깊은 곳에서 뿜어내는 집요하고 불길한 음색(그것은 악마적인 것의 성실한 잔향처럼 내 귀에는 들린다)을 무척 좋아한다. 자연스럽고 강인한 색채를 지닌 성실한 비주류 시인, 그것이 내가 보는 시더 월턴이라는 피아니스트의 일관된 모습이며, 나는 아마도 그런 그의 모습에 조금씩 매료되었을 것이다.

Pit Inn(East Wind EW-7009)

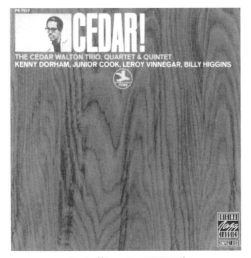

Cedar!(Prestige PR7519)

브라이언 윌슨

남부 캘리포니아 신화의
상실과 재생

"긴 세월 동안 이어진 황폐한 생활은 그의 내부의 무엇인가를 확실히 파괴해버린 듯이 보인다. 그럼에도 브라이언의 노래는 확실히 듣는 이를 감동케 한다. 거기에는 인생의 '제2막'만이 지니는 깊은 설득력이 있다."

브라이언 윌슨Brian Wilson

1942년 미국 캘리포니아 태생. 1961년 펜들턴스The Pendletones와 칼 앤드 더 패션스 Carl & The Passions에서 활동했다. 비치 보이스The Beach Boys를 결성하여 데뷔했으며, 1960년대의 서핑surfing과 핫 로드hot rod 음악 붐을 일으키는 데 기여했다. 그 후 오랜 침체기를 거쳐 1998년에 〈이매지네이션Imagination〉으로 부활, 2004년 전설의 앨범 《스마일Smile》을 발표해 화제를 모았다.

　생동감 넘치는 우쿨렐레ukulele, 기타와 비슷한 하와이 원주민의 현악기 연주자인 제이크 시마부쿠로Jake Shimabukuro가 이끄는 밴드의 개막 연주가 끝나고 문득 하늘을 올려다보니 왠지 묵직해 보이는 밤의 어둠이 해 질 무렵의 옅은 푸르름을 산등성이까지 밀어내고 있었다. 별은 보이지 않았다. 무대 위에서는 스태프 셔츠를 입은 남자들이 악기를 세팅하고 음향 장비를 점검하고 있었다. 이제 슬슬 브라이언 윌슨Brian Wilson의 라이브 콘서트가 시작되지 않을까 하고 생각할 무렵 하늘에서 빗방울이 떨어졌다. 떠도는 안개 같은 실비. 사람들은 고개를 들어 조명을 가로지르는 무수한 가는 선을 눈으로 확인하고 그것이 비라고 간신히 인식할 정도였다. 와이키키에 내리는 실

비이니 오래 가지는 않을 것이었다. 한 차례 내리고 말 것이라고 얕잡아보았더니(와이키키에서 오랜 시간에 걸쳐 내리는 비를 만나기란 살찐 서퍼를 만나는 것만큼이나 드문 일이다), 어찌된 일인지 빗줄기는 조금씩이기는 하지만 그 강도를 더해만 갔다. 2002년 12월 5일 카피올라니 공원 내에 있는 야외 콘서트장 '와이키키 쉘'에서의 일이다.

비는 내가 손에 들고 있던 커다란 하얀 플라스틱 컵 속에도 조용히 내려 안에 들어 있던 맥주와 뒤섞여갔다. 시간이 흐르면서 비는 티셔츠를 적시고, 쓰고 있던 야구 모자를 적시고, 잔디를 적셨다. 자랑할 일은 아니지만 나는 비가 올 경우에 전혀 대비하지 못했다. 바로 20분 전만 하더라도 그야말로 상쾌한 남국의 석양이었던 것이다. 하늘에는 먹구름 한 점 찾아볼 수 없었다. 이렇듯 와이키키의 날씨는 눈 깜짝할 사이에 변해 버린다. 아무렴 어때, 하고 나는 생각했다. 비가 오든, 바람이 불든, 그건 우리가 이 지구상에 살고 있다는 자연스러운 증거다. 그것들은 찾아오고 언젠가는 떠나간다. 우리는 그것을 그대로 받아들일 수밖에 없다. 브라이언의 음악도 마찬가지다. 그의 음악과 그것을 듣는 우리는(적어도 나는) 어떤 종류의 인연으로 맺어져, 그 인연은 늘 특정한 시간성과 특정한 공간을 통과하고 있는 것이다. 거기에는 물론 비도 있고 바람도 있다.

　와이키키 쉘에서 열렸던 브라이언 윌슨의 야외 콘서트는 호놀룰루 마라톤의 전야제로 개최된 것이다. 마라톤 경주에 참가하는 사람은 누구든 15달러만 내면 이 파티에 참가할 수 있다. 맘껏 먹을 수 있는 식사가 제공되고 맥주도 무한정으로 마실 수 있는 데다 브라이언 윌슨의 풀 콘서트를 들을 수 있는데 드는 돈이 단돈 15달러다. 가지 않을 수 없다. 솔직히 말하면 나는 이 콘서트를 보기 위해서, 거의 그 이유만으로, 이번 호놀룰루 마라톤 대회에 참가한 것이나 다름없었다. 이듬해 4월에 열리는 보스턴 마라톤에 참가할 계획을 세우고 있었으니, 그 몇 개월 전에 호놀룰루 마라톤에 참가하는 건 그다지 현명하다고 할 수는 없을 것이다(한 시즌에 풀코스 마라톤은 한 번 한다는 것이 내 통상의 페이스이므로). 준비도 부족했다. 하지만 그런 정론을 펴고 있을 상황이 아니었다. 나는 곧바로 호놀룰루 마라톤 대회에 등록해 브라이언 윌슨의 콘서트 티켓을 손에 넣었다. 그리고 12월이 되자 여행 가방에 러닝슈즈를 집어넣고 아무런 망설임 없이 나리타 공항에서 호놀룰루행 비행기에 올랐다. 브라이언의 음악을 라이브로 듣는 것이 처음은 아니었다. 도쿄에서도 몇 번 그의 콘서트에 간 적이 있었다. 프로그램 자체는 그때와 별 차이가 없을 것이다. 브라이언 윌슨 밴드의 공연은 대략 일정한 틀에 따라 진행된다. 정확히 말해 브라이언이 즉흥성을 중요시하는 타입의 뮤지션은 아니라는 말이다. 기본적으로 그의 음악의 묘미는 과거에도, 현재에도, 구축의 정묘淨妙한 재현 속에 있다. 그렇기에 여느 때와는 다른 무엇인가 '이례적인' 것이 무대에 올라오길 기대하는 것은 거의 헛된 바람이라 할 수 있다. 그러나 그럼에도 하와이의 밤하늘 아래에서 브라이언의 음악을 듣는다는 것은 도저히 그냥 지나칠 수 없는 기회였다. 그것은 점잔을 부린 도쿄의 콘서트홀에서 듣는 음악과는 아마 다른 종류의 것일 터였다. **어쨌든 이곳은 하와이니까 말이다.** 나는 많은 경주자와 함께 가랑비에 젖으며 맥주를 홀짝거리면서 콘서트가 시작되기를 기다리고 있었다.

내가 비치 보이스The Beach Boys의 음악과 처음 만난 것은 1963년이었다. 열네 살이었고, 그때 들은 곡은 〈서핑 유에스에이Surfin' USA〉였다. 책상 위에 놓여 있던 소니의 트랜지스터라디오에서 흘러나오는 그 팝송을 처음 들었을 때 나는 문자 그대로 말을 잃고 말았다. 내가 그동안 쭉 듣고 싶다는 생각을 해왔지만 그것이 어떤 형태인지, 어떤 감촉을 가진 것인지 구체적으로 그려낼 수 없었던 특별한 사운드를, 그 곡이 아무렇지도 않게 들려주었기 때문이다. 그것은 지극히 자연스러우면서 동시에 지극히 의지적인 사운드였다. 구조적으로는 지극히 단순하면서도 동시에 지극히 정밀한 감정을 수반한 음악이었다. 나를 매료시킨 것은 아마 그와 같은 선명한 상반성이었을 것이다. 좀 과장되게 말하자면 그것은 마치 머리 뒷부분을 부드러운 둔기로 얻어맞은 듯한 충격이라 할 수 있을 것이다. '이 사람들이 어떻게 내가 찾고 있던 걸 이렇게 정확하게 알고 있는 거지?' 하고 나는 생각했다. 비치 보이스. 그것이 그 밴드의 이름이었다. 그리고 그때부터 비치 보이스는 내 청춘에 있어서 하나의 상징과 같은 존재가 되었다. 혹은 하나의 강박관념(떨어지지 않는 관념)이 되었다. 나는 그로부터 한동안의 세월을 아무런 유보도 없이 비치 보이스의 음악과 함께 살았다. 〈펀 펀 펀Fun Fun Fun〉, 〈아이 겟 어라운드I Get Around〉〈서퍼 걸Surfer Girl〉……

나는 당시 고베 근처의 해안가 지역에서 살고 있었다. 조용하고 조그마한 마을이다. 매일 해 질 무렵이 되면 개를 데리고 근처의 해안가를 산책했지만 그 바다에는 대단한 파도는 일지 않았다. 사실 세토나이카이에서 서핑을 하기란 '상당히 어렵다'와 '불가능하다'의 중간쯤에 위치하는 행위다.

내가 서프보드를 실물로 본 것은 훨씬 뒤의 일이다. 그러니까 나는 서핑과는 전혀 인연이 없는 장소에 사는, 서핑 뮤직 Surfing Music, 1960년대 유행한 음악장르로, 파도타기를 하는 모습과 뜨거운 열정을 표현했다의 열렬한 팬이었는데, 그와 같은 지역적인 핸디캡으로 인해 그들의 음악에 대한 이해가 방해받는 일은 아마 없었던 것 같다. 왜냐하면—이건 나중에 알게 된 사실이지만—비치 보이스의 리더인 브라이언 윌슨은 남부 캘리포니아에서 태어났지만 바다에 들어가는 것이 무서워 서핑 같은 건 단 한 번도 해본 적이 없다고 했기 때문이다.

브라이언 윌슨은 의심할 여지없이 록 음악이라는 음악 영역이 탄생시킨 천재다. 뛰어난 이야기꾼이 듣는 이의 가슴을 설레게 할 만한 이야기를 엮어내는 것과 마찬가지로 그는 가슴 설레는 음악을 우리에게 들려줄 수 있었다. 그는 독특한 마법의 손을 가지고 있었고 우리는 문자 그대로 그 음악에 흠뻑 빠져들었다. 그렇다, 그것만으로도 위대한 달성이다. 하지만 브라이언은 그에 더해 그렇게 가슴 설레는 음악을 시계열적時系列的으로 조합해 계층적으로 쌓아올리는 것으로 우리 눈앞에 보다 깊은, 보다 종합적인, 그리고 독창적인 음악 세계를 제시할 수 있었다. 몇십 년이 지난 지금은 그러한 사실을 아주 분명하게 이해할 수 있다. '맞아, 그가 시도 했던 건 결국 그런 것이었구나' 하고 새삼스럽게 인식할 수 있다. 브라이언이 얼마나 천재였는가 하는 사실을 우리는 경외심을 가지고 받아들이게 된다.

하지만 당시에는 그렇지 않았다. 전혀 그렇지 않았다. 브라이언 윌슨은 많은 사람에게 있어서 흥얼거리기 좋은 팝송을 작곡하고 노래하는 팝 스타이며 어디까지나 일과성의 소모품적인 존재일 따름이었다. 훗날 밴드의 일원이 된 브루스 존스턴Bruce Johnston의 명언을 빌리자면 대중에게 있어 비치 보이스란, "서핑을 하는 도리스 데이Doris Day, 미국의 가수이자 배우. 밝고 서민적인 용모와 정확한 창법으로 많은 히트곡을 남겼다. 영화와 뮤지컬은 물론, 텔레비전에도 출연해 많은 인기를 얻었다"에 지나지 않았다. 그리고 그러한 대중은 브라이언이 음악가로서 성숙해 그 음악의 표층적인 대중성이 흐려지고 정신적인 깊이를 더해가는 것을 받아들이려 하지 않았다. 그들은 브라이언이 만들어내는 새로운 음악을 무시하고 묵살하고 어떤 경우에는 심지어 화를 내기도 했다.

지금 돌이켜 생각해보면 비치 보이스가 햇살과 파도와 금발의 미녀, 그리고 스포츠카에 관한 극도의 천진난만한 노래를 불러 남부 캘리포니아의 신화의 아이콘으로 한 시대를 풍미한 것은 그들의 오랜 경력 중 처음 몇 년 동안에 지나지 않았다는 것을 알 수 있다.《펫 사운즈Pet Sounds》이후의 비치 보이스는 보다 보편적인 것을 테마로 삼았다. '아메리카 홈메이드 프로그레시브 록progressive rock, 1960~1970년대 전자악기를 비롯한 다양한 악기로 비상업적이면서 철학적이고 현학적인 주제를 표현한 록의 한 종류'이라고 할 만한 독특한 음악 스타일을 추구해 왔다. 그와 같은 브라이언의 작업, 그 음악적인 콘셉트는 분명히 시대에 선행先行한 것이었다. '천진무구한 서핑 뮤직 밴드'라는 각인은 평생 그들을 따라다니게 되었다. 그리고 사람들의 그런 편협한 생각은 브라이언의 마음에 깊은 상처를 남기게 되었고, 현실도피를 위한 마약 남용이라는 길로 접어들게 했고, 결국 그의 인간성의 좋은 부분들을 잃게 했다.

브라이언은 고독했다. 그의 머릿속에는 표출해야 할 음악에 관한 아이디어와 사운드가 늘 가득 차 있었다. 그것은 그의 존재의 중추로부터 자연스럽게 넘쳐나는 것이었다. 그런 의미에서 브라이언은 슈베르트 같은 자연스러운 타입의 음악가였다. 본능적으로 아름다운 것을 추구하고 사유보다는 직감을 중시하는 음악가였다. 그리고 슈베르트와 마찬가지로 스스로의 재능을 실무적으로 제어하는 데에 서툰 타입의 음악가이기도 했다. 쉽게 상처받고 무방비했다. 그렇기에 그는 자신감과 실망의 사이를, 전진과 자기파멸의 사이를, 질서와 혼돈의 사이를 불안정하게 왔다 갔다 할 수밖에 없었다. "브라이언은 굉장히 예민한 남자다"라고 그의 남동생인 칼Carl Wilson은 이야기했다. "아슬아슬한 균형 속에서 간신히 살아간다. 어떻게 보더라도 그런 사람은 LSD환각제의 일종를 마구 복용해서는 안 되는 거다." 그는 1971년에 발표한 앨범 《서프스 업Surf's Up》에 수록된 슬프면서도 어둡고, 압도적이리만치 아름다운 곡 〈틸 아이 다이Till I Die〉에서 자신의 심정을 적나라하게 노래한다.

> 나는 바다에 떠오르는 코르크지.
> 거친 바다에서 떠돌고 있다네.
> 나는 거센 바람에 휘날리는 잎사귀지.
> 머지않아 어딘가로 날려가고 말겠지.

브라이언은 아버지의 이해와 인정을 갈구했다. 하지만 실패한 작곡가인 아버지는 자기 자신도 미처 깨닫지 못한 질투와 분노로 재능 있는 아들을 한없이 아프게 하고 매도하고 잘못된 방향으로 이끌고 번번이 자신감을 잃게 했다. 그가 설령 선의로 그렇게 했다 하더라도 그것은 잘못된 선의에서 비롯된 잘못된 행위였다. 매니저 역할을 했던 아버지는

1969년 브라이언이 그때까지 작곡한 모든 곡의 판권을, 당사자인 아들에게는 아무런 상의도 하지 않은 채 푼돈을 받고 멋대로 팔아넘겨 버렸다. "네가 만든 곡에 가치 같은 건 거의 없으니 지금이 팔아넘길 때다"라고 아버지는 말했다. 브라이언은 거기서 받은 상처를 영원히 회복할 수 없었다. 두 명의 남동생과 한 명의 사촌으로 구성된 밴드의 멤버들은 밴드 운영의 주도권을 둘러싸고 내분을 되풀이했다. 부리더_副 leader인 마이클 러브_{Michael Love}는 브라이언이 심혈을 기울인 《펫 사운즈》를 "개한테나 들려줄 음악"이라고 깎아내렸다. 레코드사의 중역들은 음악성에는 관심을 가지지 않고 판매량을 추구할 뿐이었다. 그리고 계약을 구실 삼아 밴드에게서 최대한 착취할 수 있을 만큼 착취하려 했다. 돈을 노린 수상쩍은 사람들이 말에 달려드는 파리 떼처럼 밴드에 달려들었다. 주위에는 배신과 거짓이 넘쳐나고 있었다. 60년대 후반이 되어 베트남전의 수렁과 그에 따른 반문화가 융성했고 그 최첨단에 서 있던 뮤지션들은 비치 보이스의 음악이 뒤떨어진 유행의 대명사라며 공격했다. 지미 헨드릭스_{Jimi Hendrix}는 "이젠 비치 보이스의 음악 같은 건 듣지 않는다"라고 소리 높여 선언했다. 그러한 조소는 말할 나위도 없이 브라이언에게 상처를 주었다. 그는, J. D. 샐린저_{Jerome David Salinger, 미국의 소설가.}

《호밀밭의 파수꾼》을 발표했다가 그랬던 것처럼, 자신만의 고고한 세계를 향해 서서히 뒷걸음치게 되었다.

1966년에 《펫 사운즈》를 처음 들었을 때 나는 물론 그것을 '개한테나 들려줄 음악'이라고는 생각하지 않았다. 그것은 부분적으로는 훌륭하고 순수하고 아름다운 앨범이었다. 거기에는 애정을 가질 만한 몇 곡이 수록되어 있었다. 그러나 당시 대다수의 사람들과 마찬가지로 그 전체상을 충분히 이해하고 받아들이지는 못했다. 솔직히 말해 그것은 당시의 내 이해력을 넘어서는 음악이었다. 그 앨범을 들으면서 고개를 갸웃거리지 않을 수 없었다. "나쁘지는 않아. 절대로 나쁘진 않단 말이야. 하지만 그 밝고 매끄럽고 리듬감 있는 내 비치 보이스는 도대체 어디로 가버린 거야?" 하고 말이다. 그때의 내 심정이란 다소 '배신감'에 가까운 종류의 것이었다. 그리고 그것은 정도의 차이는 있을지언정, 수많은 일반 팬이 느낀 심정이기도 했을 것이다.

거의 비슷한 시기에 나온 비틀스의 《서전트 페퍼스 론리 하츠 클럽 밴드Sgt. Pepper's Lonely Hearts Club Band》 또한 깊은 내용을 지니고 있고, 록 음악의 역사를 바꿔버릴 정도의 파워를 지닌 음악이었으나, 그것은 누구도 배신하지 않았다. 비틀스는 원래 '반역하는 노동자 계급의 젊은이들'이며 인기 있는 우상이기는 했지만 '리버풀에서 온 도리스 데이'는 아니었다. 그렇기에 사람들은 그들의 드라마틱한 변모를 어느 정도는 순순히 받아들일 수 있었다. 그리고 음악적으로 보더라도《서전트 페퍼스……》는 한 눈에 알아볼 수 있는 보편적인 세계관을 내포하고 있었다. 그것은 존 레논John Lennon과 폴 매카트니Paul McCartney라는 두 사람의 뛰어난 재능의 공존에 힘입은 바가 컸다. 그들은 팀을 구성해 서로를 높이 평가하고 견제하며 객관화하는 작업을 통해 점차 높은 성과를 올려갔다. 그러나 그들과는 달리 브라이언 윌슨의 작업은 한없이 고독했다. 브라이언은 밴드에서 유일한 두뇌이며 발전기였다. 그는 다른 이로부터 도움을 받는 일 없이 홀로 자신의 내적인 세계를 한없이 파 내려가야 했다. 때문에 작업은 보다 개인적인 것, 보다 난해한 것, 어떤 경우에는 주위의 세계와 시간을 얼마간 외면한 것이 될 수밖에 없었다. 내게 있어, 아니 아마 다른 누구에게 있어서도《펫 사운즈》는《서전트 페퍼스……》보다 훨씬 난해한 음악이었다.《서전트 페퍼스……》라는 앨범의 가치와 개혁성을 이해하는 것은 비교적 용이했으나《펫 사운즈》가 얼마만큼 뛰어난, 얼마만큼 기적적인 깊이를 지닌, 얼마만큼 혁신적인 음악이었던가를 이해하기 위해서는 시간성의 조정을 기다려야만 했다. 구체적으로 말하자면 10년, 20년 정도의 긴 세월이 필요했다. 내가 (그리고 세상이) 마침내 그 앨범의 진가를 이해하기 시작했을 즈음에는 이미 마약 남용과 정신적인 스트레스 때문에 브라이언은 은퇴한 거나 다름없는 상태에 처해 있었다. 이미 사람 앞에 얼굴을 내미는 일도 없었고, 노래하는 일도 없었다.

앨범《펫 사운즈》에 관해서는 이미 많은 이야기가 회자되었다. 그렇기에 난 여기서 이제껏 다룰 기회가 비교적 적었던 두 장의 비치 보이스의 앨범에 관한 이야기를 하려 한다. 그 앨범들은 1970년 8월에 발매된《선플라워Sunflower》와 이듬해 9월에 발매된《서프스 업Surf's Up》이다. 1968년에 비치 보이스를 맡게 된 브라더 레코드사는 이런저런 문제가 많았던 캐피틀 레코드사와의 계약을 종료하고 워너브라더스 산하에 있는 리플스와 새로운 계약을 체결했다. 리플스는 비교적 새로운 레코드사이므로 그곳에서는 좀 더 과감한, 보다 혁신적인 시도를 할 수 있을 터였다. 60년대 후반에 캐피틀 레코드사에서 출반된 일련의 레코드는 일부 음악업계로부터 높은 평가를 받기는 했으나 히트로 이어지지는 않았다. 비치 보이스의 인기에도 다소 그늘이 드리우기 시작했다는 건 누가 보더라도 명백한 사실이었으므로 소속 레코드사를 옮기는 것은 재출발을 위한 좋은 기회가 될 터였다.

　브라이언은 건강 상태가 그다지 좋지 않았고 체중은 계속 늘어갔으며 LSD의 남용으로 인한 기행이 두드러지게 되었다. 그럼에도 불구하고 밴드 전체의 음악적인 사기는 뜻밖일 정도로 굳건했다. 예전처럼 화려한 히트곡을 내는 일은 없었지만 투어 밴드로서의 그들의 평가는 오히려 높아졌고, 그렇기에 거기에는 얼마든지 전진과 성숙의 가능성이 있는 것처럼 보였다. 밴드는 트레이드마크라고도 할 수 있을 법한 그 독특한 사운드를 유지한 채 60년대 후반의 반문화의 요소를 적극적으로 도입해 새로운 비치 보이스의 이미지를 구축하려 했다. 유행에 벗어나지 않으면서도 지적인 음악성과 대중적인 인기를 동시에 유지하는 것, 그것이 그들의 목표였다. 브라이언도 예전만큼 왕성하지는 않았지만 여전히 매력적이며 질적으로도 우수한 곡을 만들 수 있었고, 밴드의 다른 멤버들도 제각기 자작곡을 만들어냈다. 리더로서, 송 라이터로서의 브라이언의 능력이 예전만 못하게 되어 밴드에 일종의 진공 상태를 가져왔으나, 그것이 다른 멤버들에게는 오히려 건전한, 민주적인 모양새를 지니게 되었다. 브라이언 한 사람에게만 의존하지 말고 스스로 새로운 가능성을 추구해가자는 진취적인 마음이(어쩔 수 없어서이기는 하지만) 생겨났기 때문이었다.

브라이언이 아닌 다른 멤버들이 기여한 곡들은 지금 다시 들어보아도 꽤 '흥미로운' 음악들이다. 브라이언의 남동생인 데니스 윌슨Dennis Wilson의 송 라이터로서의 가능성은 우리의 주목을 끈다. 그가 만드는 음악에는 브라이언의 음악에서는 찾아볼 수 없는 와일드한 아드레날린의 냄새가 풍기며 그것이 곳곳에서 앨범의 긴장감을 더해준다. 그러나 전체적으로 보면 다른 멤버들이 제공한 곡이 브라이언의 음악을 질적으로 높여주지는 못했다. 정확히 말하자면 차원이 다른 것이었다. 브라이언은 분명한 천재인 반면, 유감스럽게도 다른 사람들은 그렇지 않았다. 어떠한 견지에서 보더라도 브라이언이야말로 비치 보이스라는 시스템에서 흔들리지 않는 중심이었으며, 브라이언이라는 존재가 없었더라면 비치 보이스는 간신히 일류와 이류 사이에 머무는 밴드에 그치고 말았을 것이다. 그것은 너무나도 명백한 사실이었다.

그러나 다른 멤버들이 제공한 몇 곡이 브라이언이 만들어낸 곡의 주위에 종속적인 별자리처럼 자리할 때, 거기에는 신기할 정도로 효과적이며 흥미로운, 종합적인 음악 세계를 가진, 부드러움과 예민함과 모순과 희망과 망설임을 가진 잡다한 무엇이 우리 눈앞에 하나의 불가분의 풍경으로 떠오르는 것이다. 뭐랄까, 비치 보이스가 브라이언의 원 맨 밴드였던 황금 시절과는 다른 적극적인 '공유감' 같은 것이 생겨났다. 자기해체의 심연을 눈앞에 둔 사람들의 일종의 자포자기적인 급진주의의 냄새마저 풍긴다. 앨범《선플라워》와《서프스 업》의 매력은 틀림없이 그런 부분에 있을 것이다. 묘한 표현이기는 하지만 브라이언의 창작력이 상대적으로 저하된 시기에 만들어진 이 앨범들을 가만히 들어보면 브라이언 윌슨의 음악이 얼마만큼 파워풀하고 얼마만큼 깊은 것이었는지 새삼스럽게 인식할 수 있다.

만일 브라이언이 이 시기에 마약에 절어 있는 생활에서 현실 세계로 복귀해 있었더라면, 아니면 적어도 현실도피 경향을 그 단계에서 멈출 수 있었더라면 비치 보이스는 새로운, 보다 강력한 음악적인 단계에 서게 되었을지도 모른다. 브라이언은 주위의 에너지를 유효하게 흡수해《선플라워》와《서프스 업》이라는 두 장의 앨범을 발판 삼아 한층 더 의의 있는 전진을 이룩했을지도 모른다. 그러나 유감스럽게도 모든 가정은 가정인 채로 끝나버렸다. 브라이언은 나날이 창작 의욕을 잃어갔고 그로 인해 밴드는 음악적인 전위성과 결속력을 점차로 상실하게 되었다.

사실 이 앨범들이 발표되었을 때 나는 이미 비치 보이스의 음악에 대한 흥미를 잃은 상태였고 그들의 새로운 앨범이 나와도 이젠 관심 밖이었다. 나는 도어스The Doors, 미국의 사인조 록 그룹. 1960년대 말에서 1970년대 초에 걸쳐 잇달아 히트곡을 냈으며, 록 음악의 신화적 존재인 팀의 리더 짐 모리슨으로 유명하다나 지미 헨드릭스Jimi Hendrix, 1942년 ~1970년. 미국의 블루스·록 기타 연주자. 혁신적인 전기 기타 연주와 1960년대 젊은이들의 반문화 운동의 상징으로 유명하다를 듣고 있었다. 크로스비 스틸스 앤드 내시Crosby Stills & Nash를 듣고 크림Cream을 듣고 있었다. 사람들은 우드스톡Woodstock, 1969년 뉴욕의 전원도시인 베델 평원에서 개최된 록 페스티벌에 뜨거운 관심을 가지고 있었다. 그것은 어떤 의미에서는 어쩔 수 없는 일이었다고 생각한다. 하지만 나는 내가 그렇게 비치 보이스의 음악을 저버리게 된 것을(혹은 말끔히 잊고 있었던 것을) 지금에 와서는 유감스럽게 생각한다. 그들은 당시 자신들의 은밀한 장소에서 나름대로 양질의 음악을 필사적으로 계속해서 만들고 있었던 것이다. 그리고 만일 원했더라면 나는 그들과 더불어 동시대를 살 수도 있었다. 하지만 나는 그러지 않았다. 내가《선플라워》와《서프스 업》을 처음으로 들은 것은 상당한 시간이 흐른 뒤였다. 그리고 이렇게 생각했다. '어떻게 이렇게 훌륭한 음악을 이제껏 지나쳐 왔던 거지?' 하고 말이다.

앨범《선플라워》에는 인상적인 아름다운 몇 곡이 수록되

어 있다. 예를 들어 오늘날에도 브라이언이 콘서트에서 적극적으로 선곡해 부르는 〈온 세상에서This Whole World〉와 〈당신의 하루에 음악을 더해요Add Some Music to Your Day〉는, 브라이언이 만든 명곡 중의 명곡이라 할 수 있는 것들이다. 데니스의 곡인 〈슬립 온 스루Slip on Through〉는 심플하고 사람의 마음을 끄는 매력을 갖추고 있고, 브루스 존스턴Bruce Johnston의 〈디어드리Deirdre〉는 아름다운 멜로디를 가진 곡이다. 브라이언과 마이클이 함께 만든 감미로운 러브송인 〈올 아이 워너 두All I Wanna Do〉, 그리고 뭐니 뭐니 해도 앨범 마지막에 수록되어 있는, 마음이 정화될 만큼 아름답고 그야말로 브라이언다운 비상업적인 음악 〈쿨, 쿨 워터Cool, Cool Water〉(훗날 브라이언은 이 곡이 진정한 의미에서 계시를 받아 만들어진 곡이라고 술회했다) 같은 곡들은 지금도 우리 귀에 신선하게 울린다. 그리고 앨범 전체에는 타이틀대로 평화롭고 온화한 기운이 가득차 있다. 영국에서 이 앨범은 "비치 보이스의 《서전트 페퍼스……》"라고 극찬을 받았다.

그러나 미국에서는 그렇지 않았다. 놀랄 만큼 잘 만들어진 앨범 《선플라워》는 《빌보드》지의 LP차트에 단 4주 동안 머무는 데에 그쳤고 최고 순위는 151위라는, 비치 보이스 역사상 전대미문의 참담한 결과만을 남겼다. 거의 묵살된 거나 마찬가지였다. 안타깝게도 음악의 질과는 무관하게 그들이 설정한 음악적인 시점은 그 시대의 일반 청취자가 원했던 시점과는 상당히 거리가 있는 것이었다. 적어도 미국 시장에 있어서는 그 둘이 맞물리는 경우는 없었다. 자신들이 만들어 낸 음악에 확신을 가지고 있었던 만큼 브라이언과 밴드의 멤버들은 앨범의 상업적인 실패에 깊은 실망을 느끼지 않을 수 없었다.

그러나 그들은 있는 힘을 다해 다시금 도전한다. 《서프스 업》이 바로 그 도전을 보여주는 앨범이다. 이 LP가 녹음된 시기에 브라이언은 창작 의욕을 거의 잃다시피 한 상태였다. 그가 앨범에 주체적으로, 그리고 전면적으로 관여한 것은 〈틸 아이 다이〉와 〈데이 인 더 라이프 오브 어 트리Day in the Life of a Tree〉 두 곡 뿐이었다. 타이틀곡이 된 〈서프스 업〉은 발매 중지가 된 전설의 앨범 《스마일Smile》의 테이프에서 도입한 브라이언의 곡인데, 《스마일》에 대해 복잡한 심경이었던 브라이언은 그 곡이 수록되는 것을 강력히 반대했다. 반면 멤버들은 음울한 내용의 가사인 〈틸 아 다이〉를 앨범에 수록하는 것을 거부했다. 이윽고 이 의견의 대립에 마지못한 타협이 이루어졌고 결과적으로 두 곡 모두 앨범에 수록하게 되었다. 그렇게 브라이언과 다른 멤버들 사이의 긴장관계는 점점 심각해져갔다. 브라이언은 자신이 이용당하고 폄하된 것처럼 느꼈고, 다른 멤버들은 브라이언이 자기들을 저버렸다고 느꼈다.

비치 보이스는 레코드사가 마련해 준 형편없는 스튜디오 대신 자신들이 소유한 스튜디오에서 작업을 했다. 그것은 벨 에어Bel Air에 위치한 브라이언의 넓은 저택의 1층에 있었다. 그러나 브라이언은 2층에 있는 자기 방에 틀어박힌 채 내려오려 하지 않았다. 밴드의 멤버들은 자기들끼리 연습하고 녹음했다. 브라이언은 목욕 가운 차림으로 어쩌다 한 번씩 스튜디오에 얼굴을 내밀고 연습 광경을 살펴보고는, 대개의 경우 수염을 쓰다듬으면서 아무 말도 없이 2층으로 올라가 버렸다. 그것은 너무나도 기묘한 광경이었다.

그러나 그러한 부자연스럽고 팽팽한 긴장감이 감도는 상황에도 불구하고, 몇몇 내용적인 결점에도 불구하고, 그리고 전체를 감도는 어딘지 모르게 어두침침한 분위기에도 불구하고, 이《서프스 업》은 예상과는 달리 매력적인 앨범으로 완성되었다. A면의 첫 번째 곡인 〈돈트 고 니어 더 워터Don't Go Near the Water〉는 마이클 러브와 앨런 자딘Alan Jardine이 함께 만든 곡으로 주목을 끌 만한 곡이다. 브라이언이 관여하지 않았음에도 불구하고 거기에는 틀림없는 비치 보이스의 집합적인 사운드가 있다. 비치 보이스라는 최고의 사운드 시스템이 효과적으로 기능하고 있다. 그러나 가사는 어둡고 어떤 의미에서는 상징적이다.

> 물가에 가까이 가서는 안 된다니
> 이 얼마나 슬픈 일인가
> 도대체 물에 무슨 일이 생긴 걸까
> 우리 물은 못쓰게 되고 말았다네

이는 수질 오염에 항의하는 생태학적인 노래다. 그러나 이 가사는 당시 비치 보이스라는 밴드가 놓인 곤경에 대한 비통한 메타포이기도 하다. 똑같은 줄무늬 셔츠를 입고 천진무구한 서핑 음악을 아무런 가식도 없이 노래했던 밴드의 '수원水源'이 치명적이리만치 오염되고 만 것이다. 그러나 오염의 원인이 무엇이었는지 그들로서는 전혀 알 길이 없었다.

이 앨범에 수록된 브라이언의 곡은 그 숫자로 본다면 결코 많지는 않지만 어느 것을 들어봐도 훌륭하다. 뭔가 좀 초점이 분명치 않은 듯한 〈데이 인 더 라이프 오브 트리〉도 들을 만한 가치가 충분한 음악이다. 거기에는 분명히 브라이언의 정신이 아로새겨져 있기 때문이다. 그리고 타이틀곡인

《서프스 업》은 그릇의 테두리로부터 찰싹거리며 물이 떨어지는 것만 같다. 그러한 고요한 아름다움은 아마도 천재만이 만들어낼 수 있는 종류의 것이리라. 레너드 번스타인Leonard Bernstein은 텔레비전의 한 특별 프로그램에서 이 곡의 정교하고도 치밀한 음악성을 절찬하기도 했다.

과거의 '재고품' 속에서 《서프스 업》을 무리하게 끄집어낸 것에 대해서 브라이언은 다른 멤버들에게 오랫동안 불만을 품어왔지만 이제는 그런 쓸쓸한 마음도 흐려졌다고 한다. "(당시에는 불쾌했지만) 나중에는 나도 그 트랙을 좋아하게 되었죠"라고 그는 말했다. "단, 이 곡은 보컬이 좀 약한 감이 있어요. 나는 내 목소리가 마음에 들지 않아요. 그래도 거기에는 마음이 담겨 있지요." 정말로 맞는 말이다.

그 외에 주목을 받은 곡은 브루스 존스턴이 만든 〈디즈니 걸스 1957Disney Girls 1957〉이다. 향수 어린 감미로운 발라드 곡으로, 비치 보이스라는 밴드의 음악적 취향으로부터 좀 벗어나 있기는 하지만 거기에는 순수하게 감동을 자아내는 것이 있다. 훗날 브라이언은 "이 곡에서 브루스가 전개한 하모니와 코드는 실로 훌륭한 것이다"라고 술회한다. 전작에서 활약한 데니스는 부상 때문에 이 앨범에서는 생기 넘치는 모습을 보여주지 못했다. 보컬에 관해 얘기하자면 브라이언의 막내 동생인 칼이 열심히 브라이언의 공석을 보충해 내고 있었다. 칼은 음악적으로나 인간적으로나 예민한 큰형과 급진적인 둘째 형을 이어주는 중간자적 역할을 했다.

앨범《서프스 업》은 상업적으로는 어느 정도의 결과를 얻었다.《빌보드》지 앨범 차트 29위까지 올랐고 비평가에게도 좋은 평가를 받았다.《롤링 스톤》지는 다음과 같은 평을 게재했다.

"비치 보이스가 돌아왔다. 최근 몇 년 동안 그들은 록 비평가에게서나 대중에게서나 냉담한 반응밖에 얻지 못했지만《서프스 업》을 내놓음으로써 멋진 복귀를 준비하고 있다. 이 앨범에는 그들이 만들어낸 하모니와 프로그레시브 팝이 보기 좋게 합치되어 있고 젊은 칼이 문제가 있었던 이 그룹의 전면에 나서게 되었다."

그러나 그들의 호조는 오래 가지 않았다. 앨범《서프스 업》은 비치 보이스가 남긴 마지막 '의욕작'이 되었다. 이 앨범을 발표한 후 브라이언은 더욱 심하게 자기만의 공간에 틀어박혔고, 그의 펜은 새로운 곡을 거의 만들어내지 못했다. 장기적으로 올랜도로 장소를 옮겨 제작된 다음 앨범《올랜도《Orlando》에는 브라이언이 그룹의 일원이라는 사실을 알려주는 정도로만 그의 곡이 수록되었다. 그리고 다른 멤버들의 각고의 노력에도 불구하고 비치 보이스라는 밴드가 만들어내는 음악의 잠재성의 저하는 어찌할 도리가 없었다. 그렇게 그들은 긴 겨울을 맞이하게 되었다.

브라이언은 마약의 깊은 안개 속에서 자신을 서서히 파괴해갔으며, 비치 보이스는 그리운 멜로디 투어 밴드로서 높은 수익을 올리고 있었다. 이제는 전설의 유지만이 밴드의 존재 의미가 되고 말았다. 멤버들 사이에도 불화가 심해져 그들은 서로 소송을 하기도 했다. 그동안 데니스는 마약에 얽힌 사고로 익사했고, 사람 좋던 칼도 젊은 나이에 목숨을 잃었다. 윌슨 삼 형제 중 브라이언만이 살아남았다. 비치 보이스의 명맥은 이미 끊어진 것이라고, 누구나 그렇게 생각하게 되었다.

그런데 모든 사람의 예상을 뒤엎고 브라이언이 음악계에 복귀한 것이다. 두 남동생의 죽음을 겪은 후 그는 마약을 끊고 갱생에 힘쓰며 체중을 줄이고 심리치료를 받으며 필사적으로 자신을 회복했다. 그 자신의 죽음의 심연으로부터 되돌아왔다고 해도 과언이 아닐 것이다. 그는 재혼하고 새로이 삶을 시작했다. 그리고 실질적으로 비치 보이스를 떠나 뛰어난 내용을 담은 몇 장의 솔로 앨범을 제작하고 스스로 밴드를 만들어 콘서트 활동을 시작했다. 그의 펜은 다시금 아름답고 인상적인 곡을 잇달아 써내게 되었다. 그것은 거의 기적에 가까운 일이었다. 예전에 스콧 피츠제럴드Scott Fitzgerald, 1896년~1940년. 미국의 소설가.《낙원의 이쪽》,《위대한 개츠비》 등을 발표했다는 "미국에는 제2막이라는 것이 존재하지 않는다"는 글을 남긴 적이 있다. 그러나 브라이언 윌슨의 인생에는 제2막이 분명히 존재했다.

와이키키 쉘의 맨 앞줄 객석에서 점차로 굵어지는 빗줄기를 맞으면서 브라이언의 최근 곡인 〈러브 앤드 머시Love and Mercy〉를 듣고 있자니 나도 모르게 가슴이 뜨거워진다. 그는 늘 콘서트 마지막에 홀로 키보드 앞에 앉아 깊은 자비심을 담아 이 노래를 부른다. 아름다운 곡이다. 그는 이 곡을 노래하는 것으로 죽은 이들을 진혼鎭魂하고 자신의 잃어버린 세월을 조용히 애도하는 듯이 보인다. 배신한 이들을 용서하고, 모든 운명을 있는 그대로 받아들이고 있는 것처럼 보인다. 분노나 폭력이나 파괴나 절망을, 모든 부정적인 생각을 열심히 어딘가로 밀어내려 하고 있다. 그 절실한 느낌이 우리 마음에 곧바로 전해진다. 브라이언의 몸의 움직임에는 어딘지 모르게 부자연스러운 데가 있고 무대 위에서도 그는 거의 의자에 앉아 있는 상태다. 긴 세월 동안 이어진 황폐한 생활은 그의 내부의 무엇인가를 확실히 파괴해 버린 듯이 보인다. 그리고 그 목소리에는 젊었던 시절의 감미로운 느낌은 없다. 귀중한 많은 것들이 상실된 것이다. 하지만 그럼에도 브라이언의 노래는 확실히 듣는 이를 감동케 한다. 거기에는 인생의 '제2막'만이 지니는 깊은 설득력이 있다.

1963년에 처음으로 〈서핑 유에스에이〉를 들은 후로 오랜 세월이 흘렀다. 브라이언에게 있어서도 나에게 있어서도 그것은 상당한 무게가 있는 세월이었다. 온갖 예상을 뛰어넘는 종류의 세월이었다. 그리고 나는 여기에 있다. 와이키키의 밤바다에, 그칠 줄 모르는 비를 맞으며 그 공간과 시간을 공유하고 있다. 그것은 누가 뭐라 해도 훌륭한 것이라는 생각이 든다. 적어도 우리는 살아가고 있고 진혼해야 할 몇 가지를 우리 자신 속에 안고 있는 것이다.

하루키가 애청하는
브라이언 윌슨의 앨범

Sunflower(Brother/Reprise RS6382)

Surf's Up(Brother RS6455)

슈베르트 피아노 소나타 제17번 D장조 D850

부드러운 혼돈의 오늘

"클래식 음악을 듣는 기쁨의 하나는 자기 나름대로의 몇 곡의 명곡을 가지고 자기 나름대로의 몇 명의 명연주가를 가지는 데에 있지 않을까 하는 생각이 든다. 슈베르트의 D장조 소나타는 나에게 있어서 그와 같은 중요한 '개인적인 서랍장'이다."

프란츠 슈베르트Franz Schubert

1797년~1828년. 오스트리아 비엔나 시 교외의 히멜프포르트그룬트에서 태어났
다. 낭만파 음악의 개척자로 독일 가곡의 기초를 마련했다. 일찍이 재능을 보여 안
토니오 살리에리Antonio Salieri에게 인정받고 그의 가르침을 받게 되었다. 일정한
직업을 가지지 않고 방랑자 생활을 했다. 교향곡, 실내악곡, 교회음악에서 오페라
에 이르기까지 많은 작품을 남기고 1828년 요절했다.

　프란츠 슈베르트Franz Schubert는 도대체 어떤 목적을 가슴
에 품고 장대한, 작품에 따라서는 다소 의미를 파악하기 어
려운, 그리고 그다지 노력의 대가를 받았을 것 같지도 않은
일군의 피아노 소나타를 작곡하게 된 것일까? 어째서 그런
성가신 것을 작곡하는 데에 짧은 인생의 귀중한 시간을 소비
해야 했을까? 나는 때때로 슈베르트의 소나타 레코드를 턴
테이블에 올리며 그런 생각을 하곤 했다. 그런 성가신 것을
작곡하는 대신 더 산뜻하고 듣기 좋은 피아노 소나타를 썼
더라면 슈베르트는—당시든 오늘날이든—세상에 보다 널
리 받아들여지지 않았을까? 실제로 그가 작곡한《악흥樂興의
순간Moments Musicaux》과《즉흥곡Impromptus》같은 피아노 소품

집은 오랜 세월에 걸쳐 사람들에게 사랑받아 오지 않았던가. 그에 반해 그가 남긴 피아노 소나타의 대부분은 비 오는 날에 신는 운동화 정도의 냉담한 취급밖에 받지 못했다.

모차르트Mozart가 피아노 소나타를 작곡한 목적은 비교적 명백하다. 생활비를 벌기 위해서였다. 그는 음악을 좋아하는 귀족들이나 그들의 자제를 위해 피아노 소나타를 작곡하고 사례금을 받았다. 그래서 듣기 좋은(동시에 실로 아름답고 깊은 내용을 지닌) 피아노 소나타를 주문에 맞추어 술술 써나갔다. 베토벤Beethoven의 경우는 물론 돈을 벌 마음과 필요도 있었지만 그에 못지않게 근대적 예술가로서의 야심이 내부에 있었다. 자신이 발표한 새로운 피아노 소나타가 세상에서(그러니까 예술을 이해하는 부르주아 계급 사이에서) 어떠한 반응을 불러일으킬 것인가를 그는 계산하고 있었다. 거기에는 계급투쟁적인 도발성이 담겨 있었던 것이다.

그러나 슈베르트의 소나타는 타인에게 들려줘도 너무 긴 나머지 지겨워할 뿐이었고, 가정 내에서 편안하게 연주하기에는 음악적으로 너무 어려워서 악보로 팔릴 것으로 생각되지도 않았고(사실상 팔리지 않았고), 사람들의 정신을 도발·환기시킬만한 적극성도 결여되어 있었다. 그러니까 사회성 같은 건 전무한 것이나 마찬가지였다. 그렇다면 슈베르트는 도대체 어떤 지점을, 어떤 음악적 공간을 이처럼 수많은 피아노 소나타로 작곡했던 것일까? 나는 오랫동안 그 부분을 잘이해할 수 없었다.

그러던 어느 날 슈베르트의 전기를 읽고 나서야 마침내 그수수께끼가 풀리게 되었다. 그것은 실로 간단한 이야기로, 슈베르트는 피아노 소나타를 작곡할 때 머릿속에 그 어떠한장소도 설정하지 않았다는 것이다. 그는 단순히 '그런 곡들을 만들고 싶었기 때문에' 만들었던 것이다. 돈을 위한 것도아니었으며 명예를 위한 것도 아니었다. 머리에 떠오르는 악상을 단지 그대로 악보에 옮겼을 뿐이다. 만일 자신이 쓴 음악에 다들 지루해한다 해도, 그 가치를 인정받지 못한다 해도, 그 결과 생활에 곤란을 겪는다 해도 슈베르트에게 있어서 그것은 부수적인 문제에 지나지 않았을 것이다. 그는 다만 마음에 쌓이는 것을 자연스럽게 개인적인 국자로 퍼냈을뿐이다.

그렇게 마음 가는 대로 음악을 만들어내다가 그는 서른한살의 나이로 사라지듯이 이 세상을 떠났다. 결코 부자가 되지도 못했고 베토벤처럼 세상 사람들로부터 존경도 받지 못했지만 가곡은 어느 정도 팔렸고, 그를 숭배하는 소수의 동료들도 주위에 있었으니 끼니를 못 이을 정도는 아니었다.

또한 요절했으니 재능이 시들어 더 이상 악상이 떠오르지 않아, "어떡하지 큰일이네" 하고 앓는 소리를 하지 않아도 되었다. 멜로디와 화음은 알프스 산줄기에 자리한 작은 강물에 눈이 녹듯이 그의 머리에 떠올랐다. 어떤 관점에서 본다면 그것은 나쁘지 않은 인생이었는지도 모른다. 단지 좋아하는 일을 마음대로 하면서 "진짜 바쁘구나. 이것도 써야 하고 저것도 써야 하고……"라며 열에 들뜬 듯이 살다가 뭐가 뭔지 제대로 알지 못한 채 삶을 마친 셈이니 말이다. 힘든 일도 물론 있었겠지만 뭔가를 탄생시킨다는 기쁨 그 자체가 하나의 보상인 것이다.

어쨌든 프란츠 슈베르트가 작곡한 스물두 곡으로 구성된 피아노 소나타가 이렇게 우리 앞에 있다. 생전에 발표된 것은 그중 단 세 곡이며 나머지는 모두 사후에 발표되었는데, 생전에 발표된 곡들도 그다지 높은 평가는 받지 못했던 모양이다. 친한 친구들 사이에서도 "가곡이라든지 피아노 소품 같은 건 정말로 좋은데 피아노 소나타는 좀 그렇지. 역시 프란츠 녀석의 재능은 짧은 곡에 맞는 거야. 그런데 본인은 아무튼 긴 걸 만들고 싶어 한단 말이야. 재능도 있고 좋은 놈인데, 그런 고집은 좀 민폐란 말이지" 하고 수군거렸다. 이건 어디까지나 내 상상에 지나지 않지만 대충 그렇지 않았을까 싶다.

　하지만 아무튼 나는 개인적으로 슈베르트의 피아노 소나타를 좋아한다. 요즘 들어(특히 최근 5, 6년 동안은) 베토벤이나 모차르트의 피아노 소나타보다 훨씬 자주 듣는다. 그 이유를 새삼스럽게 묻는다면 간단하게 대답하기는 어렵지만 결국 슈베르트의 피아노 소나타가 지니는 '장황함'이나 '비정돈성'이나 '민폐'가 지금 내 마음에 친숙하기 때문인지도 모른다. 거기에는 베토벤이나 모차르트의 피아노 소나타에서는 찾아볼 수 없는 마음의 자유로운 **흐트러짐** 같은 것이 있다. 스피커 앞에 앉아 눈을 감고 음악을 듣고 있으면 그곳에서 펼쳐지는 세계 속으로 자연스럽게 발을 들여놓을 수 있다. 소리를 맨손으로 퍼 올리고 거기에서 내 나름대로의 음악적 정경을 마음 가는 대로 묘사해 갈 수 있다. 말하자면 융통무애融通無碍, 사고나 행동이 자유롭고 활달함을 이르는 말한 세계가 거기에 있는 것이다.

　베토벤이나 모차르트의 피아노 소나타는 그와는 좀 다르다. 우리가 그들의 음악을 들을 때 거기에는 늘 베토벤이나 모차르트라는 인간상이 고고하게 자리하고 있다. 그것은 어떤 의미에서는 움직이기 어렵고 범하기 어려운 것이다. 좋든 나쁘든 지위 같은 것이 거기에는 자리하고 있다. 기본적으로 우리는 그 음악의 흐름에, 조형성에, 혹은 우주관 같은 것에 몸을 맡길 수밖에 없다. 그러나 슈베르트의 음악은 그렇지 않다. 눈높이가 훨씬 낮다. 어려운 것은 생략한 채 우리를 따듯하게 맞아주고, 그의 음악이 자아내는 쾌적한 정기精氣 속으로 득실을 따지지 않고 젖어들게 해준다. 거기에 있는 것은 중독이라 할 수 있는 특수한 감각이다.

내가 그러한 타입의 음악을 애호하게 된 데에는 시대적인 요인도 있을 것이며 연령적인 요인도 있을 것이다. 시대적인 얘기를 하자면 우리는 온갖 예술 영역에 있어서 점점 '부드러운 혼돈'을 추구하는 경향에 있는 듯하다. 베토벤의 근대적 구축성(구축적 근대성)이나 모차르트의 완결적 천상성天上性(천상적 완결성)은 때로 우리를—아무런 불만 없이 그것들이 훌륭하다고 인정하면서도—답답하게 한다. 그리고 연령적인 얘기를 하자면 우리는 역시 온갖 예술 영역에 있어서 보다 '느슨하고 심플한 의미에서 난해한' 텍스트를 추구하는 경향에 있는지도 모른다. 그 어느 쪽의 이유가 나를 더 강하게 슈베르트의 피아노 소나타 세계로 이끌고 있는지는 정확하게 판단할 수 없다. 그러나 아무튼 슈베르트의 피아노 소나타가 스물두 곡이나 이 세상에 존재하고 있다는 사실은 지금 나에게 있어 하나의 확실한 기쁨이다.

　슈베르트의 많은 피아노 소나타 중에서 내가 오랫동안 개인적으로 가장 애호하는 작품은 17번 D장조 D850이다. 자랑하자는 건 아니지만 이 소나타는 매우 길고 지루하고 형식적으로도 정돈되어 있지 않고, 기술적으로도 들을 만한 부분을 찾아보기 힘들다. 몇 군데의 구조적인 결함마저 눈에 띈다. 그러니까 피아니스트에게 있어 이 곡은 피하고 싶은 작품의 하나로 이 곡을 연주곡목에 넣는 연주가는 오랫동안 거의 없다시피 한 상황이었다. 그렇기에 세상에서 '이거야말로 명연주의 결정판'이라고 여길 만한 연주도 배출되지 않았다. 클래식 음악에 해박한 몇 명의 지인에게 이 곡에 관한 의견을 구하면, 많은 사람들이 잠시 침묵하곤 눈살을 찌푸린다. "왜 하필이면 D장조죠? A단조, A장조, B플랫 장조, 그 밖에도 얼마든지 명곡은 있는데, 하필 왜죠?" 분명 슈베르트에게는 더 우수한 피아노 소나타가 몇 곡이나 있다. 그것은 객관적인 사실이다. 요전에 요시다 히데가즈吉田秀和, 일본을 대표하는 음악평론가. 클래식에 관한 깊이 있는 지식으로 일본 음악 평론의 선구자적 역할을 담당했다의 저서를 읽다가, D장조 소나타에 관한 흥미로운 언급을 우연히 발견하게 되었다. 우치다 미쓰코內田光子가 연주한 이 곡의 녹음에 대한 평이다. 잠시 인용해 보겠다.

"이 두 곡 중 A 단조의 소나타는 친근한 느낌이 드는 음악
으로 예전부터 들어왔지만, D장조는 아무래도 좋아지지 않
았다. 제1악장부터 힘차게 시작되기는 하나 왠지 매끄럽지
않아 파악하기 힘들다. 재미있는 악상은 많지만 이리저리 왔
다 갔다 하니 일관성이 없어 결국 어디로 가고 싶은 것인지
묻고 싶을 지경이다. A단조의 소나타와 비교해 말하는 건
적절하지 않을 수도 있겠지만, 이 소나타는 솜씨 좋게 응축
되어 있어 슈베르트도 이렇게 간결하게 작곡해 낼 수 있는데
어째서 D장조는 이다지도 긴 것인가 하고 안타까워진다. 슈
베르트의 고질병이라고 하기에는 좀 그렇겠지만, D장조 소
나타는 너무나도 장황하고 지루하다."

—《이번 달의 한 장》, 2001년

요시다 히데가즈 씨에게 내가 이런 말을 하기란 다소 송구
스러운 감도 들지만 "정말로 그렇지요. 그 심정 충분히 이해
합니다" 하고 나도 모르게 고개를 끄덕이게 된다. 하지만 글
은 이어진다.

"그런 까닭에 나는 D장조 소나타를 멀리했고, 내가 일부러 들을 기회를 만드는 일은 없었다. 이번에 이 CD가 나와 다시 들어보았을 때에도 A단조에서 시작해 그 곡이 끝나자 D장조는 듣지도 않고 끄고 말았다. 하지만 이제야 큰맘 먹고 들어보고 나서야 비로소 깨닫게 되었다. 이 곡은 무서울 정도로 마음속으로부터 용솟음치는 '정신적인 힘'이 그대로 음악이 된 듯한 곡이다." (후략)

이 글을 읽고 나는 더 깊이 고개를 끄덕이게 된다. 마음속으로부터 용솟음치는 '정신적인 힘'이 그대로 음악이 된 듯한 곡—그야말로 맞는 말이다. D장조의 소나타는 분명히 일반적인 의미에서의 명곡은 아니다. 구성은 느슨하고 전체적인 의미를 파악하기 힘들고 한없이 길다. 그러나 거기에는 그와 같은 옥의 티를 보충하고도 남을 만한 심오한 정신의 솔직한 용솟음이 존재한다. 그 용솟음이 작곡자인 당사자에게도 잘 통제되지 않은 채 파이프의 누수처럼 여기저기로 제멋대로 분출되어 소나타라는 시스템의 통합성을 파괴하고 만 것이다. 그러나 역설적으로 말하자면 D장조의 소나타는 그야말로 그러한 체면이고 뭐고 따질 수 없을 정도로 **망가져**, 세상의 '기존 사고방식을 뒤엎는 듯한' 독자적인 보편성을 획득한 것처럼 느껴진다. 결국 이 작품에는 내가 슈베르트의 피아노 소나타에 이끌리는 이유가 가장 순수한 형태로 응축되어 있다는, 혹은 보다 정확히 표현하자면 **확산되어 있다**는 기분이 든다.

내가 이 곡에 매료된 것은 대략 20년쯤 전이다. 중고 레코드 가게를 돌다 유진 이스토민Eugene Istomin이 연주하는 이 작품의 레코드를 발견하고 '한번 들어볼까' 하는 가벼운 마음으로 구입한 것으로, 컬럼비아 마스터워크스의 수입판 (MS7443)이다. 녹음 시기는 알 수 없으나 아마 1960년대 중반에서 후반에 걸친 것이 아닐까 싶다.

그 후로 이 레코드를 제법 자주 들었다. 내가 D장조의 소나타를 좋아하게 된 것도 따지고 보면 이 레코드를 만났기 때문이다. 이스토민의 연주에서는—대부분의 이스토민의 연주가 그러하듯이—화려함을 찾아보기가 힘들다. 중용적이라 할까, 한 발자국 뒤로 물러나서 변형되지 않은 음악 세계를 그대로 전면에 내놓는 타입의 연주다. 그런데 그런 연주 방식은 신기할 정도로 이 곡에 딱 맞아떨어졌다. 순수하지만 교과서적이지는 않고, 마음이 담긴 온화함 같은 것이 있었다. 그 레코드를 되풀이해 듣는 동안 나는 D장조 소나타에 흠뻑 빠져들게 되었다. 지금도 가끔씩 이스토민의 연주를 듣는데 올바른 자세를 지닌 연주라는 생각이 들어 늘 감탄하게 된다. 슈베르트의 피아노 소나타가 아직 정당한 평가를 받지 못하던 당시에 이만큼 납득할 만한 연주를 할 수 있었다는 건 대단한 일이다. 다른 피아니스트의 연주로 이 곡을 만났더라면 이만큼 강렬하게 매료되지는 않았을 것이다. 그런데 이스토민의 연주는 세상 사람들로부터는 그다지 좋은 평가를 받지 못한 듯했다. 그 이후로 레코드 가게에서 찾아볼 수도 없었고, CD로 다시 나왔다는 얘기도 들은 적이 없다. 레코드가 너무 닳아 가능하다면 다시 구입하고 싶은데 말이다.

내가 D장조 소나타를 듣기 시작했을 무렵에는 이 곡을 수록한 레코드의 수는 꽤 한정된 것이었다. 당시 레코드 카탈로그에는 몇 장만이 실려 있었던 걸로 기억한다. 그러나 시대가 바뀌면서 이 곡을 연주하는 피아니스트도 점차로 늘어났다. 일전에 생각이 나서 우리 집 레코드 수납장에 있는 D장조 소나타를 세어보니 무려 열다섯 종류나 되었다. 일단 그 목록을 열거해 보겠다. LP라는 전제를 달지 않은 것은 모두 CD이다.

1. 블라디미르 아슈케나지Vladimir Ashkenazy(London/DECCA LP)

2. 알프레드 브렌델Alfred Brendel(Phillips LP)

3. 아르투르 슈나벨Artur Schnabel(EMI LP)

4. 스비아토슬라브 리히터Sviatoslav Richter(Monitor LP)

5. 유진 이스토민Eugene Istomin(Columbia LP)

6. 잉그리드 헤블러Ingrid Haebler(Phillips LP)

7. 우치다 미쓰코內田光子(Phillips LP)

8. 파울 바두라 스코다Paul Badura Skoda(Arcana)

9. 안드라스 쉬프Andras Schiff(London/DECCA)

10. 빌헬름 캄프Wilhelm Kempff(Deutsche Grammophone)

11. 클리포드 커즌Clifford Cuzon(London/DECCA)

12. 미셸 달베르토Michel Dalberto(Erato)

13. 에밀 길렐스Emil Gilels(RCA)

14. 레이프 오베 안스네스Leif Ove Andsnes(EMI)

15. 발터 클린Walter Klien(Vox)

녹음 시기별로 대략 나누어보면,

① 초기 : 일부를 제외하고 슈베르트의 피아노 소나타를
연주하고 녹음하는 것이 그다지 일반적이지 않았던 시
대, 1970년 이전의 것.

② 중기 : 슈베르트의 피아노 소나타에 대한 재평가의 기운이 높아진 이후의 것. 1970년부터 1990년에 걸쳐 녹음된 것.

③ 현대 : 재평가의 확립이 이루어져 젊은 피아니스트들이 슈베르트의 피아노 소나타를 적극적으로 연주곡목에 넣게 된 이후의 것.

슈나벨, 캠프, 이스토민, 커즌, 리히테르, 길렐스, 헤블러 같은 이들은 ①의 초기에 속하며 브렌델, 아슈케나지, 클린은 ②의 중기에, 그 이외의 연주는 ③의 현대에 속하게 된다. 이번에 이 원고를 쓰며 이들의 모든 연주를 천천히(시간을 가지고) 다시 들어 봤기에 그 감상을 쭉 한 번 써보고자 한다.

현대의 연주부터 살펴보면 노르웨이의 기예氣銳한 피아니스트, 안스네스의 연주가 단연 돋보인다. 새롭고 우수한 녹음으로 D장조 소나타를 듣고자 하는 분께는 망설임 없이 이 CD를 권해드리고 싶다. 안스네스가 몇 년 전 일본에 왔을 때도 그의 연주를 직접 듣고 감탄한 기억이 있는데, 이 CD(2002년 녹음)에 있어서의 그의 연주는, 한층 더 음악적인 깊이를 더했다. 이 연주를 '슈베르트적'이라고 부르기에는 다소 무리가 있을지도 모르지만 정통적이고 곧은 연주임에는 분명하다. 노르웨이 출신이라고 해서 하는 말은 아니지만 제1장부터 제2장에 걸쳐서는 마치 그리그_{Edvard Grieg, 1843년~1907년. 노르웨이의 작곡가. 독일 낭만파 음악과 노르웨이 민속악의 요소를 도입하여 국민 음악의 기초를 확립했다. 작품에 〈페르귄트 모음곡〉, 〈피아노 협주곡〉, 〈노르웨이 무곡〉 등이 있다}의 음악을 듣고 있는 듯한, 건전한 '숨이 막혀오는 듯한' 감각이 있다. 깊은 숲속의 공기를 가슴 깊이 들이마셨을 때의 청신하고 깨끗한 식물성의 향기가 발끝까지 가득하다. 젊음에 넘치고 화려하며 당당하고 수려하며 정감적이면서도 시대감각에 뒤떨어지는 요소는 주의 깊고 꼼꼼하게 분리되어 배제되어 있다. 무엇보다도 흐름이 매끄럽다. 전체의 음악적인 스케일은 크지만 구성은 간결하게 응축되어 있다. 그와 같은 설정에서 나는, 이 피아니스트의 총명함을 느끼지 않을 수 없다.

이 소나타는 특히 강음부와 약음부의 연주가 매우 어려워 악보가 지정해주는 대로 연주하면 왕왕 꽤 요란한 연주가 되고 마는데 그 강약의 밸런스가 이 연주가의 경우는 절묘하다. 특히 강음부가 멋지다. 시끄럽지 않고 여운을 남기는 음색은 청년기의 힘에 넘치는 듯한, 꿈꾸는 듯한, 뜨거운 상념 속으로 빨려 들어가게 한다. 물론 사람에 따라 기호는 다르겠지만 나는 이 연주의 근간에 있는 심플하며 직선적인 세계관과 그것을 거침없이 제시하는 젊은 의지 같은 것을 높이 평가하고 싶다.

이와 같은 안스네스의 훌륭한 달성에 비한다면 다른 피아니스트의 연주에는 제각기 일장일단이 있다. 쉬프의 연주 스타일은 기본적으로 안스네스와 가깝다. 아마도 이 스타일이 현대 피아니스트에게 있어 슈베르트 음악의 한 정형으로 자리 잡아 가고 있기 때문일지도 모른다. 반反베토벤적이라 할까, 구조성의 결여 속에 역설적인 구조성을 추구하는, 말하자면 포스트모던 낭만주의의 추구가 엿보인다. 그 낭만주의는 결코 정감 흐르는 낭만주의가 아니다. 악보는 면밀히 검증되고 정감은 통제되고 다이너미즘은 재정립되어 모든 것은 내성內省이라는 필터를 빠져나가게 된다. 그것은 말하자면 한 번 해체되어 재정립되고 재구축된 낭만주의인 것이다. 이미 정신의 폭을 넓힐 수 없게 된 현대인의 영혼에 맞추기 위한 새로운 긍정적인 낭만주의이다. 이와 같은 '탈구축적인 낭만주의'는 이미 하나의 흐름으로 자리 잡게 되었다. 예를 들어 머레이 페라이어Murray Perahia가 이 곡을 연주했다 하더라도(지금 시점에서는 아직 녹음되어 있지 않지만), 그 연주는 이와 같은 흐름 속에 수용되었을 것이라고 추측된다.

쉬프의 연주 또한 절도를 유지한 호감이 가는 연주다. 능숙하게 바깥 공기를 안으로 끌어들이고 밀실적인 독선에 빠지지 않도록 교묘히 피해간다. 그렇기에 그 낭만주의는 결코 답답함을 불러일으키지 않는다. 시종 부드럽고 나긋나긋하며 밸런스를 유지해 낸다. 단지 꼭 지적하자면 안스네스의 경우와는 달리 이 사람의 연주에는 '말하고자 하는 바'가 희박하다. 너무나도 이상적인 청년이랄까, 우등생 같은 분위기다. 음악의 형태를 실로 기막히게 갖추어놓았지만 너무나도 잘 갖추어진 나머지 왠지 모르게 인위적이다. 한 번 듣기에는 '좋다'는 느낌이지만 몇 차례에 걸쳐 듣다 보면 세부의 인공성이 점점 눈에 들어온다. 그래서 나는 쉬프의 연주를 적극적으로 선택하지는 않는다.

우치다 미쓰코는 앞에 언급한 두 사람과는 전혀 다른 연주를 펼친다. 뭐랄까, 그녀의 슈베르트는 다른 어떠한 피아니스트가 연주하는 슈베르트와도 다르다. 그 해석은 지극히 정묘하고도 치밀하며 이지적이고 냉철하고 설득력이 있으며 자기완결적이다. 그런 의미에서 그녀의 연주는 어느 부분을 잘라 보더라도 우치다 미쓰코라는 인간이 같은 모습으로 나타난다. 그것이 연주가로서는 기본적으로 올바른 자세라고 나는 생각한다. 그러므로 그녀의 연주를 선택할 것인가 안 할 것인가는 결국 100퍼센트 개인의 기호에 따라 결정된다.

그리고 내 개인적인 기호를 말하자면, 나는 우치다 미쓰코의 D장조 연주를 선택하지는 않을 것이다.

내가 그녀가 연주하는 D장조를 선택하지 않는 이유는 몇 가지인데, 그 하나는 그녀가 채택하는 아티큘레이션aticulation, 프레이징 안에 있는 음 하나하나를 떼어내거나 연결해 여러 형태로 표현하는 연주 방법이 다소 작위적으로 들리기 때문이다. 아주 미세한 감각의 차이 이긴 하지만 듣고 있는 동안 그 위화감이 '티끌도 모이면' 같은 느낌으로 점점 부풀어 오른다. 이를 소설에 비유한다면 그 작가의 문체가 마음에 드는가 들지 않는가 하는 감각에 가깝다. 그리고 그녀의 연주의 틀을 해석하는 방법이 곡 자체의 틀에 비해 다소 큰 듯한 느낌이 든다. 음악의 생활권이 억지로 확대되어 있는 듯한 분위기가 있다. 그녀의 D장조 소나타 연주는 철저하게 다듬어지고, 생각을 거듭한 끝에 나온 데다, 음악적인 질도 높고, 구축도 철저하고, 음악적 표현도 훌륭하지만 사람의 살갗의 따뜻함이 전해져 오지 않는 경향이 있다. 적어도 난 그렇게 느꼈다.

물론 내가 쓴 이러한 비판을 뒤집는다면 그것은 그대로 칭찬이 될 수 있는 것이다. 그렇기에 "우치다의 D장조 연주는 참으로 훌륭하다"라고 주장하는 이가 있다 해도 나는 그 사람을 상대로 논쟁할 생각이 전혀 없다. 같은 이야기를 반복하는 것 같지만, 그녀의 이 연주는 '선택할 것인가, 선택하지 않을 것인가' 둘 중 하나인 것이다.

현대의 연주 중에서 흥미를 끄는 또 다른 연주는 역사적인 악기를 사용한 파울 바두라 스코다의 연주다. 그는 이 녹음을 할 때 1824년경(그러니까 이 곡이 작곡된 것과 동시대)에 실제로 사용되었던 함머클라비어Hammerklavier, 해머로 현을 쳐서 소리를 내는 19세기 초의 건반현악기. 피아노의 전신이라 할 수 있다를 사용했다. 이 악기 소리는 꽤 매력적이어서, '그렇구나, 슈베르트는 이런 소리를 머릿속에 그리면서 피아노 소나타를 작곡했구나' 하고 납득하게 된다. 어느 날 갑자기 눈이 번쩍 뜨였다고는 하지 않더라도 새로운 세계가 눈앞에 펼쳐지는 듯한 실감이 그 연주에는 존재한다. 강음과 약음 사이의 음량 차이의 폭이 좁아 현대 악기처럼 다이너미즘이 강조되지 않기에 여유롭게 음악을 들을 수 있다. 이는 흥미로운 발견이었다. 메커니즘의 반응이 워낙 늦기에 빠른 악절로 접어들면 소리는 다소 얽히는 감이 있다. 소리의 흐름이 끊겨 결과적으로는 능숙하지 않는 연주처럼 들리는 부분이 있다. 연주 자체에 이거다 하는 깊이는 느껴지지 않지만 소리 자체가 편안하므로 마음이 온화해진다. 이런 부분이야말로 우치다 미쓰코의 음악과는 대극에 있다고 할 수 있을 것이다.

중기의 연주 중에는 발터 클린의 연주가 두드러진다. 클린은 비엔나 태생의 피아니스트로 평소에는 온화하고 수수하다고 할 만한 연주를 하지만 일단 열중하게 되면 감탄을 자아내는 음악 세계를 만들어낸다. 오래전 그가 일본에 왔을 때 연주한 모차르트의 피아노 협주곡 녹음테이프를 듣고 그 훌륭함에 감탄했던 적이 있다. '비엔나스러움' 이라는 공통항으로 묶을 수 있을까. 아무튼 이 슈베르트 D장조 연주도 참으로 훌륭하다. 쓸데없이 힘이 들어간 구석이라곤 전혀 없는 기막히게 자연스러운 슈베르트다. 슈베르트를 가슴 가득히 들이마시고 그대로 내뱉었더니 이런 음악이 나왔습니다, 마치 그런 느낌이다.

1971년부터 1973년에 걸쳐 이루어진 녹음인데 이 클린의 연주가 어딘가에서 화제가 되었다거나 격찬을 받았다는 얘기를 접해본 기억은 한 번도 없다. 어쩌면 내가 잘 모르는 것인지도 모르겠지만 역시 클린이라는 피아니스트의 존재의 수수함이 재앙의 원인이 된 것이리라. 최근 들어 보급판 CD로 나오게 되었으니 흥미가 있다면 꼭 한 번 들어보았으면 한다. 거장의 품격이랄까, 대충 듣더라도 어느덧 그의 연주 속으로 빨려 들어가게 된다. 많은 피아니스트가 자기도 모르게 힘을 넣게 되는 제1악장도 한없이 자연스럽게 여유를 가지고 연주해낸다. 제2악장은 누군가가 다정하게 귓가에서 속삭이고 있는 듯한 달콤한 쾌적함이 느껴진다. 제3악장은 돌변해, 즐겁고 무도적이며 왼손의 경쾌한 움직임이 매력적이다. 제4악장에서는 시작 부분부터 마치 '이게 바로 비엔나다'라고 알리기라도 하는 듯한 공기가 흘러 들어온다. 고루하게 들릴 그 테마가 전혀 고루하지 않다. 소리의 울림도 상쾌하다. 그리고 그와 같은 네 악장의 이음새에 부자연스러움은 전혀 느껴지지 않는다.

거꾸로 악장 사이의 연결이 나쁜 대표적인 예가 브렌델과 아슈케나지의 연주다. 가이드북 같은 걸 보면 D장조의 명연주로 이 두 사람의 연주를 꼽는 사람이 많은데 그들의 연주의 어디가 그렇게 뛰어난 것인지, 솔직히 난 이해하지 못하겠다. 정평이 난 이 두 피아니스트의 연주를 듣고 D장조 소나타를 멀리하게 된 클래식 음악 팬이, 어쩌면 세상에는 많지 않을까 하는 기분마저 들 정도다. 같은 얘기를 반복하게 되는데, 이 두 사람의 연주의 최대 결점은 악장과 악장의 연결이 나쁘다는 점이다. 악장마다의 연주는 제각기 들을 만한 것이 있는데, 일관된 흐름이 파악되지 않은 채 총체로서의 음악 세계가 능숙히 표현되지 않으니 당연히 오래 이어지기만 해서 지루해지는 것이다. 특히 아슈케나지의 제1악장은 이상하게 안정되지 않아 음악의 내용이 빈약하고 엉성하게 들린다. 여유 있는 제2악장에서는 그나마 만회하지만, 제3악장에서는 또다시 방향을 잃고 허둥댄다. 이상할 정도로 이 사람답지 않은 연주다. 브렌델의 경우는 여느 때처럼 지적이며 음악의 논리가 분명하다. 이는 물론 바람직한 현상이지만, 안타까운 건 설정된 논리에 설득력이 없다는 점이다. 네 악장을 통틀어 봐도 결국 남는 것은 품격 있는 지적인 지루함뿐이다. 혹시 이 두 정통적인 피아니스트는 D장조 소나타가 근원에 가지고 있는 모순성이나 자기해체성, '자신을 버리고 나서야' 비로소 얻어지는 그런 용솟음치는 아드레날린을 제대로 수용해낼 수 없었던 것은 아닐까. 그와 같은 특질은 좋든 나쁘든 그들의 음악 세계에는 담아지지 않는 종류의 것이 아니었을까 하는 기분이 든다.

그럼 초기의 연주에 대해서 얘기하겠다. 결론부터 말해 내가 가장 마음이 끌린 것은 영국의 피아니스트인 클리포드 커즌의 연주다. 시원시원하고 정확한 터치, 부자연스러움이 없는 간결한 유머, 오랫동안 입어온 질 좋은 트위드로 만들어진 윗옷 같은 편안함, 유연한 타이밍, 그중에서도 완서악장緩

舒樂章, 느릿한 박자를 가진 악장. 주로 소나타·교향곡 등에서 안단테나 아다지오 등으로 이루어진 제2악장이나 제3악장을 일컫는다에 있어서의 단아하고 부드러운 음악의 표현 방법, 어느 것을 들어보아도 일품이다. 소리 하나 하나가 말을 가지고, 악장 하나하나가 이야기를 가지고, 그 이야기들이 모여 무리 없이 완만하게 종합적인 세계가 만들어져 간다.

그리고 개인적으로 나는 커즌의 연주보다 다소 스케일은 작지만 처음에 언급한 유진 이스토민의 연주를 더 좋아한다. 그의 연주는 명료한 개인적인 주장 같은 것은 결여되어 있지만 초점은 시종일관 자연스럽게 이어져 한순간도 방향을 잃는 일이 없다. 그리고 D장조 소나타 고유의 혼이 거기에 어김없이 자리하고 있다. 그의 연주는 전쟁이 일어나기 전에 녹음된 것이어서 한낮에 정면으로 마주하고 있노라면 고루하게 느껴지는 부분도 없지 않다. 그러나 중요한 부분에 접어들면 아니나 다를까 화술이 되살아난 명인이 엮어내는 고전 만담 같은 정취가 있다. 깊은 밤에 홀로 몰트위스키의 잔을 기울이며 듣고 있으면 따스함이 온몸에 번져 온다. 이를테면 안스네스의 연주와 위스키는 어울리지 않을 것이다.

캠프의 연주는 온화하기 때문에 무리 없이 호감은 가질 수 있는데, 왠지 얇은 천에 둘러싸인 듯한 느낌이 들어 '미적지근하다'고나 할까, 음악의 핵심으로부터 다소 떨어져 있는 것처럼 뒷맛이 영 개운치 않은 기분이 들기도 한다. 캠프는 슈베르트의 피아노 소나타 전집을 일찍이 완성시켜 재평가에 공헌한 사람이지만 D장조 소나타는 전집 중에서 그다지 완성도가 높은 편은 아닌 듯하다.

헤블러의 연주는 실로 품격이 있어 사교 모임을 연상케 한다고나 할까. 오후의 홍차 향이 이곳까지 풍겨올 것 같은 생생한 임장감臨場感, 마치 현장에서 실제로 연주를 듣는 듯한 느낌이 있다. 그런 의미에서는 하나의 스타일을 지닌 훌륭한 연주라는 생각이 든다. 다만 몇 차례에 걸쳐 되풀이해 듣다 보면 '짠짠짠' 하는 분리 방식이 다소 싫증이 나서 고루함을 느끼게 된다. 하기야 이런 부분은 기호의 문제이기는 하지만 말이다.

난처한 것은 리히터와 길렐스의 연주다. 이쯤 되면 이건 '기호의 문제'라고 하는 것만으로는 수습이 되지 않기 때문이다. 솔직히 두 명의 구舊소련 연주가가 지금으로부터 40년이나 전에, 어째서 굳이 비주류인 슈베르트의 소나타를 선곡해서 녹음해야 했는지, 그 의도를 제대로 파악할 수는 없지만 아무튼 그 연주는 상당히 특이하다고밖에 할 수 없다. 이 두 사람의 공통점은 보기 드문 강인한 터치로 요란스럽게 건반을 두들겨댄다는 점이다. 소리는 지극히 분명하고 정확하다. 슈베르트적인 애매함이 일찌감치 어디론가 자취를 감추고 변증법적으로 철거되어 버린 것이다. 특히 리히터가 연주하는 제1악장의 속도는 정말이지 무시무시할 정도다. 차의 액셀을 바닥까지 힘껏 밟은 것 같다. 리히터의 연주에서 감탄스러운 점은 제2악장(콘모토con moto, 악보에서 생생하게 또는 움직임을 가지고 빠르게 연주하라는 나타냄말)에서 조용하고도 태평한 세계를 만들어낸 점이다. 거기에는 깊은 숲 속에서 작은 동물이 가만히 숨을 죽이고 있는 듯한 불가사의한 긴장감이 감돈다. 참고 또 참으며, 그는 그 음악을 만들어간다. 그리고 그것이 복선이 되고, 악장의 클라이맥스에 있어서 강한 음표의 연속이 피와 살이 있는 설득력을 가지게 된다. 이런 부분은 역시 리히터라는 피아니스트의 역량을 느끼게 해준다. 그저 힘차게 건반을 두드려대기만 하는 것은 아니다.

길렐스의 연주는 더 솔직하다. 마치 금메달급의 체조 경기를 보고 있는 듯한 상쾌함이 드는 것이다. 감탄사를 내뱉으며 마지막까지 지루함을 느끼지 않고 그 기막힌, 대형 전차戰車 같은 피아니즘의 전개에 빠져들게 된다. 단 슈베르트의 D장조 소나타가 본래부터 가지고 있던 세계의 분위기 같은 건 그 어디에서도 찾아볼 수 없다. 슈베르트가 무덤 아래에서 뒤척이는 소리가 들려온다.

일반적으로 말해 이 두 사람의 연주는 현재 시점에서는 딱히 듣지 않아도 될 듯한 기분이 든다. 재미있다고 한다면 무척이나 재미있는 것일 수도 있지만 몇 번 듣다 보면 그 연주가 '재미'를 목적으로 한 것이 아니라, 어디까지나 심각하고 진지하게, 농담 같은 건 처음부터 낄 자리도 없다는 듯이 보여 왠지 공산국가의 매스게임 같은 두려움이 앞선다. 이런 타입의 연주는 오늘날에는 역사라는 서랍장 속에 넣어두는 것이 현명할지도 모른다.

클래식 음악을 듣는 기쁨의 하나는 자기 나름대로의 몇 곡의 명곡을 가지고, 자기 나름대로의 몇 명의 명연주가를 가지는 데에 있지 않을까 하는 생각이 든다. 그것이 경우에 따라서는 세상의 평가와는 합치하지 않을지도 모른다. 하지만 그와 같은 '자신만의 서랍장'을 가지는 것으로 인해 그 사람의 음악 세계는 독자적으로 펼쳐져 깊이를 더하게 될 것이다. 슈베르트의 D장조 소나타는 나에게 있어서 그와 같은 중요한 '개인적인 서랍장'이기도 하고, 나는 그들의 음악을 통해 오랜 세월 동안 유진 이스토민이나 발터 클린이나 클리포드 커즌, 그리고 안스네스 같은 피아니스트들─이렇게 말하긴 좀 그렇지만 그들은 결코 세계 최고의 피아니스트는 아니다─이 제각기 엮어낸 뛰어난 음악 세계와 조우할 수 있었다. 당연한 이야기지만 그것은 다른 누구의 체험도 아니다. **나의** 체험인 것이다.

그리고 그와 같은 개인적인 체험은 나름대로 귀중하고 따뜻한 기억이 되어 내 마음속에 남아 있다. 당신의 마음속에도 그와 유사한 것이 적지 않게 존재할 것이다. 우리는 결국 피와 살이 있는 개인적인 기억을 연료로 세상을 살아가고 있다. 만일 기억의 따스함이라는 것이 없었더라면 태양계의 세 번째 행성에서 살고 있는 우리네 인생은 아마 견디기 힘들만큼 차디찬 것이 되었을 것이다. 그렇기에 아마도 우리는 사랑을 하는 것이고, 때에 따라서는 마치 사랑을 하듯이 음악을 듣는 것일 터이다.

하루키가 애청하는 슈베르트
피아노 소나타 제17번 D장조
D850 연주곡

Paul Badura-Skoda, Schubert; Les Sonates
Pour le Pianoforte(Arcana A15)

Engene Istomin, Schubert; Piano Sonata in D
Major, OP. 53(Columbia MS7443)

스탠 게츠

어둠의 시대,
천상의 음악

"나로서는 테너 색소폰 하나만을 의지해 모습이 보이지 않는 악마와 어둠
속에서 맹렬히 싸우며 무지개의 근원을 끊임없이 추구해 온 젊은 시절의
스탠 게츠의 모습을 한동안 더 바라보고 싶은 기분이 든다."

스탠 게츠Stan Getz

1927년~1991년. 미국 필라델피아 태생. 아름다운 곡조의 애드리브를 가미한 테너 색소폰 연주의 거장이다. 초기에는 이지적인 재즈의 명성을 확립했으며, 60년대에는 보사노바 붐을 일으켰다. 그 후에도 제일선에서 활약을 계속했고 만년에는 암과 투병하면서도 무대에 올랐다.

　1952년부터 1953년에 걸친 1년 남짓 동안 스탠 게츠Stan
Getz가 이끈 그룹의 베이시스트였던 빌 크로우Bill Crow는 그의
저서 《버드랜드에서 브로드웨이로From Birdland to Broadway》에
서 다음과 같이 회상했다.

　"헤로인이 스탠에게 미친 영향은 다른 마약중독자의 경우
와는 달랐다. 다른 이들은 헤로인을 복용하면 멍해지고 수동
적이 된다. 그런데 스탠은 맨정신일 때에는 좋은 사람인데
일단 마약이 들어가면 괜스레 훌쩍거리는가 하면 그 다음 순
간에는 냉혹하고 의심이 많아지는, 한심하기 그지없는 사람
으로 변했다. 어느 날 뉴욕의 한 바에서 주트 심스Zoot Sims와

스탠에 대한 얘기를 했을 때 주트는 말했다. '스탠은 정말 좋은 놈들이지a nice bunch of guys'라고 말이다."

나는 10년쯤 전에 뉴저지 주의 허드슨 강변에 있는 빌 크로우의 자택을 방문해 제법 오랜 시간 동안 그와 이야기를 나눈 적이 있다. 우리는 많은 재즈 뮤지션에 관해 얘기했는데, 이상하게도 그는 스탠 게츠에 관해서만은 전혀 이야기하지 않았다. 딱 한 번 "스탠이 잘 한 일은 우수한 무명 뮤지션들에게 많은 기회를 줬다는 거죠. 예를 들면 앨버트 데일리Albert Dailey가 대표적이에요. 앨버트는 아름다운 음악을 만들어내는 재능 있는 피아니스트인데 만일 스탠이 그를 기용하지 않았더라면 지금처럼 그가 사람들의 주목을 받지는 못했을 겁니다"라고 말했다. 스탠 게츠에 관해 그가 한 얘기는 그뿐이었다. "스탠이라는 인간에 대해서 개인적으로야 하고 싶은 말은 무척 많지만……" 하는 석연치 않은 여운이 남아 있었다. 그런 부분에 대해서 좀 더 상세한 이야기를 나누고 싶은 마음은 있었지만, 옛 친구의 험담을 하고 싶지 않다는 강한 의지가 있었던 것 같다. 그러나 우디 허먼Woody Herman 시대의 동료인 랄프 번즈Ralph Burns는 훨씬 솔직한 감상을 진술했다. "스탠은 정말이지 믿지 못할 한심한 놈이었지만 아무튼 악기는 잘 불었다"라고 말이다.

빌 크로우가 쓴 재미있는 회상록 《버드랜드에서 브로드웨이로》에는 스탠 게츠 시대의 몇몇 에피소드가 소개되어 있는데, 그 이야기 수는 그리 많지 않다. 1950년대 후반부터 1960년대 전반에 걸쳐 게리 멀리건Gerry Mulligan, 1927년~1996년. 미국의 바리톤 색소폰 연주자 · 편곡자 · 작곡자. 섬세하고 건조하며 장식음을 절제한 재즈 양식인 쿨 재즈의 대중화에 기여했다의 밴드에 소속되어 활동했을 당시의 에피소드는 다채롭고 풍부한 데 반해 게츠 시대의 에피소드는 놀라울 정도로 그 수도 적고 내용도 무척 단순하다. 그러나 거기에서는 헤로인 중독과 싸운다—라기보다는 필사적으로 동거를 시도하는, 재능과 문제에 넘친 젊은 테너 색소폰 연주자의 모습을 엿볼 수 있다. 어느 날 빌은 헤로인 과다 복용으로 의식을 잃은 스탠이 동료의 인공호흡 덕분에 거의 기적적으로 목숨을 건지는 현장을 목격하게 되었다. 그것은 무시무시한 광경이었다.

빌 크로우가 소속되어 있을 때, 스탠 게츠는 안정된 정규 밴드를 유지할 수 없었다. 짧은 기간 동안에도 멤버는 잇따라 교체되었다. 스탠의 헤로인 복용 빈도는 갈수록 잦아졌고 그것이 나날의 연주 활동에도 영향을 미칠 수밖에 없었기 때문이다. 그런 그룹 분위기에 염증을 느낀 우수한 뮤지션들이 그의 곁을 떠나갔다. 맨 먼저 기타의 지미 레이니Jimmy Raney가 떠났다. 그리고 피아노의 듀크 조단Duke Jordan과 드럼의 케니 클라크Kenny Clarke가 떠났다. 그 후 스탠 게츠는 '이래서는 안 되겠다'는 생각을 하게 되어 헤로인을 멀리하려고 노력했고, 가까스로 소강상태小康狀態로 접어들기는 했으나 결국 그것도 오래가지는 않았다. 빌 크로우는 1953년 4월에 밴드를 그만두었다. 1953년부터 1954년은 스탠 게츠가 가장 극심하게 헤로인으로 고통 받았던 시기였다. 그러나 그와 동시에 그 시기는 그가 음악적으로 가장 충만한 시기이기도 했다.

스탠 게츠의 특징은 아무리 그가 헤로인으로 고통을 받아 심신이 멍들어 있어도 그 영향이 음악에는 거의 나타나지 않았다는 데에 있다. 아무리 사생활이 엉망진창이더라도 그는 일단 악기를 손에 잡으면 천국으로 곧바로 이어지는 듯한 환상적인 즉흥연주를 펼칠 수 있었다. 그런 점은 모차르트와 흡사할지도 모른다. 레스터 영Lester Young이나 쳇 베이커Chet Baker는 마약이 미치는 영향에 따라, 혹은 정신의 안정 상태에 따라 연주가 극단적으로 좋아지기도 하고 나빠지기도 했다(그리고 장기적으로 본다면 확실히 나빠졌다). 그러나 스탠 게츠는 어떠한 열악한 환경에서도 최상의(혹은 최상에 가까운) 음악을 만들어낼 수 있었다. 어떻게 일이 가능했는지 그 이유는 알 수 없다. 본디 그의 재능이 그런 식으로 만들어져 있었다고밖에 달리 말할 길이 없을지도 모른다.

스탠 게츠는 본명 스탠리 게이츠비Stanley Gayetzby(본래 가족의 성은 게이츠키Gayetski)로 1927년 미국 필라델피아에서 태어나 뉴욕의 브롱크스에서 자랐다. 그는 금발에 푸른 눈을 가진 미남으로, 언뜻 보기엔 좋은 집안에서 자란 앵글로색슨계로 보이지만, 부모는 포그롬pogrom, 러시아어로 '파괴' 또는 '학살'이라는 뜻. 주로 19세기 말과 20세기 초 러시아에서 일어난 유태인 학살을 말한다을 피해 키예프에서 미국으로 건너온 유태인이었다. 그의 아버지는 인쇄 공조합에 가입할 수도 없었기 때문에 일이 있는 날보다 없을 때가 더 많았고, 그래서 가계는 늘 궁핍했다.

겨우 열다섯 살이던 스탠이 당시 각광받던 악단 잭 티가든 Jack Teagarden에서 일할 수 있게 된 것은 그가 리허설을 보러 갔을 때 때마침 정규 테너 색소폰 연주자가 그 자리에 나오지 않았기 때문이었다. 스탠은 악기를 빌려 연습에 참가했고 그대로 정식 멤버가 되었다. "만일 우리 밴드에 들어오고 싶으면 턱시도와 칫솔, 그리고 갈아입을 셔츠를 한 장 가지고 내일 센트럴 역으로 나와라"라고 밴드마스터는 말했다. 물론 스탠은 그의 지시에 따랐다. 학교 같은 데 갈 상황이 아니었다. 그는 주급으로 70달러를 받았는데 그중 30달러를 집으로 송금했다고 한다. 그는 만년에 이렇게 술회한다.

"주위에는 온통 징병을 거부당한 나이 든 뮤지션뿐이었다. 내가 2년 동안 그 밴드에서 테너 색소폰을 불 수 있었던 건 전쟁이 한창 진행 중이어서 젊은 남자들이 모두 군대에 가서 뮤지션의 수가 턱없이 부족했기 때문이다. 단지 그뿐이다. 그렇기에 난 지금도 나 자신을 아티스트라고 생각할 수 없다. 나는 단지 일을 하고 있을 따름이다."

열다섯 살인 스탠은 제대로 된 음악 이론 같은 건 무엇 하나 알지 못했지만 잭 티가든은 그런 건 신경도 쓰지 않았다. 자신의 뮤지션이 아름다운 소리를 낸다면 그는 그걸로 충분했다. 스탠 게츠 음악의 기본적인 미美는 아마 이 잭 티가든 시절에 굳혀진 것이리라. 음악은 그를 행복하게 했고 그의 인생을 충만하게 했으나 그와 동시에 그의 마음의 어두운 측면의 문을 열게 했다. "나는 티가든으로부터 음악에 관해서는 그다지 배우지 못했지만, 술을 많이 마시는 것만큼은 확실히 교육받았다"고 스탠 게츠는 훗날 술회했다. 밴드 생활을 시작하면서부터 매일 밤 의식불명이 될 때까지 어김없이 술을 마셨다고 한다. 불과 열다섯 살에 그는 중증 알코올 중독자가 되었고 열일곱 살이 되고부터는 헤로인에도 손을 뻗게 되었다.

그러한 남용과 중독이 그의 지병이 되어 그 후의 인생을 되돌릴 수 없게 비틀어놓았다. "스탠과 나는 거의 같은 나이지만 우리 두 사람의 재능에는 몇 년이나 차이가 있었다"라고 빌 크로우는 그의 저서에서 솔직하게 진술한 바 있다. 스탠 게츠의 정신의 조성助成을 변형시킨 것은 아마도 그와 같은 범상치 않은 뛰어난 재능의 중압으로 인한 스트레스였을 것이다. 스테이지에서 솔로로 연주할 때의 그는 열다섯 살이라는 나이를 잊게 할 정도로 확신과 자신감에 차 있었다고 한다. 그러나 실제로는 넓고 거친 세상에 내던져져 동쪽인지 서쪽인지 분간하지 못한 채 떨고 있는 브롱크스 슬럼 출신의 깡마른 소년에 지나지 않았다. 제대로 된 학교 교육을 받을 기회도 없었고 그의 주위에서는 올바르게 그를 이끌어줄 어른도 찾아볼 수 없었다. 그는 스트레스와 공포를 극복하기 위해 가까이에 있는 마약과 알코올에 의존하지 않을 수 없었던 것이다.

스탠 게츠의 헤로인 중독은 스탠 켄튼Stan Kenton의 밴드 소속일 때 시작되어 다른 몇 밴드를 거쳐 독립했을 무렵에는 이미 심각한 중독환자가 되어버린 상태였다. 특히 우디 허먼 시절에는 극에 달했다. 밴드 멤버의 절반은 헤로인 중독이었는데, 인기 바리톤 연주자인 서지 차로프Serge Chaloff가 밴드에 약을 조달하고 있었다. 연주 중에 졸음이 오는 것을 방지하기 위해 그들은 각성제처럼 헤로인을 복용했다. 스탠 게츠는 여성에게 압도적인 인기가 있어 매일 밤 누구든 선택할 수 있는 상황이었지만 대개의 경우 연주가 끝나면 여자가 아닌 마약을 선택했다고 밴드의 동료였던 한 사람은 회상했다.

스탠 게츠는 의심의 여지가 없는 천재적인 테너 색소폰 연주자였다. 그는 어떠한 계획도 없이 악기를 손에 들고 즉흥적으로 연주했다. 그리고 그 연주는 대부분의 경우, 이 세상의 것이라고 여겨지지 않는 아름답고 상상력에 가득 찬 음악이 되었다. 도로시 파커Dorothy Parker는 작가 스콧 피츠제럴드에 대해 "피츠제럴드는 하찮은 소설조차도 아름답기 그지없이 써 내렸다"라고 평했는데 그와 비슷한 얘기가 스탠 게츠의 음악에도 해당될 것이다. 설사 그 연주가 마약을 사기 위한 돈을 벌고자 떠맡은 막일이더라도 그는 혼신의 힘을 다해 아름답게 연주했다. 아무튼 일단 악기를 손에 잡으면 그럴 수밖에 없었던 것이다. 존 콜트레인은 어느 날 스탠 게츠의 연주를 듣고 "만일 우리가 그처럼 연주 할 수 있다면, 한 사람도 남김 없이 모두 그처럼 연주하고 있을 것이다"라고 말했다. 어떻게 그런 일이 가능한 것인지 본인도 아마 알지 못했을 것이다. 알고 있는 건 '어째서일까' 같은 생각을 해본들 소용없다는 것뿐이었다. 그에게 있어 필요한 것은 해석이 아니라 개인적인 경험이었다. "집중력이 희박해질수록 연주는 좋아진다"고 그는 주장했다. 그리고 그는 그 '집중력이 희박'해진 상태를 '알파 상태(뇌의 이완 상태)'라고 불렀다. 그는 "정신적으로나 신체적으로나 힘이 들어간 상태로는 제대로 된 것이 나오지 않는다. 집중력이 도움이 되는 것은 회계사 같은 일이다. 우리에게 필요한 것은 더 느긋해진 심적 상태다"라고 이야기했다.

불행하게도 스탠 게츠는 손쉽게 그러한 '알파 상태'로 들어가기 위해 헤로인과 알코올을 필요로 했다. 훗날 본인이 인정하듯이 그는 무대에 오를 때는 대체로 헤로인을 맞았고, 녹음할 때는 100퍼센트 맞았다고 한다. 1959년 10월에 보스턴의 재즈클럽 '스토리빌'에서 녹음한 두 장의 라이브 LP, 《앳 스토리빌At Storyville》을 들어보면 우리는 그 음악의 높은 질과, 우수한 자생적인 자연스러움과, 그 양자가 뒤섞인 기적적일 정도의 임장감에 감동하게 된다. 그런데 그것이 헤로인의 힘을 빌린 달성이라는 사실을 알게 되었을 때 거기에는 또 다른 종류의 감회가 생겨나게 된다. 예술을 위해, 창작을 위해, 라는 명목으로 사람들은 종종 마약을 복용한다. 실제로 그것은 공포심과 자기회의를 어딘가로 밀어내기 위한 소극적인 도피의 수단에 지나지 않는데 말이다. 그럼에도 불구하고 이 라이브 녹음의 완성도는 놀랄 만한 것이었다.

그러나 파국은 피할 수 없었다. 파국이 찾아든 것은 1953년이었다. 그해 스탠 게츠는 이윽고 안정된 자신의 밴드를 가질 수 있게 되었다. 편곡에 뛰어난 재능을 지닌 트롬본 연주자인 밥 브룩마이어Bob Brookmeyer와 피아니스트인 존 윌리엄스John Williams를 핵심 멤버로 영입해 게츠의 음악은 눈에 띄게 안정감을 더해갔다. 지미 레이니와의 공동 제작에 비한다면 그 음악에는 첨단적인 긴장감은 결여되었지만 성숙된 팽창감과 따스함을 지니게 되었다. 예전의 위태로울 정도로 창백한 '아슬아슬한 느낌—물론 그것은 마약의 영향을 강하게 느끼게 하는 것이다—은 좋든 나쁘든 옅어져 후퇴한 상태였다. 그의 음악은 '차가운 게츠' 시대로부터 '따뜻한 혹은 뜨거운 게츠' 시대로 서서히 방향을 바꾸어가고 있었다. 그는 스물여섯 살이 되었고 음악 잡지의 인기투표에서도 상위권에 들게 되었다. 수입도 늘었고 아이도 태어났고 교외에 집도 샀다.

　그러나 그와 같은 환경의 변화도 그의 생활로부터 헤로인을 퇴치해낼 수는 없었다. 오히려 복용량은 늘어만 갔다. 그해 12월, 스탠 게츠는 노먼 그란츠Norman Granz를 위한 《디즈 앤드 게츠Diz And Getz》라는 녹음 세션 작업에 참가했다. 지성파 백인 테너 색소폰 연주자로 인기를 얻은 스탠 게츠와 야성적인 흑인 트럼펫 연주자인 디지 길레스피Dizzy Gillespie는 전혀 호흡이 맞지 않을 것 같았지만 노먼 그란츠의 혜안은 높이 살 만한 것이었다. 이 콤비는 멋진 결과를 낳았다. 듀크 엘링턴Duke Ellington, 1899년~1974년. 미국의 작곡가, 밴드 리더, 피아니스트. 재즈 역사에서 가장 중요한 인물 가운데 하나이며 플레처 헨더슨, 돈 레드먼과 더불어 스윙 시대를 열었던 빅 밴드 재즈의 창시자 중 한 사람이다의 명작 〈잇 돈트 민 어 싱It Don't Mean a Thing〉이 더 이상 빠른 템포로는 연주할 수 없을 만큼 초스피드로 설정되었다. 그것은 흔히들 말하는 '최후의 결판Showdown'이었다. 길레스피가 맹렬히 도전하고 게츠는 정면에서 도전을 받아들여 한 발자국도 양보하지 않았다. 긴박한, 눈이 번쩍 뜨일 듯한 솔로의 응수가 이어진다. 그는 후에 "더 이상 빠르게 연주하기란 도저히 불가능했을 거라고 생각한다"하고 회상했다. 화상을 입을 정도로 뜨거운 세션은 게츠가 단지 창백한 재즈 청년이 아니라는 사실을 세상에 널리 증명한 셈이 되었다.

그러나 그 알찬 세션 작업 직후 게츠의 집에 마약수사관이 들이닥쳤다. 아내인 베벌리Beverly(그녀도 중증 헤로인 중독자였다)가 헤로인을 집으로 들여왔기 때문이었다. 수사관의 모습을 보자 게츠는 패닉 상태에 빠져 서랍에서 권총을 꺼내 들고 수사관에 저항하려다 그 자리에서 체포되었다. 스탠 게츠의 인생에는 무의미하고 부적절한 행동이 몇 차례나 나타나는데, 이 행동도 그중 하나였다. 당시 가지고 있던 헤로인은 아내가 변기에 흘려버려 불법소지 죄목만은 면할 수 있었으나 팔에 남은 주사바늘의 흔적은 숨길 길이 없었다. 당시 캘리포니아 주 형법으로는 마약을 복용한다는 것만으로 중죄로 문책되었다. 게츠는 일단 보석금을 지불해 수감은 면했으나 한 달 후 재판장에 소환되었다.

법정에서 스스로 유죄를 인정한 이틀 후인 1954년 1월 23일, 그는 다시 노먼 그란츠를 위해 네 곡의 스튜디오 녹음을 감행했다. 멤버는 피아노에 지미 로울스Jimmy Rowles, 베이스에 밥 휘틀록Bob Whitlock, 드럼에 맥스 로치Max Roach였고, 연주된 곡목은,

1. 〈Nobody Else But Me〉
2. 〈With the Wind and the Rain in Your Hair〉
3. 〈I Hadn't Anyone 'Til You〉
4. 〈Down by the Sycamore Tree〉

의 네 곡으로 어느 곡을 보더라도 근래에 유행하던 천진무구한 음악들이었다. 그다지 유명하지도 않고 스윙처럼 춤추기도 어려운 곡이 선곡되어 있는 것은 어쩌면 '영원한 달인' 지미 로울스의 개인적인 취향 때문이었는지도 모른다. 재빨리 해치워야하는 종류의 일도 아니었을 텐데, 녹음된 곡목도 적고, 멤버도 대충 모으고, 맥스 로치는 성의 없는 반주로 시종일관한, 어떻게 보아도 의욕적인 세션이라고는 할 수 없는 앨범이었다. 나중에 1번과 4번 곡은 앨범《스탠 게츠 앤드 더 쿨 사운드Stan Getz and the Cool Sound》에 수록되었고 2번과 3번 곡은 옴니버스 앨범인《테너 색소폰Tenor Saxophone》에 수록되었다.

체포되고, 법정에 소환되고, 한 달 후에 내려질 판결을 기다리는 등, 이런저런 일들로 심신이 지쳐 있던 게츠가 만들어낸 음악은 최상의 상태라고는 하지 못하더라도 각별히 상태가 나빠지지는 않았다. 평상시의 스탠 게츠 연주의 아름다움은 훼손되지 않은 채 여전히 거기에 있었다. 그러나 근심 어린 눈이 바라보고 있는 것은 아름다운 음악만이 만들어낼 수 있는 가공의 도원경桃源境이었다. 아마도 게츠는 그가 일 컫는 '알파 상태'에 있었던 것이리라. 특히 만든 이가 밝혀지지 않은 오래된 발라드인 〈플라타너스 나무 아래서Down by the Sycamore Tree〉에 있어서의 그의 편안한 솔로는 그야말로 멋지다. 자연스러워 보이지만 들으면 들을수록 정취가 묻어난다. 그다지 선곡되는 일이 없는 제롬 컨Jerome kern의 가곡인 〈나외의 어느 누구도Nobody Else But Me〉의 자유로운 프레이징도 마음에 남는다. 특히 로울스의 짧은 피아노 솔로에 이어 등장하는 마지막 부분의 주요부는 정신이 번쩍 들 만큼 매력적이다.

스탠 게츠가 법정에서 받아야 할 판결은 최저 90일간의 형무소 복역이었다. 그동안 그는 마약 없는 생활을 해야 했다. 그것이 지옥 같은 나날이 되리라는 것은 중증 마약 중독자인 그가 충분히 예측 가능한 일이었다. 그래서 그는 미리 헤로인을 끊고 그 대신 진정제인 바르비투르산을 복용하기로 했다. 헤로인 없는 생활에 스스로 익숙해지려고 한 것이다. 그러나 그가 선택한 시기는 최악이었다. 마침 그때 게츠는 진 노먼Gene Norman이 주최한 '저스트 재즈 콘서트'에 참가해 태평양 북부 지역을 순회하고 있었다. 스탠 게츠 외에는 주트 심스와 워델 그레이Wardell Gray가 테너 색소폰 연주자로 가담해 세 사람은 매일 밤 색소폰 연주의 결전을 펼치기로 되어 있었다. 힘든 무대였다. 마약을 중단한 게츠는 전신에 참기 어려운 고통과 한기를 느끼게 되었다. 소위 말하는 '콜드 터키cold turkey 마약 중독의 금단 현상' 증상이다. 그는 격렬한 고통에 휩싸여 자신감을 상실하고 우울 상태에 빠져 주위의 모든 이들에게 싸움을 걸고 다녔다. 설상가상으로 바르비투르산과 알코올이 뒤섞여 작용해 정상적인 의식이 점차 파괴되어 갔다. 최악의 사태가 일어난 것은 마지막 공연이 열린 시애틀에서였다. 지독한 고통에 견디다 못한 게츠는 아침 7시 40분에 호텔 건너편에 있는 약국에 약을 훔치러 들어갔다. 주머니 속에 권총을 숨기고 있는 척하며 약국 종업원을 위협해 진통제인 모르핀을 손에 넣으려 했던 것이다. 그러나 종업원은 게츠가 권총을 소지하고 있지 않다는 사실을 쉽사리 알아차렸고, 그는 아무것도 손에 넣지 못한 채 호텔로 도망쳤다. 곧바로 경찰관이 호텔에 나타나 패닉 상태로 복도를 서성이던 게츠를 강도미수 용의로 체포해 즉각 구류했다. 그리고 몇 시간 뒤 순찰을 돌던 경찰이 의식불명의 혼수상태로 감방에 쓰러져 있는 스탠 게츠를 발견했다. 체포되기 직전

에 남아 있던 바르비투르산을 한꺼번에 복용한 탓에 호흡장
애를 일으킨 것이다. 그는 곧바로 응급실로 옮겨져 기관절개
수술을 받고 가까스로 목숨을 건졌다. 그때 그는 충분히 죽
을 수 있는 상황이었다. 그것이 착란에 의한 사고였는지, 혹
은 의도적인 자살미수였는지는 알 길이 없다.

스탠 게츠는 캘리포니아 법정에서 마약 복용의 죄과로
6개월 형을 선고받았다. 시애틀에서의 약국 강도 미수와 자
택에서 경찰관에게 권총을 겨냥한 공무집행방해죄가 문책
되지 않았던 것은 정말이지 큰 행운이었다. 그는 곧바로 로
스앤젤레스 종합병원 안에 있는 감방에 수감되었다. 그는 그
곳에서 의사의 지도하에 가장 심한 단계의 콜드 터키 증상을
극복하고 로스앤젤레스 형무소에 수감되었다. 8월 16일에
석방되었을 때 그의 체중은 늘어 있었고 옥외 작업 덕분에
얼굴은 햇빛에 그을어 건강해 보였다. 한번 금단 증상을 극
복한 그가 그 후 마약 없는 삶을 영위하고자 했다면 비교적
쉽게 그럴 수 있었을 것이다. 형무소 복역을 경험한 많은 뮤
지션들은 그러한 길을 택했다. 다시금 형무소에 들어갈 정도
라면 마약을 끊는 편이 낫다고 그들은 생각했다.

그러나 스탠 게츠는 다른 길을 택했다. 상습적인 중독 환
자가 되지 않도록 어느 정도 간격을 두기는 했지만 헤로인으

로부터 멀어질 수는 없었다. 그는 빼도 박도 못할 정도로 너무나도 깊이 헤로인이 미치는 작용에 젖어 있었던 것이다. 10대라는 이른 단계에서 이미 중독 상태였고, 말하자면 그 중독과 더불어 개인으로서의, 음악가로서의 자아가 형성된 것이다. 극단적으로 이야기하자면 그것은 그의 자아의 일부이기까지 했다. 형무소에 들어가 있었던 기간을 뺀다면 열다섯 살 이후 맨정신으로 지낸 날은 거의 하루도 없었다. 그와 같은 이유로 그의 속에는 이미 자신의 벌거벗은 감정과 똑바로 마주할 수 없는 체질이 형성되었고, 무리하게 맨정신으로 있으려 하면—그러니까 살아 있는 자신의 감정과 직면하려 하면—격렬한 우울증에 휩싸이게 되었다. 그리고 그 우울증은 그를 폭력적인, 혹은 자기파괴적인 행동으로 몰아세웠다. 그렇게 해서 스탠 게츠는 중증의 중독과 우울증 사이를 왔다 갔다 하며 인생의 대부분을 보내게 되었다.

출소한 지 얼마 지나지 않아 게츠는 음악계에 복귀했다. 형무소에 들어가 있었던 반년 동안 수입이라곤 전혀 없었으니 생활을 유지하기 위해서라도 어떻게든 그 부분을 메워야 했다. 그는 먼저 로스앤젤레스의 '티파니 클럽'에서 쳇 베이커와 함께 콘서트를 열었다. 출소한 지 3일째 되던 날이었다. 쳇도 이 시기에는 이미 헤로인 상습자가 되어 연주의 잠재성이 명백히 하향 곡선을 그리고 있었다. 피아노의 러스 프리먼Russ Freeman이 지적이고 힘찬 연주로 사기를 북돋았지만, 밴드 전체의 사기를 올리는 데는 벅찼던 모양이다. 남겨진 몇몇 라이브 앨범을 들어보면 연주들이 대체로 미온적이다. 스탠 게츠는 그전에도 몇 차례인가 쳇과 콤비를 이뤄 연주했지만 그들의 공동 작업은 결코 질이 높은 것이라고는 말할 수 없다. 두 사람은 게리 멀리건 콰르텟Gerry Mulligan Quarter의 대위법적對位法的인 연주의 재현을 시도했으나 트럼펫과 바리톤 색소폰이라는 변화 있는 구성에 반해 트럼펫과 테너 색소폰의 조합은 그다지 편안하게 들을 수 있는 것이 못 되었다. 소리의 공존과 분리가 능숙하지 않았다. 또한 두 사람 사이에는 관객의 인기를 둘러싸고 치열한 경쟁 같은 것도 존재했다. 둘 다 성격이 불안정한 데다 지기 싫어하는 이기주의자였으니 애당초 잘 될 리가 없었다. 제임스 개빈James Gavin은 쳇 베이커의 전기《딥 인 어 드림Deep in a Dream》(Knopf)에서 두 사람의 관계에 대해 다음과 같이 진술했다.

"두 사람 사이에 있었던 마찰의 몇 가지는 마약에 얽힌 것이었다. 자기 자신도 헤로인을 복용했음에도 불구하고 베이커는 마약 중독 환자에게 도덕적인 혐오감을 가지고 있었다.

그리고 게츠를 한심한 마약 중독자라고 여겼다. 게츠는 홀리지 드라이브에 있었던 베이커와 러스 프리만의 집을 방문해 궁핍한 생활을 하고 있는 룸메이트들 앞에서 자신은 돈을 잘 벌고 있다며 자랑을 실컷 늘어놓곤 욕실에 들어가 헤로인을 과량으로 복용했다. 그것은 게츠가 과거에도 몇 차례나 반복해 온 일이었다. 베이커와 프리만은 그를 욕조에 집어넣어 소생할 때까지 차가운 물속에 담가두어야 했다."

쳇과의 콘서트가 끝나자 게츠는 밥 브룩마이어와의 그룹을 부활해 로스앤젤레스의 작은 재즈클럽에서 2주간에 걸친 공연을 했다. 그리고 같은 밴드를 이끌고 노먼 그란츠가 주최한 순방 콘서트였던 '모던 재즈 콘서트'에 참가했다. 11월 8일 로스앤젤레스의 슈라인 시민회관Shrine Civic Auditorium에서 열린 마지막 투어의 스테이지는 녹음되어《앳 더 슈라인At the Shrine》이라는 앨범이 되었다. 이 앨범의 첫머리에서는 스탠 게츠의 비교적 긴 메시지를 들을 수 있다. 이때 슈라인에 입장한 인원은 약 7천 명이었다. 그만큼 많은 관중 앞에서 게츠의 목소리는 아니나 다를까 긴장되어 있다. 미디엄 템포인 첫 번째 곡, 〈플라밍고Flamingo〉를 연주하고는 "이 곡이 〈플라밍고〉였다는 걸 알아차리셨습니까? 사실 우리도 모를 뻔했거든요. 아니, 자주 그런 건 아니고 두세 번뿐이었지만요"라고 혼자 중얼거리듯이 얘기했다. 아마 농담 삼아 한 얘기였을 것이다. 왜냐하면 밴드가 연주 도중에 헤매는 일은 없었으니 말이다. 그렇긴 하지만 역시 제법 긴장했는지 이 〈플라밍고〉 연주는 결코 나쁘지는 않지만 그들 특유의 활달함을 찾아보기는 좀 힘들다.

그곳에 모인 청중의 대부분은 게츠가 형무소에서 복역했고 출소한 지 얼마 되지 않는다는 사실을 알고 있었다(그 사건은 전국적으로 크게 보도되었다). 청중은 그가 무대에 등장하자 다른 누구에게보다도 크고 열렬한 갈채를 보냈다. 그것은 말하자면 '인증의 의식' 같은 것이었다. 사람들은 그의 색소폰이 뿜어내는 독특하고도 아름다운 사운드를 사랑했고 그렇기에 대부분의 결점을 눈감아줄 수 있었다. 사람들은 용서하고 뮤지션은 용서받았다. 그리고 게츠는 능력이 허락하는 한 사람들의 기대에 부응하고자 했다. 이 '슈라인'의 실황녹음판을 통해 스테이지와 객석의 그러한 마음의 교류를 들을 수 있다. 이례적이라고도 할 수 있을 이와 같은 따뜻한 분위기 덕분에, 그날 밤의 콰르텟 연주는 진행될수록 보다 편안하면서도 보다 상상력이 넘치는 것이 되었다.

게츠와 브룩마이어의 음악적인 협력은 쳇과의 그것에 비

한다면 훨씬 긴밀하며 설득력 있고 편안한 것이었다. 브룩마이어라는 사람은 대중 앞에 서는 것보다 한 발자국 뒤로 물러나 연주하기를 좋아하는 사람이다. 격정적인 애드리브보다는 멋진 편곡과 품격 있는 소리 만들기를 좋아한다. 밴드의 음악적인 구성은 쳇과의 경우와 마찬가지로 대위법을 중시하지만 쳇과 게츠의 경우처럼 두 사람이 서로를 견제해 소리를 놓고 다투는 일은 없었다. 밸브 트롬본valve trombone이라는 악기 자체가 주역을 맡을 만한 음색을 가지지 않은 데다, 브룩마이어는 게츠의 멜로디 라인을 보강하는 역할을 즐기고 있는 것처럼 들린다. 그런 브룩마이어의 편안한 지지를 얻어 게츠는 뒤에 이어질 연주에 대한 염려 없이 자신의 솔로를 연주한다. 솔직히 나는 밥 브룩마이어의 '신보수주의'적인 경향을 띠는 연주를 좋아하지는 않았지만, 적어도 이 '슈라인'의 실황 앨범에서 만큼은 그와 게츠가 만들어내는 환상적인 호흡에 감탄하고 말았다. 그가 지니는 음악적인 안정성이 게츠라는 타고난 천재(그리고 많은 정신적인 문제를 안고 있는 인간)에게 있어 갈고리 같은 역할을 해내고 있는 것이다. 테마를 제시하는 부분에서는 설득력 있는 두 사람의 앙상블, 그리고 그것으로부터 해방되었을 때 게츠의 연주가 보여주는 자유로운 날갯짓의 대조가 이 실황 앨범에 알맞은 깊이를 더해주고 있다. 같은 밴드와의 다른 스튜디오 녹음에 비해 이 '슈라인'에서의 실황 앨범이 우수하고 장렬한 까닭은 아마도 그와 같은 대조의 동시성이 라이브에서 보다 선명한 형태로 나타나기 때문일 것이다. 나는 스탠 게츠가 기본적으로 청중과 동료 뮤지션의 반응에 따라 부응하려 하는 자연스러운 '현장現場' 음악가였다고 생각한다. 하지만 그렇다고 그의 라이브 연주가 늘 환상적이라는 의미는 아니다.

나는 1970년대 전반, 스탠 게츠가 일본에 왔을 때 그의 라이브를 들은 적이 있다. 하나의 색소폰만을 사용한 콰르텟이었는데, 피아노는 리치 베이락Richie Beirach, 베이스는 데이브 홀랜드Dave Holland, 드럼은 잭 드조네트Jack DeJohnette로 젊고 의욕적인 리듬 섹션이었다. 두말할 것도 없이 나는 격정적이며 도전적인 연주가 펼쳐질 것을 기대하고 콘서트장에 갔지만 유감스럽게도 그들은 내 기대를 저버렸다. 대장인 게츠는 몇 주요부를 적당히 솔로로 연주하곤 그대로 분장실로 모습을 감춰버렸다. 그가 사라진 스테이지 위에서는 리듬 섹션이 자신들의 음악을 장시간에 걸쳐 뜨겁게 전개했다. 그건 그 나름대로 물론 흥미 깊은 연주였지만, 스탠 게츠라는 사람이 없어도 성립되는 종류의 음악이었다. 트리오의 연주가 끝나갈 무렵 게츠는 다시금 무대에 등장해 마지막 몇 주요부를 땀 한 방울 흘리지 않고 연주했다. 그런 식으로 계속 되풀이되었다. 물론 게츠의 연주는 음색이나 프레이징이나 훌륭한 것이었다. 흠잡을 데 없는 연주였다. 그러나 리듬 섹션과의 뜨거운 교류는 찾아보기 힘들었다. 청중을 다른 세계로 데려갈 듯한 천국적인 순간도 거기에는 없었다. 게츠는 게츠의 음악을 연주했고 리듬 섹션은 리듬 섹션의 음악을 연주했다. 네 사람이 혼연일체가 되어 불꽃이 튀는 듯한 순간은 단 한 번도 없었다. 나로서는 역시 안타까운 일이었다. 나는 한 사람의 재즈 팬으로서 스탠 게츠의 음악을 변함없이 깊이 사랑해왔기 때문이었다. 10대 무렵, 모두 존 콜트레인이나 에릭 돌피Eric Dolphy에 빠져 있을 때에도 나는 집요하게 스탠 게츠를 지지했고 그의 음악을 열심히 들었다.

나는 그때 객석에서 눈을 감고 '만일 게츠가 진지하게 연주했더라면 아마 이런 음악을 전개하겠지' 하고 가공의 음악을, 현실로 거기에 있었던 음악과는 별개로, 머릿속에 그리고 있었다. 그러니까 내 마음대로 바로잡고 있었던 것이다. 그래서 지금도 그 콘서트 장에서 **실제로** 어떠한 연주가 전개되었는지 정확히 떠올릴 수 없다. 당시 그곳에 실제로 흘렀던 음악과, 그와 병행해 내가 머릿속에 그렸던 가공의 음악이 지금에 와서는 분리할 수 없을 정도로 뒤섞여버렸기 때문이다.

스탠 게츠는 몇 차례 일본에 왔으나 일본에서 진정으로 훌륭한 연주를 한 적은 한 번도 없었던 것 같다. 어떤 이는 "그건 그가 일본의 청중을 얕잡아보았기 때문이야. 그래서 대충한 거야"라고 한다. 어떤 이는 "일본에서는 마약 단속이 심하니 그걸 복용할 길이 없어 전혀 흥이 나지 않는 연주가 된 거야"라고도 한다. 어느 쪽이 맞는 말인지는 알 수 없다. 혹은 둘 다 맞는 얘기인지도 모른다. 혹은 다른 이유에 의한 것인지도 모른다.

'슈라인'에서의 콘서트가 있었던 다음 달인 1954년 12월에 스탠 게츠는 기억에 남을 만한 또 다른 실황 앨범을 녹음했다. 뉴욕의 재즈클럽 '버드랜드Birdland'에 출연한 카운트 베이시Count Basie 악단의 게스트 연주자로 참여해 세 곡의 솔로 연주를 했다. 이 연주를 들어보면 그가 얼마만큼 뛰어나고 자발적인 연주가였는지 알 수 있다. 그것이 질 높은 좋은 음악이기만 하면 그는 스타일의 차이를 뛰어넘어 어떠한 음악 세계에도 자유자재로 파고 들어갈 수 있었다. 당시의 카운트 베이시 악단은 솜씨 좋은 흑인 뮤지션을 갖춘 전 세계에서도 가장 막강한 밴드였으나 그는 기죽지 않고 그 세계에 자신의 음악을 송두리째 가지고 들어갔다. 솔로는 예전의 카운트 베이시 악단의 얼굴로 활약했던 테너 색소폰의 선두자격인 연주자, 레스터 영에 대한 찬사가 되었다. 레스터에 대한 그의 마음은 따뜻하고 진실한 것이었다. 그리고 베이시 악단의 멤버들도 그 훌륭한 솔로에 든든한 버팀목이 되어주는 연주로 그에게 음악적인 인증을 부여했다.

레스터 영은 전후 우후죽순처럼 등장한 '레스터 영을 모방한' 젊은 백인 테너 색소폰 연주자들에게 때론 비판적이었다. 그들이 자신의 장점만을 가져가 자신의 스타일을 손쉽게 찬탈해 상업적인 백인 음악으로 바꾸고 있는 것처럼 느꼈다. 그러나 스탠 게츠가 레스터의 최상의 부분을 진지하게 계승해 그것을 순수하게 개인적인 음악으로 발전시킨 것은 당시의 베이시 악단과의 연주를 들어보면 이해할 수 있다. 스탠 게츠는 그의 생애의 마지막 순간에 이르기까지 자신의 음악을 '장르'화 하지 않았다. 바꿔 말하자면 그가 음악을 한 장소에 정착시키려 하지 않았다는 것이다. 그것이 그가 다른 레스터파波 백인 테너 색소폰 연주자와 다른 점이었다. 스탠 게츠는 이런 이야기를 했다. "뛰어난 재즈 뮤지션의 대다수는 흑인이다. 그러나 백인 중에도 그에 못지않은 우수한 재즈 뮤지션이 조금은 있다. 그리고 나도 그중 한 사람이라고 생각한다." 이는 어쩌면 거만한 발언으로 들릴지도 모른다. 그러나 어떠한 관점에서 바라보더라도 그가 한 말은 진실 그 자체이다.

분명 스탠 게츠는 인간적으로 많은 문제를 안고 있었는지도 모른다. 문자 그대로 상처투성이인 인생을 보냈고 세상과의 충돌은 마지막까지 그를 쉬이 놓아주지 않았다. 그러나 설사 무슨 일이 있어도 그는 자신의 음악을 제 살을 깎아내듯이 진지하게 추구했고 이제까지 본 적이 없는 도원경을 끊임없이 추구했다. 새로운 세대의 의욕적인 뮤지션 사이에 새로운 종류의 협력을 찾아내고자 노력했다. 그리하여 보사노바와의 행복한 해후가 있었고, 칙 코리아_{Chick Corea, 1941년 출생의 미국의 재즈 피아니스트·작곡가·밴드 리더. 정통적인 훈련을 받은 그의 피아노 양식과 선율은 1970, 80년대에 널리 모방되었다}나 게리 버튼_{Gary Burton}과의 사이에 상호계발이 있었다. 그는 시대마다 새로운 사운드와 새로운 음악의 전개를 추구했다. 그러나 그의 자연스러운 천상의 멜로디 라인은 기본적으로는 전혀 변하지 않았다. 그것은 스탠 게츠라는 음악가의 영원한 기호였다. 한 프레이즈만 들어보더라도 우리는 그것이 스탠 게츠의 사운드임을 이내 인지할 수 있다. 그는 그 기호를 보다 유효하게 살려주는 새로운 자극적인 음악적 환경을 본능적으로 모색해왔을 뿐이다. 암세포가 몸속 깊숙이 파고들어도 그의 음악을 향한 일편단심은 사라지지 않았고 기교의 쇠퇴가 찾아들 자리도 없었다. 그 음색도 마지막 순간까지 싱싱함을 잃지 않았다. 솔직히 말해 나는 만년의 스탠 게츠의 연주를 듣는 것이 좀 괴롭다. 거기에 묻어나는 체념적인 울림 속에 어떤 종류의 답답함이 느껴지기 때문이다. 음악은 아름답고 깊다. 특히 마지막의 케니 배런Kenny Barron(피아노)과의 듀오에서는 긴박감을 넘어 일종의 소름끼치는 기운마저 느껴진다. 음악으로 본다면 훌륭한 달성이라고 생각한다. 그는 지면에 단단히 발을 딛고 그 음악을 만들어내고 있다. 그러나 뭐라고 해야 할까, 그 음악은 너무나도 많은 것을 이야기하려는 것처럼 느껴진다. 그 문체는 너무나도 가득 차 있고 그 목소리는 너무나도 긴밀하다. 어쩌면 언젠가는 그런 스탠 게츠 만년의 음악을 나의 음악으로 애호하게 될지도 모른다. 하지만 지금은 아직 아니다. 그 것은 내 귀에 너무나도 생생하게 울린다. 거기에 예전의 천진무구한 도원경의 풍경은 이미 없다. 그것은 스탠 게츠라는 한 인간의 정신이 스스로 창조한 음악 세계에 한없이 육박해 있다.

나로서는 동쪽인지도 서쪽인지도 분간하지 못한 채 테너 색소폰 하나만을 의지해 모습이 보이지 않는 악마와 어둠 속에서 맹렬히 싸우며 무지개의 근원을 끊임없이 추구해 온 젊은 시절의 스탠 게츠의 모습을 한동안 더 바라보고 싶은 기분이 든다. 그의 재빠른 손가락의 움직임과 섬세한 숨결이 기적적으로 엮어내는 천국적인 음악에 아무 말도 하지 않고, 아무 생각도 하지 않고 단지 귀를 기울이고 싶다. 거기에는 그의 음악이 모든 것을—물론 그 자신을 포함하여—멀리, 불합리하게 능가해 있었다. 그것은 공시적인 육체를 가지는 고립된 관념이다. 그것은 욕망이라는 뿌리에 지탱된 형이상학적인 풍경이다. 그런 이유로 나는 스탠 게츠라고 하면 늘 오래된 루스트Roost판이나 버브Verve판을 꺼내어 턴테이블에 올리게 된다. 당시의 그의 음악에는 예기치 못한 가운데 엉뚱한 곳에서 바깥세상의 공기가 불어오는 듯한, 일정한 틀에서 벗어난 자유로움이 있었다. 그는 가볍게 세상의 문턱을 넘을 수 있었다. 그러나 물론 그는 그 대가를 치러야 했다. "재즈라는 건 말이죠" 하면서 그는 만년의 어느 인터뷰에서 마치 가정의 불쾌한 비밀을 털어놓듯이 이야기했다. "밤의 음악이거든요."

그 말이 스탠 게츠라는 뮤지션과 그가 만들어낸 음악의 모든 것을 이야기해주고 있는 듯한 기분이 든다.

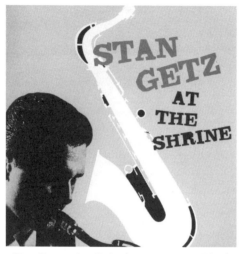

Stan Getz at the Shrine(Verve MGV-8188-2)

Stan Getz and the Cool Sounds(Verve MGV-8200)

브루스 스프링스틴

미국 노동자 계급의
대변인

"브루스 스프링스틴이 이야기로 노래한 것은 그와 같은 미국 노동자 계급의 생활이며, 심정이며, 꿈이며, 절망인 것이다. 그는 그렇게 80년대를 통해 미국의 노동사 계급을 위한 소수의 대변인이 되었다."

브루스 스프링스틴Bruce Springsteen

1949년 미국 뉴저지 주 태생. 1973년에 데뷔했다. 1975년에 《본 투 런Born to Run》
이 히트해 인기를 얻었다. 1980년대의 대작 《더 리버The River》를 거쳐 1984년
《본 인 디 유에스에이Born in the USA》가 폭발적인 매출을 기록해 슈퍼스타의 자리
에 올랐다.

　〈헝그리 하트Hungry Heart〉의 버스verse, 본 곡에 들어가기 전의 전주 부분와 주요 부분을 청중에게 일제히 노래하도록 하는 모습은 브루스 스프링스틴의 콘서트에 갈 때마다 어김없이 보게 되는 광경이다. 8만 명이 넘는 청중이 소리를 모아 이 곡을 합창하는 것을 실제로 듣게 되면 몇 차례나 그의 콘서트에 간 사람 조차도 '늘 그런 것'이라고 알고 있으면서도 그 박력에 등줄기가 오싹해진다고 한다. 아쉽게도 난 단 한 번도 그의 콘서트에 가본 적은 없지만(아시다시피 그 콘서트의 티켓을 구하기란 하늘의 별 따기다), 라이브 녹음으로 들어보더라도 역시 무엇인가 가슴에 와닿는 것이 있다. 그리고 무엇보다도 나를 놀라게 한 것은 그 가사의 내용이다.

볼티모어에 아내와 아이들이 있다네.

어느 날 나는 차를 타고 나와 집으로 돌아가지 않았다네.

어디로 가는지도 알지 못한 채, 흘러가는 강물처럼

잘못된 방향으로 꺾어져 그대로 흘러왔다네.

누구든 굶주린 마음을 가지고 있지.

누구든 굶주린 마음을 가지고 있지.

돈을 걸고 아무튼 맡은 역을 계속 해낼 수밖에 없다네.

모두 굶주린 마음을 가지고 있다네.

Got a wife and kids in Baltimore, jack.

I went out for a ride and I never went back.

Like a river that don't know where it's flowing

I took a wrong turn and just kept going.

Everybody's got a hungry heart.

Everybody's got a hungry heart.

Lay down your money and you play your part.

Everybody's got a hungry heart.

이런 엉뚱하고 어두운 내용의, 복잡한 스토리를 가진 가사를 8만 명의 청중이—적어도 그 대부분이—모조리 암기해 합창한다. 그야말로 놀랄 만한 사실이다. 나는 70년대부터 80년대 초까지는 록 음악에 거의 흥미를 가지지 않고 살아왔으나(생활에 쫓긴 면도 있었고 내용적으로 그다지 흥미를 느끼지 못했던 면도 있다), 브루스 스프링스틴의 레코드만은 기회가 있을 때마다 들었다. 두 장짜리 앨범인《더 리버The River》를 자주 들었고, 거기에 수록된 〈헝그리 하트〉는 특히 좋아하는 노래였다.

그리고 나중에 다섯 장짜리 CD인《더 라이브 1975~1985The Live1975~1985》에 수록된 〈헝그리 하트〉의 라이브 녹음을 들었을 때, 그리고 청중의 합창을 들었을 때, 브루스 스프링스틴이라는 가수에 대해 새삼스럽게 깊은 관심을 가지게 되었다. 거기에는 뭔가 중요한 의미를 지니는 것이 있는 듯한 느낌이 들었다. 내가 마음이 끌린 것은 거기에 있는 '이야기의 공명 현상' 같은 것이었다. 로큰롤 뮤직이 이만큼 이야기를 지닌 깊은 내용의 가사를 줄 수 있었던 적이 역사상 단 한 번이라도 있었을까(밥 딜런Bob Dylan? 그의 음악은 처음부터 로큰롤 뮤직이라고는 말할 수 없는 것이었고, 어느 시점부터는 실제적인 록 음악이라는 것조차 포기해야 했다는 사실을 인식해 주셨으면 한다. 좋은 의미에서든 나쁜 의미에서든 말이다)?

　내가 처음으로 미국에 간 것은 1984년 여름이었다. 당시 미국을 방문했던 이유 중 하나는 소설가 레이먼드 카버를 인터뷰하기 위해서였다. 미국에 도착해 공항에서 택시를 탔을 때 제일 먼저 눈에 들어온 것은 발매된 지 얼마 안 된 LP《본 인 디 유에스에이Born in the USA》의 거대한 광고 간판이었다. 그 광경을 지금도 뚜렷이 기억한다. 거대한 성조기와 색 바랜 청바지 뒷주머니에 아무렇게나 구겨 넣어진 야구 모자. 그렇다. 1984년은 그야말로 브루스 스프링스틴을 위한 해였다. 그 앨범은 경이적인 베스트셀러가 되었고, 미국 전역 어디를 가더라도 그의 노래가 흐르고 있었다.〈댄싱 인 더 다크Dancing in the Dark〉,〈본 인 디 유에스에이〉. 그해는 로널드 레이건이 대통령 선거에 압승한 해이기도 했다. 실업률은 두 자릿수를 넘어섰고 노동자들은 불황이 가져다준 중압감에 허덕이고 있었다. 경제구조의 급격한 전환이 일반 노동자들의 생활을 어두운 심연으로 몰아넣고 있었다. 그러나 일개 여행자의 눈에 비친 것은 전망 있어 보이는 낙천주의였으며 건국 200주년과 올림픽의 영향으로 화려하게 휘날리고 있는 성조기였다.

　워싱턴 주 올림픽 반도에 위치한 레이먼드 카버의 집 거실에서 그와 마주 앉아 그의 소설에 대해 이야기를 나누던 중, 나는 문득 브루스 스프링스틴의 〈헝그리 하트〉의 가사를 떠올리게 되었다. 그리고 이렇게 생각했다. 이 곡의 가사는 생각해보면 마치 카버의 소설 한 구절 같지 않은가 하고 말이다. 거기에 공통되어 있는 것은 미국의 블루칼라 계급이 가지고 있는 폐쇄감이며 그로 인해 사회 전체에 야기된 '황량함' 이다. 노동자 계급의 사람들은 대개 말이 없고 대변인을 가지고 있지 않다. 그들은 쓸데없이 말을 많이 하는 것을 좋아하지 않는다. 그것이 오랜 세월에 걸쳐 그들이 살아온 방식이다. 그들은 단지 묵묵히 일하고 묵묵히 살아왔다. 그리고 오랜 세월에 걸쳐 미국 경제의 기틀을 뒷받침해왔다. 레이먼드 카버가 이야기로서 문장에 묘사하고, 브루스 스프링스틴이 이야기로서 노래한 것은 그와 같은 미국 노동자 계급의 생활이며, 심정이며, 꿈이며, 절망인 것이다. 레이먼드 카버, 브루스 스프링스틴 그들 두 사람은 그렇게 80년대를 통해 미국의 노동자 계급을 위한 소수의 귀중한 대변인이 되었다.

그러나 나는 레이먼드 카버라는 사람의 인성을 그 시점에서는 잘 알지 못했고, 몇 편의 단편을 번역하기는 했지만 그의 작품을 그다지 넓고 깊게 이해했던 것도 아니었다. 게다가 첫 대면인 작가에게 "당신 소설의 논조는 브루스 스프링스틴이라는 로큰롤 가수의 가사와 공통된 부분이 있군요"라는 말을 꺼내기란 쉽지 않은 일이었다(사람에 따라서는 어쩌면 화를 낼지도 모른다). 그래서 그때는 아무 말도 하지 않았다. 하지만 이 두 사람의 세계에는 뭔가 공통성이 있을 것이라는 생각이 그로부터 오랫동안 내 가슴에 남아 있었다.

일본에서나 미국에서나 〈본 인 디 유에스에이〉를 단순한 미국 예찬가로 파악하는 경향이 있는 것 같은데, 사실 알고 보면 이 노래의 내용은 꽤 살벌한 것이다. 이런 노래가 수백만 장이나 팔리는 히트 앨범이 되었다는 것 자체가 아무래도 믿기지 않을 정도이다. 록 음악사상 이만큼 오해를 받은 곡도 아마 없을 것이다.

가사는 대충 이런 내용이다.

희망이 없는 도시에서 태어나
철이 들었을 때부터 누군가가 나를 걷어찼다네.
마구 두들겨 맞은 개처럼 삶을 끝낼 수밖에 없다네.
몸을 지키기에 급급해하며 말이야.

나는 미국에서 태어났다네.
그것이 미국에서 태어났다는 거라네.

Born down in dead man's town

The first kick I took was when I hit the ground.

You end up like a dog that's been beat too much.

Till you spend half of your life just covering up.

Born in the U.S.A.

I was born in the U.S.A.

I was born in the U.S.A.

Born in the U.S.A.

그런데 사람들은 무슨 까닭에서인지 가사의 내용에는 거의 관심을 가지지 않았다. 아마 브루스 스프링스틴 특유의 내리치는 듯한 쉰 목소리 때문에 미국인들조차 가사의 내용을 알아듣기가 쉽지 않다는 이유도 있었을 것이다. 하지만 그렇다고는 해도 스프링스틴이 이 곡에 담은 절실한 메시지를 사회적인 차원에서 크게 간과하고 만 것은 분명하다. 크라이슬러사는 신차 광고에 이 곡을 사용하기로 하고 1,200만 달러라는 거액의 사용료를 제시했고(물론 브루스는 즉석에서 거절했다), 《뉴스위크》지는 브루스 스프링스틴을 '록계의 게리 쿠퍼Gary Cooper'라고 칭할 만한 '올 아메리칸 나이스 가이All

American nice guy'라고 단언했다. 또한 로널드 레이건은 뉴저지 주에서 열린 대통령 선거운동의 연설에서 유권자의 관심을 끌고자 브루스 스프링스틴의 음악을 화제로 삼았다.

"여러분의 마음속에 있는 수천, 수만의 꿈속에 미국의 미래가 있습니다. 미국의 많은 젊은이들이 열광하고 있는 음악에 담긴 희망의 메시지 속에 미국의 미래가 있습니다. 그렇습니다. 이 뉴저지가 낳은 가수 브루스 스프링스틴의 음악 말입니다. 그리고 여러분의 그러한 꿈이 실현되도록 돕는 것이야말로 제가 할 일입니다."

솔직히 로널드 레이건이 브루스 스프링스틴의 음악을 한 번이라도 제대로 들은 적이 있다고는 생각되지 않는다. 만일 그가 실제로 주의 깊게 그 음악에 귀를 기울였다면 거기에 미국 젊은이들의 '희망의 메시지'가 담겨 있다는 그런 말은 도저히 할 수 없었을 테니 말이다. 그 연설 후 한 신문기자로부터 "그럼 레이건씨가 가장 좋아하는 스프링스틴의 곡은 뭐죠?"라는 질문을 받은 선거운동원은 답변하기 몹시 난처해했다(다음 날 '본 투 런Born to Run'이라는 코멘트가 매스컴용으로 흘러나왔는데 이는 해도 너무한 선택이었다). 어쨌든 그건 어떻게 생각해보더라도 부끄러울 정도로 손쉬운 편승이었다. 만일 스프링스틴의 노래 속에서 뭔가 희망을 찾을 수 있다고 한다면 그것은 급격한 구조적인 절망을 헤치고 나온 **꿈의 형해**形骸를 공유함으로써 사람들—이름 없는 사람들이라 해도 되겠다—사이에 가까스로 생겨날 공감을 향한 희망일 뿐이었고, 로널드 레이건은 그야말로 그 '구조적 절망'을 만들어내는 쪽에 서 있었으니 말이다.

브루스 스프링스틴이 "나는 미국에서 태어났다네"라고 외칠 때 거기에는 두말할 나위도 없이 분노가 있고, 회의가 있고, 슬픔이 있다. 내가 태어난 미국은 이런 나라가 아니었다, 이런 나라여서는 안 된다는 통절한 심정이 그 속에 담겨 있다. 이제까지 스프링스틴의 음악을 지지해 온 충실하고 핵심적인 '보스 마니아스프링스틴은 '보스'라는 별명으로 불렸다'들은 물론 그 메시지를 즉석에서 이해했다. 그러나 〈본 인 디 유에스에이〉라는 초대형 히트곡을 통해 처음으로 그의 존재를 발견한 일반 대중은 가사의 내용을 귀담아듣지 않았기에 어디까지나 긍정적인 입장의 듣기 좋은 음악으로써 그 곡을 **현상적**으로 음미한 것이다. 앨범 재킷 사진에 곁들여진 거대한 성조기도 오해를 낳은 한 요인이 되었다. 브루스가 거기에 계산한 역설적이고 냉소적인 임플리케이션implication(함축)은 어떻게 해보지도 못한 채 거대한 소비 트렌드 속으로 빨려 들어가 버렸다. 그리고 그것은 아이러니하게도 '레이건 시대'의 시작과 때를 같이했다. 브루스 측의 진의가 어떠한 것이었든 〈본 인 디 유에스에이〉의 상업적인 성공의 많은 부분이 레이거니즘Reaganism, 미국 제 40·41대 대통령 로널드 레이건에 의해 추진된 경제정책. 경제의 재활성화를 통해 '힘에 의한 위대한 미국'의 재건을 기한다는 국가정책이다 탄생을 지지한 것과 똑같은 에토스ethos(심적 태도)에 의해 지탱되었다는 것에는 아마 의문의 여지가 없을 것이다.

이와 같은 거대한 오해에 관해 브루스 스프링스틴과 제작자인 존 랜도Jon Landau 측에도 문제가 없다고는 할 수 없다. 애당초 이 〈본 인 디 유에스에이〉라는 곡은 우디 거스리Woody Guthrie적인 메시지 송, 넓은 의미의 프로테스트 송으로 앨범 《네브래스카Nebraska》에 수록하고자 작곡한 것이었다. 브루스는 홀로 이 노래를 부르고 집에 있던 작은 4트랙 덱에 녹음을 했다(이 데모 녹음은 후에 네 장짜리 CD인 《트랙스Tracks》에 수록되어 발매되었다). 그러나 이 곡은 앨범의 콘셉트에 잘 들어맞지 않는다는 이유로 발표되지 않은 채 끝나고 말았다. 그래서 원래의 곡에 힘찬 팝 편곡을 가미해 전혀 다른 분위기의 앨범인 《본 인 디 유에스에이》에 유용한 것인데 그 곡이 지니는 절실한 내용과 그것이 담겨 있는 경쾌한 겉면 사이에는 뭐라 형언하기 힘든 괴리감이 있다. 맥스 와인버그Max Weinberg의 파워풀한 드럼과 로이 비탄Roy Bittan의 주술적이리 만치 단순한 신시사이저 리프riff, 반복되는 연주 패턴는 분명히 그 메시지보다는 축제 분위기를 전면에 제시해 준다.

영화감독인 존 세일즈John Sayles (그도 역시 노동자 계급 출신이 다)가 촬영한 〈본 인 디 유에스에이〉의 뮤직 비디오에는 이러한 괴리감을 메우고자 그 속에 베트남전쟁의 뉴스 필름이 나 미국 노동자들의 생활상을 그린 영상이 아로새겨져 있다. 하지만 그 인용이 다소 설명적인 데 그치고 만 탓에 작품 자체가 뒤죽박죽인, 생명력이 결여된 완성이 되고 말았다. 브라이언 드 팔마Brian De Palma, 미국의 영화감독가 그전에 제작한 〈댄싱 인 더 다크Dancing in the Dark〉의 가볍기 이를 데 없는 비디오가 오늘날에도 생생하게 그 나름대로의 설득력을 가지고 다가오는 것과는 대조적이다.

이와 같은 내용과 스타일의 어긋남, 괴리 같은 문제는 다소 심한 표현을 빌리자면 《본 인 디 유에스에이》라는 앨범에 있어서의 기본적인 옥의 티가 되었다. 《본 인 디 유에스에이》는 객관적으로 보아도 지극히 잘 만들어진 훌륭한 앨범이고, 당연한 결과로 상업적인 성공을 거두었다. 그것도 **압도적인 성공**이었다. 나도 곧잘 턴테이블에 그 앨범을 올려

놓았다.

그러나 그로부터 20년도 넘는 세월이 지난 오늘날의 시점에서 다시금 들어보면 《더 리버》나 《네브래스카》같이, 앞서 발표된 앨범에 수록된 일관성 있는 솔직한 것들에 나로서는 보다 강하게 마음이 끌리게 된다. 되풀이해서 《본 인 디 유에스에이》를 듣다보면 그 '어긋남'이나 곡과 곡 사이의 콘셉트 충돌이 마음에 걸리게 된다. 브루스로서는 전작인 《네브래스카》에서 드러냈던 너무나도 거칠었던 개인성의 반동으로 어느 정도 청중에게 친근히 다가갈 수 있는 앨범을 내보고 싶은 생각이 있었을 테고(당연한 생각이다), 결과적으로는 지나치게 바늘이 오른쪽으로만 흔들린 부분이 있긴 하지만 말이다. 설마 이렇게까지 팔리고 이렇게까지 사회적인 이슈가 될 거라고는 브루스 자신이나 랜도나 예기치 못했을 것이다. 그리고 그 예기치 못한 **현상**은 브루스 스프링스틴의 인생에 적어도 한동안은 음울한 그림자를 드리우게 되었다.

《본 인 디 유에스에이》로 드러나게 된, 로큰롤의 음악성과 스토리성의 괴리를 어떻게 개인적인 차원에서 복구해 나갈 것인가는 그 이후의 브루스의 인생에 있어서 가장 중요한 과제가 되어갔다. 거기에 더해 이미 노동자 계급이 아닌 인간이, 큰 부자가 되어버린 록 스타가 가난한 노동자 계급에 대해서 도대체 무엇을 노래할 수 있을 것인가 하는 근본적인, 그리고 도의적인 의문도 있었다. 그는 설득력을 지니는 새로운 **개인적인** 장소를 찾아야만 했다. 그것은 매우 고생스럽고 시간이 걸리는 작업이었다. 이미(본인의 바람과는 상반되게) 사회적 아이콘이 되어버린 브루스에게 있어 개인성과 일반성의 경계선을 어디에 두어야 할 것인가 하는 것이 너무나도 어려운 작업이 되었기 때문이다. 그동안 스프링스틴은 철의 결속을 자랑한 E 스트리트 밴드E Street Band의 해체와 결성을 반복했다. 오랜 시행착오가 이어졌다. 해체가 있었고 재건축이 있었다.

그럼 레이먼드 카버와 브루스 스프링스틴의 공통성에 관한 이야기로 다시 돌아가 보자.

두 사람 모두 그다지 생활이 평탄하지 않은 노동자 계급의 집안에서 태어났다. 카버의 아버지는 워싱턴 주의 제재소 마을에서 정비공으로 일했으나 알코올 중독이라는 문제를 안고 있어 생활은 늘 궁핍하고 불안정했다.

브루스 스프링스틴은 뉴저지 주 프리홀드라는 작은 도시(브루스의 가사를 인용하자면 죽은 사람의 마을deadman's town)에서 태어났다. 그의 아버지는 그 고장의 작은 공장에 근무하기도 하고, 형무소의 간수를 하기도 하고, 택시 운전을 하기도 했다. 하지만 어느 일도 오래 계속하지 못했던 모양이다. "내가 자란 집에서는 책이라는 걸 거의 찾아볼 수 없었다"라고 두 사람은 입을 모아 회상한다. 예술에 배려를 할 만큼의 생활의 여유라는 것이, 두 사람의 집에는 없었던 것이다. 그들의 부모는 다달이 청구서를 지불하고 식탁 위에 그날그날의 양식을 놓으며 간신히 살아가는데 급급했다.

아이들은 고등학교를 졸업하면—제대로 졸업할 수 있다면—아버지나 할아버지와 같은 공장에 취직해 조합카드를 손에 넣고, 아버지나 할아버지와 같은(단조로운) 인생을 보내는 것이 당연하게 여겨졌다. 대학에 진학하는 것은 지극히 드문 일이었다. 많은 젊은이들이 거칠고 제멋대로인 청춘 시절을 보내기는 하지만 그러한 눈부신 나날도 이내 끝나고 만다. 20대 초에는 결혼해 가정을 이루고 생활에 쫓기며 제각기 따분한 어른이 되어간다. 매일 아침 픽업트럭을 타고 공장에 가 새로울 게 없는 일을 하고 해가 지면 바에 들러 친구와 맥주를 마시고 달라질 게 없는 옛날 얘기를 한다. 그것이 미국의 무수한 작은 도시에서, 세대에서 세대로 이어져온 인생의 패턴이었다. 거기에는 출구도 없고, 꾸어야 할 꿈도 없다. 그러한 폐쇄감은 명곡 〈글로리 데이스Glory Days〉에 절절하게 드러나 있다.

그러나 카버나 브루스나 그와 같은 '미국의 작은 도시'에 물려져 온 인생에 대해 분명하게 '노'를 선언한 사람이었다. 스프링스틴은 직업을 가지는 것을 일절 거부했다. 그는 로큰 롤 가수가 되기로 결심했다. 카버는 고등학교를 졸업한 후 아 버지와 같은 제재소에 몇 달 동안 근무하고 나서 '이런 일을 하며 인생을 끝마치고 싶지는 않다'고 결심하게 되었다. 그는 무슨 일이 있어도 작가가 되고 싶었다. 그리고 그들은 고향을 떠났다. 그때 카버는 이미 결혼한 상태였다. 브루스 스프링스 틴의 노래 가사를 인용한다면 대충 다음과 같을 것이다.

자, 메리 어서 차에 타.
이 도시는 패배자들로 가득하다네.
나는 이런 곳을 떠나 뻗어나갈 거야.

So, Mary, climb in.
It's a town full of losers.
And I'm pulling out of here to win.

—〈선더 로드Thunder Road〉

그들은 결국 제각기의 꿈을 실현할 수 있었다. 물론 우여 곡절이 있기는 했지만 한 사람은 소설가가 되었고 다른 한 사람은 로큰롤 가수가 되었다. 그리고 그들은 노동자 계급의 생활과 심정을 생생하게 묘사하는 것으로 창작자로서의 정체성을 획득하고 한 시대에 획을 긋게 되었다.

그러나 그들의 가장 큰 공통점이라고 한다면 자신들이 이룩한 그와 같은 달성을 **순수한 기적**으로 포착하고 있다는 점일 것이다. 둘 다 자신들이 이룩한 것을 보고(물론 그것은 그들이 일관되게 간절히 추구해 온 것이지만) 기뻐하기에 앞서 놀라움에 우두커니 멈춰서 있는 것처럼 보인다. 도대체 어떻게 자신들이 지금까지 살아남을 수 있었는지, 아니 그뿐만이 아니라 압도적이라 할 수 있는 세속적인 성공을 거둘 수 있었는지, 스스로도 이해가 되지 않았던 것이다. 그들은 몇 번이고 몇 번이고 발밑의 지면을 신발로 밟고 두드려보았다. 이것이 정말로 진짜 성공일까 하고 말이다. 그런 의미에서 그들은 지극히 겸허한 사람들이었다. 가령 성공한다 해도 강한 창작 의지와 올곧은 생활 감각을 잃지 않을 사람들이었다. 아니면 그와 같이 지면에 발이 닿아 있는 자질이야말로 그들을 노동자 계급의 대변인으로 만든 가장 큰 요인이었는지도 모르지만 말이다.

예를 들어 스프링스틴은 술·담배·마약에 손을 대지 않았다. 일반적인 록 스타처럼 방탕한 생활을 하는 경우도 없었다. 그는 혼자 있는 것을 좋아하고 파티를 싫어했고 책 읽는 것을 좋아했다. 레이먼드 카버는 알코올 중독으로 목숨을 거의 잃을 뻔했지만, 그 후로는 절제된 생활을 하며 소설을 쓰는 데에 전력을 기울였다. 문단의 교류 같은 건 철저히 피하고 워싱턴 주의 올림픽 반도 끝에 위치한 작은 마을에서 고립된 생활을 하고 있었다. 세속적인 성공은, 적어도 생활이라는 차원에서는, 그들을 전혀 망치지 않았다. 그들은 아마 두려웠을 것이다. 마침내 손에 넣게 된 기적이 어느 날 아침 눈을 떠보니 어디론가 사라져버려, 더 이상 옆에 존재하지 않을지도 모른다는 것이. 자신들이 가까스로 빠져나온 나락으로 또다시 추락하는 것이. 그렇기에 그들은 겸허함을 유지하면서 더욱 혹독하게 노력하지 않을 수 없었다.

물론 그 이전에 노동자 계급을 묘사한 문학이나 음악이 미국에 존재하지 않았던 것은 아니다. 하지만 에릭 앨터먼Eric Alterman의 지적대로 미국 문단에서는, 노동자 계급이나 빈곤 계급에 속하는 사람들을 주인공으로 하는 작품들이 순수한 예술이기에 앞서 '정치적인 것'으로 분류되어버리는 경향을 보이고 있었다. 그러한 하나의 원인은 미국의 문화나 예술이

기본적으로 동쪽 해안을 중심으로 한, 지적인 엘리트 계층에 의해 형성되고 있다는 데에 있었다. 그리고 또 하나는 현실적인 문제로, 뉴딜정책1933년 당시 미국 대통령이던 루스벨트가 경제 공황에 대처하기 위해 시행한 경제 부흥 정책에 커다란 영향을 받은 스타인벡John Steinbeck, 1902년~1968년. 미국의 소설가. 사회 현실을 묘사한 작품을 많이 썼으며, 1962년《불만의 겨울》로 노벨문학상을 받았다의 세대를 마지막으로 노동자 계급의 생활을 진지하게 묘사하려는 예술가가 거의 등장하지 않았다는 데에서 그 원인을 찾아볼 수 있다. 그와 같은 움직임은 50년대 전반에 미국을 석권한 매카시즘McCarthyism, 미국 공화당 상원위원인 J. R. 매카시를 중심으로 행해진 반공 운동에 의해서 철저하게 붕괴되고 말았다. 50년대의 비트 세대beat generation, 비트는 속어로 녹초가 되었다는 뜻이다. 제2차 세계대전 종전 후 성인으로 사회에 나왔으나, 현실에 좌절하여 1950년대 전후 보수화된 기성질서에 반발해 저항적인 문화와 기행을 추구했던 세대를 일컫는다와 60년대의 히피 세대 등을 들 수 있는데 그 어느 쪽의 움직임을 보더라도 노동자 계급과는 인연이 없다시피 한 세계에서 전개된 운동이었다. 그리고 그들의 문학적인 경향(냉소주의와 낙관적 이상주의)이 도달한 곳은 포스트모더니즘postmodernism이었다. 그것은 우수한 몇몇 문학작품을 낳기는 했으나 결국 많은 영역에서 도시 인텔리층을 위한 단순한 '지적 의장意匠'으로 탈바꿈하고 말았다.

록에 관해 말하자면 70년대 중반의 록 음악은 디스코와 펑크라는 방향으로 각각 진화되면서 그 막바지에 이르러 우왕좌왕하고 있었다. 60년대 록의 와일드한 창조성은 아득히 먼 곳에 머무는 데에 그쳤다. 밥 딜런은 방황했고, 폴 매카트니는 안주했고, 브라이언이 빠진 비치 보이스는 청중을 잃었고, 롤링스톤스The Rolling Stones는 세속적인 인정을 받은 야성이라는 미묘한 틀 안에 갇혀가고 있었다.

그와 같은 문화의 폐쇄 상황에 처음으로 숨통을 열어준 것이 카버였고 스프링스틴이었던 것이다. 그들은 제각기의 장소에서 조용히 남몰래 일을 시작했는데, 그 영향력은 점차로 커져 이목을 끌게 되었고 급기야는 주위를 압도하기에 이르렀다. 카버는 그 작품들에 의해 '아메리칸 뉴 리얼리즘'이라고 칭할 만한 새로운 조류를 문학계에 만들어냈고, 스프링스틴은 아메리칸 록의 르네상스를 거의 혼자 힘으로 실현하게 되었다. 신기하게도 그와 같은 새로운 태동이 노동자 계급 출신인 두 명의 아티스트에 의해 이루어졌다는 사실에 우리는 주목해야 할 것이다.

두 사람 사이의 또 다른 괄목할 만한 공통점은 60년대의 반문화 운동, 히피 운동, 반전 운동, 거기에서 파생된 혁명과 흡사한 운동, 그리고 그에 이어지는 포스트모더니즘 같은 일련의 '60년대 증후군'에 그들이 휩쓸리지 않았다는 것이리라. 그러니까 당시의 그들에게는 그와 같은 움직임에 관여할 만한 여유가 없었던 것이다. 그들에게 있어서의 60년대 후반은 주위를 둘러볼 여유도 없을 정도로 어수선했고 좌절과 절망에 가득 찬 나날이었다. 자신의 꿈에 매달려 간신히 하루하루를 살아가는 것, 그것만이 그들이 할 수 있는 전부였다. 브루스는 지역 전문대학에서 쫓겨나 밴드 활동으로 겨우 먹고 살까 말까 하는 나날을 보내고 있었고, 카버는 간신히 대학과 대학원에 진학하기는 했으나 아내와 어린 두 아이를 데리고 생활을 유지하는 데 급급했다. 틈틈이 짬을 내서 소설을 쓰기는 했지만 거의 돈이 되지 않았고, 그 절망감으로 술독에 빠지게 되었다. 반문화 운동이나 히피 운동은 결국 부유한 대학생이 중심이 되어 전개한 것이었고, 그들에게 있어서 그런 운동은 기본적으로 '남의 일'인 세계였다.

그리고 그런 '60년대 증후군'을 회피한 그들이 **손도 대지 않던** 세계관은 반문화 운동이 거의 소멸상태에 빠진 1970년대 중반에 이르러 서서히 강한 설득력을 발휘하기 시작하게 된다. 1970년대 초에 '침묵하는 다수Silent Majority'라는 정치 용어를 처음으로 사용한 사람은 리처드 닉슨Richard

Nixon인데, 스프링스틴과 카버는 닉슨과는 전혀 다른 각도에서 이 '침묵하는 다수'라는 개념적 존재의 구상화에 착수하게 되었다. 달리 말하자면 그들에게 있어 스스로의 정체성의 뿌리를 모색하는 것이야말로 '침묵하는 다수'의 실체화에 임하는 것이었다.

그리고 그들 두 사람의 작풍作風은 놀랄 만큼 흡사했다. 공통되는 특징으로 들 수 있는 것은 거기에 담긴 황량하고 통절할 정도의 리얼리티다. 스프링스틴은 첫 두 앨범에서는 명백히 밥 딜런을 의식한 상징과 은유로 가득 찬 복잡한 가사를 썼고 그것은 그 나름대로 매력적이었지만, 그가 송 라이터로서 열광적인 지지를 받는 본령을 발휘하기 시작한 것은 세 번째 작품인《본 투 런Born to Run》(1975년)부터다. 이 앨범 속에서 그는 노동자 계급의 젊은이들의 심정을 실로 정직히, 정말로 솔직히 묘사했다. 거기에는 생생히 **살아 있는 이야기**가 있었다. 그리고 스프링스틴은 그 이야기를 로큰롤이라는 강력한 도구에 실을 수 있었다.

그는 이렇게 말했다.

"《본 투 런》후에 나는 내가 부르는 노래의 내용과 그것을 듣는 '상대＝청중'에 대해서 굉장히 큰 책임감을 느끼게 되었다. 그전에는 나에게 그렇게 많은 청중이 없었으니 말이다. 나는 그 책임감과 더불어 살아가야 했다. 그건 갑작스럽게 일어난 일이었다. 그때 나는 이렇게 결심했다. 적극적으로 어둠 속으로 들어가자고. 그리고 주위를 둘러보고 내가 알고 있는 걸 쓰고, 내가 본 걸 쓰고, 내가 느끼는 걸 쓰자고."

레이먼드 카버도 많은 시행착오를 거친 뒤 거의 같은 시기에 단편집 《부탁이니 제발 조용히 해줘Will You Please Be Quiet, Please?》(1976년)를 발표했다. 그 작품 속에서 미국의 작은 마을에 사는 서민의 생활을 실로 사실적으로 묘사해 냈다. 그런 소재를 이야기로 묘사한 작가는 카버 이전에는 단 한 사람도 없었을 것이다. 그리고 그는 어느 인터뷰를 통해 스프링스틴이 진술한 것과 같은 이야기를 한 바 있다. 자기가 알고 있는 것을 쓰라고. "젊은 작가가 자기가 알고 있는 것에 대해 쓰지 않는다면 그는 도대체 무엇에 대해서 써야 하죠?"라고.

"나는 수사법이나 추상성에 의존하지는 않는다. 사고방식에 있어서도, 쓰는 방식에 있어서도 그렇다. 그렇기 때문에 내가 사람들을 묘사할 때에는 그들을 가능한 한 구체적인 장소에 두려고 한다. 독자가 실제로 손으로 만질 수 있는 듯한 장소에 말이다."

하지만 그들이 공유하는 것은 그와 같은 철저한 리얼리티 만이 아니다. 또 다른 커다란 공통적인 특징은 안이한 결론을 거부하는 '이야기의 개방성wide-openess'을 그들이 의식적으로, 그리고 적극적으로 채택하고 있다는 점이다. 그들은 이야기의 전개를 구상적으로 뚜렷이 제시하지만 틀에 박힌 결론이나 해결을 강요하지는 않는다. 거기에 있는 사실적인 감촉과 생생한 광경과 격렬한 숨결을 '독자=청중'에게 주기는 하지만 이야기 그 자체는 어느 정도 **열린** 상태로 끝맺는다. 그들은 이야기를 완결시키는 것이 아니라, 보다 큰 틀로부터 이야기를 도려내고 있는 것이다. 그리고 그 두 사람이 이야기에 있어 중요한 의미를 지니는 사건은 그 도려낸 이야기의 틀 밖에서 이미 끝나 있기도 하고, 역시 틀 밖에서 나중에 일어나려 하고 있는 경우도 많다. 그것이 그들이 이야기를 엮어나가는 스타일이다. '독자=청중'은 그 도려낸 이야기와 함께 남겨져 그 의미에 대해 깊이 생각하게 된다. 그러나 '독자=청중'이 생각해야 하는 것은 상징과 은유에 관해서가 아니다. 테마와 모티프에 관해서도 아니다. 여기에서 그러한 학술 용어는 그다지 의미를 지니지 않는다. 그들이(우리가) 진지하게 생각해야 하는 것은 그 '도려낸 이야기'가 우리 자신의 총체적인 틀 속에 어떻게 들어갈 것인가 하는 것이다. 그 이야기에 담긴 '황량한 마음bleakness'은 우리 안의 어느 부분에 해당되는 것일까? 그리고 그 마음은 우리를 어떤 곳으로 데려가려 하고 있는 것일까? 우리는 그 닫히지 않은 이야기를 앞에 두고 그런 생각에 잠기게 된다. 그것은 거의 당혹에 가까운 감정이다.

그와 같은 당혹은 70년대 중반에서 80년대에 걸쳐 우리 정신의 많은 부분이 직면해야 했던 절실한 당혹이기도 했다. 그렇기에 브루스 스프링스틴의 음악과 레이먼드 카버의 소설이 많은 사람을 자연스럽게 끌어당기고 그 힘을 발휘할 수 있었던 것이다. 닫지 않는 이야기라는 시스템을 통해 솔직하고 겸허하게 우리 속에 있는 황량한 마음을 폭로하는 것. 우리에게 이동 감각을 가져다주는 것. 그것이 그들 이야기가 품고 있는 강력한 기능이었다.

그러나 그 기능에는 강력함이라는 이면에 나약함도 포함되어 있었다. 닫히지 않은 이야기는 닫히지 않은 까닭에 의도적으로, 혹은 비의도적으로 곡해되고 진의가 와전될 가능성을 가지고 있었다. 그리고 그것이야말로 〈본 인 디 유에스에이〉가 베스트셀러가 되었을 때 브루스가 직면해야 했던 문제였다. 비교적 적은 숫자의 청중을 앞에 두었을 때에는 유효했던 자질도 거대한 매스 미디어를 통하게 됨으로써 치명적으로 훼손되는 경우가 있다. 스프링스틴은 그러한 근본적인 문제를 개인적인 차원에서 해결하기 위해 오랜 세월을 들여야 했다.

마찬가지로 레이먼드 카버도 80년대 중반에 문단으로부터 심한 공격을 받게 되었다. 주로 포스트모더니즘으로부터의 공격이었다. 그들이 비판한 것 중 하나는 카버의 소설 속에서 지적인 실험성을 찾아볼 수 없다는 점이었으며, 또 하나는 정치적, 사회적인 메시지가 명확하지 않다는 점이었다. 그리고 그들은 레이거니즘이 미국사회에 가져다준 보수성과 카버 문학의 표면적인 보수성(그들은 주로 리얼리즘 문체를 비난의 대상으로 삼았다)을 겹쳐 카버의 작품을 '반동적'이라고 비판했다. 그러나 그들이 **정말로** 하고 싶었던 말은(물론 입 밖에는 내지 않았지만) 카버의 작풍이 그들이 살아 숨 쉬는 지적 풍토에서는 수용하기 힘들다는 데에 있었다. 레이먼드 카버는 그들 지적 선량인들에게 있어서 그야말로 '문 앞에 찾아온 야만인'이었다.

카버와 스프링스틴은 80년대 중반부터 제각기 예술적인

전환을 시도하게 되었다. 그들이 지향한 것은, 한마디로 말해 노동자 계급이 안고 있는 문제를 노동자 계급 고유의 계층적 문제가 아닌 좀 더 광범위한 보편적 문제로 묘사하는 것이었다. 즉, 시대적인 정경, 계층적인 정경으로서의 황량한 마음을 세계적인 관점에서 파악하고 그들이 말하고자 하는 이야기를 시대나 계층을 초월한 '구제의 이야기'로까지 승화시켜 가는 것이었다. 그것은 단적으로 말해 스스로를 인간적으로, 예술적으로, 도의적으로 한 단계 위로 끌어올리는 것이기도 했다.

스프링스틴은 일단 그러한 시도에 성공한 듯이 보인다. 아직 《더 라이징The Rising》을 들어보지 못했다면 꼭 이 훌륭한 앨범을 들어보았으면 한다. 그리고 레이먼드 카버는 《대성당Cathedral》이라는 탁월한 단편집을 발표해 그 통찰력을 세상에 제시했으나 얼마 지나지 않아 병을 얻어 1988년에 세상을 떠나고 말았다. '아까운 사람을 잃었다'는 것은 상투적인 표현이지만 레이먼드 카버의 경우만큼은 꼭 이 말을 쓰고 싶어진다.

나는 1991년 초부터 2년 반 동안 뉴저지 주에 살게 되었다. 그때는 레이먼드 카버가 이미 세상을 떠난 뒤였다. 스프링스틴은《럭키 타운Lucky Town》과《휴먼 터치Human Touch》라는 결코 완성도는 낮지 않으나 어딘지 모르게 초점이 일정치 않은 두 장의 앨범을 발표해, 가벼운 음악적인 시행착오 속에 있다는 것을 시사하고 있었다. 그의 창작력의 절정은 이미 지나버린 것이라고 의기양양한 표정으로 단언하는 이도 있었다. 나는 프린스턴대학에 소속되어 수업에 들어가기도 하고, 아니면 아무것도 하지 않고 단지 소설을 쓰며 지내기도 했다. 같은 뉴저지라 해도 내가 살았던 남부의 품격 있는 대학가인 프린스턴과 브루스 스프링스턴이 태어나고 자란 북부의 프리홀드나 애스버리 파크 같은 지역은 그야말로 하늘과 땅만큼 차이가 난다.

매년 봄에 매머스 카운티라는 곳에서 하프 마라톤 대회가 열려 나는 늘 그 경주에 참여했다. 자연공원自然公園 안을 달리는 매우 상쾌한 코스였다. 이런 얘기를 하기는 좀 그렇지만 '미국의 겨드랑이 밑' 이라고 불리는 뉴저지 주 북부에 녹음에 둘러싸인 이런 아름다운 장소가 있다는 것은 그야말로 놀라움이다. 프린스턴에서 매머스 카운티로 향하는 도중에 해안을 따라 애스버리 파크가 있는 동네가 있어 경주가 끝난 후에는 그곳에 들렀다. 들른다고 해도 차에서 내려 뭔가를 한다는 얘기는 아니다. 그저 차에 탄 채 천천히 동네를 돌고

'이곳에서 무명 시절의 브루스 스프링스틴이 연주를 했구나' 하는 생각을 하고 돌아올 뿐이다. 지극히 평범한 감각을 가진 사람에게 있어 애스버리 파크가 위치해 있는 동네는 '차에서 내려 멋진 점심 식사라도 할까' 하는 생각이 드는 곳은 결코 아니다.

애스버리 파크는 아무리 호의적으로 보아도 굉장히 **음침한** 해안 마을이다. 기분이 나쁘다고 해도 될 정도다. 모든 건물은 낡고 빛이 바래 있고 황폐하다. 인적이라곤 찾아보기 힘들다. 노동자들을 위한 여름 휴양지로 전시부터 전후에 걸쳐 발전한 이 마을은 브루스 스프링스틴이 10대 시절을 보낸 1970년대 전후에는 이미 흔적도 없이 영락해 있었다. 관광객은 끊기고 수백 채에 이르던 호텔은 대부분 폐업했고, 그 대신 범죄와 마약이 그곳에 자리하게 되었다. 그 마을은 1990년대 내가 방문했을 때에도 역시 영락한 상태였고 아마 지금도—만일 헐리지 않았다면—마찬가지로 영락해 있을 것이다. 그것은 아주 오래전에 죽은 사람들의 기억을 그러모아 만들어진 가공의 마을처럼 보인다. 덧없는 한낮의 고스트 타운. 나는 매년 봄이 되면 매머스 카운티의 하프 마라톤 경주에 참가하고 그 후 영락零落한 애버리스 파크 마을을 차로 일주하고 젊은 시절의 브루스 스프링스틴을 생각하고 주州경찰관에서 걸리지 않도록 제한 속도에 신경을 쓰며(뉴 저지 유료 고속도로는 속도위반에 무척 까다롭다) 지적이며 평화로운 프린스턴 마을로 돌아왔다.

지금도 스프링스틴의 음악을 들을 때마다 봄날의 햇살이 내리쬐는 애스버리 파크의 광경을 문득 떠올린다. 내가 1970년 전후 도쿄에서 어떻게든 살아남기 위한 노력을 계속하고 있었을 즈음 브루스 스프링스틴도 마찬가지로 이 영락한 애스버리 파크에서 악전고투하고 있었던 것이다. 그리고 30년도 넘는 세월을 거쳐 우리는 제각기 무척 먼 곳까지 발걸음을 옮겨왔다. 뜻대로 이루어진 일도 있었고 뜻대로 되지 않은 일도 있었다. 그리고 앞으로도 살아남기 위해 제각기의 장소에서, 제각기의 투쟁을 계속해 나가야 할 것이다.

이런 연유로 나는 브루스 스프링스틴이라는 동년배의 로큰롤 가수에 대해, 좀 뻔뻔스럽다는 생각도 들지만, 나도 모르게 친밀한 연대감을 가지게 되는 것이다.

하루키가 애청하는 브루스
스프링스틴의 앨범

The River(CBS/SONY 40AP1960)

Nebraska(CBS/SONY 25AP 2440)

제르킨과 루빈스타인

전후 유럽의 대조적인
두 거장 피아니스트

"두 사람만큼 세계관이나 특징이 다른 조합도 아마 없을 것이다. 제르킨의 연주 스타일을 좋아하는 사람은 루빈스타인의 연주를 배척하는 듯하며, 반대로 루빈스타인의 연주 스타일을 좋아하는 사람은 제르킨의 연주를 멀리 하는 듯하다."

루돌프 제르킨Rudolf Serkin

1903년~1991년. 보헤미아 에게르 태생. 열두 살 때 멘델스존 피아노 협주곡을 연
주하며 데뷔했으며, 열일곱 살 때 아돌프 부슈Adolf Busch의 반주자에게 발탁되었
다. 아놀드 쇤베르크Arnold Schonberg에게 작곡을 사사했고, 1936년 아르투르 토스
카니니Arturo Toscanini가 지휘를 맡은 뉴욕 필하모니와의 공연을 통해 미국에서 데
뷔했다. 커티스 음악원에서 교편을 잡는 한편 부슈와 함께 말보로 음악제를 주재
했다.

아르투르 루빈스타인Artur Rubinstein

1887~1982년. 폴란드 우치 태생. 열 살 때 베를린으로 옮겨 요제프 요아힘Joseph
Joachim의 추천으로 칼 하인리히 바르트Karl Heinrich Barth를 사사했다. 1899년 포
츠담에서 데뷔했다. 이듬해인 1900년에는 요제프 요아힘의 지휘로 베를린에서 데
뷔. 1937년 나치의 박해를 피해 미국으로 이주한 이래 1976년에 은퇴할 때까지 정
력적인 연주 활동을 펼쳤다.

　두 달쯤 일본을 떠나 일본을 떠나 외국의 어느 벽지에 틀어박혀 열심히 소설을 쓰고 있었다. 그럴 때는 보통 해가 뜨기 전에 일어나 오전 중에 몰아서 일을 하고, 오후에는 느긋하게 운동을 하기도 하고 음악을 듣기도 하고 책을 읽기도 한다. 소설을 쓴다는 것은 일종의 비현실적인 행위이므로(물론 내 경우에는 그렇다는 얘기다) 어느 시기에는 일상으로부터 완전히 동떨어질 필연성이 생긴다.

　그런 시기에는 책을 읽기 가장 적합하므로 이제까지 시간이 없어 읽지 못했던 책을 한꺼번에 가방에 쑤셔 넣고 떠난다. 이번에는 스티븐 레만Stephen Lehmann과 마리온 파버Marion Faber가 쓴 루돌프 제르킨의 전기 《루돌프 제르킨: 삶Rudolf

Serkin: A life》(Oxford)을 가지고 떠났다. 이 책은 2002년에 출간된 것으로 부록으로 제르킨의 귀중한 연주를 수록한 CD가 들어 있다(음질은 나쁘지만 쇼팽의 연습곡을 연주한다!). 그리고 '그 김에'라고 하기는 좀 그렇지만 예전에 헌책방에서 산 이후로 펼쳐보지도 않았던 아르투르 루빈스타인의 저서전인《나의 젊은 시절들My Young Years》(Knopf)도 이번 기회에 읽을 요량으로 가지고 갔다. 이 책은 1973년에 출간된 것이다.

제르킨과 루빈스타인은 어느 면을 보더라도 실로 대조적인 피아니스트다. 그야말로 양극단이랄까, 그만큼 세계관이나 특징이 다른 조합도 아마 없을 것이다. 토스카니니Arturo Toscanini와 카라얀Hevert von Karajan도 이 두 사람보다는 공통점을 가지고 있을 것 같은 정도니 말이다. 그래서일까, 일반적으로 말해 루돌프 제르킨의 연주 스타일을 좋아하는 사람은 아르투르 루빈스타인의 연주를 '너무 가볍다'는 이유로 배척하는 경향이 있는 듯하며, 거꾸로 루빈스타인의 연주 스타일을 좋아하는 사람은 제르킨의 연주를 '딱딱하고 지루하다'고 느껴 멀리하는 경향이 있는 듯하다. 혹은 어느 한 사람을 선택하지 않고 연주곡에 따라 이 두 사람의 피아니스트를 분리해서 듣는 사람도 많을지도 모르겠다. 나도 사실 그런 편이어서 이제까지 베토벤은 제르킨, 쇼팽은 루빈스타인, 슈만과 브람스와 모차르트는 두 사람의 연주를 번갈아가며 들어왔다.

루빈스타인이 남긴 레코드 중 내가 가장 즐겨 듣는 것은 슈만의 〈사육제Carnaval〉이며, 제르킨의 연주 중 가장 좋아하는 것이라고 할까, 가장 인상에 남는 것은 역시 베토벤 소나타, 그중에서도 〈함머클라비어Hammerklavier〉(피아노 소나타 29번)나. 제르킨의 거칠고 딱딱한 〈함머클라비어〉를 듣다 보면 '진짜 지치네, 더는 못 참겠는 걸' 하는 느낌이 들어 나까지도 어느덧 땀이 나곤 하지만, 거기에는 분명히 마음에 강하게 남는 것이 있다. 제르킨의 연주를 체험한 이 표현이야말로 정말 딱이다—후에는 다른 피아니스트가 아무리 완벽하게 이 곡을 연주해도 뭔가 부족한 것처럼 느끼게 되었다.

한편 루빈스타인의 〈사육제〉는 마치 봄날의 바람이 강가의 버드나무 가지를 흔들 듯이 마음이 가는 대로 피아노를 두드리는 듯한, 그런 연주이기에 들으면 들을수록 '이에 버금가는 〈사육제〉는 없다'는 생각이 들 정도로 부드러우면서도 강한 설득력이 있다. 모든 표정이 생생하고 자연스럽고 어느 부분을 들어보아도 파정破情이 없다. 상당히 어려운 곡일 텐데 그 어려움이 표면에 드러나지 않는다. 이런 두 사람의 특징은 기막히리만치 대조적이다.

루빈스타인과 제르킨은 열여섯 살이라는 나이 차이가 나
긴 하지만(루빈스타인이 1887년생이고 제르킨은 1903년생이다)
그들이 태어난 환경은 놀랄 만큼 흡사하다. 둘 다 동유럽 출
신의 유태인이며, 그들의 아버지는 생활력이 약해 사업에 실
패한 데다 자식이 많아 소년 시절에는 빈곤한 생활을 할 수
밖에 없었다. 두 사람의 어머니도 '더 이상 아이를 가지고 싶
지 않다'는 이유로 그들을 출산하기를 원치 않아 낙태를 심
각하게 고려했다(그 사실은 그들에게 마음의 상처로 남게 된다). 단
적으로 말해 그들 두 사람이 삶을 부여받은 세계는 결코 빛
으로 가득 찬 장소는 아니었고 자라온 환경도 그들의 탁월한
재능이나 지성에 적합한 것은 아니었던 셈이다.

루빈스타인은 러시아 제국의 지배 아래 있던 폴란드에서
태어났으며 제르킨은 오스트리아 제국의 지배 아래 있던 보
헤미아의 한 외딴 마을에서 태어났다(그의 아버지의 출신지는
루빈스타인과 같은 러시아령 폴란드였다). 두 사람 모두 어린 시절
부터 범상치 않은 음악적인 재능을 보여 주변 사람들로부터
신동 피아니스트로 주목을 받는다. 제르킨은 아홉 살 때 그
지방을 방문한 유명한 바이올리니스트에게 인정받아 비엔
나로 옮겨간다. 루빈스타인 역시 열 한 살 때 바이올리니스
트인 요제프 요아힘Joseph Joachim에게 재능을 인정받아 베를

린으로 옮겨 간다. 둘 다 철도 들기 전에 가족과 멀리 떨어져 스승의 집에 기거하게 되고, 거기에서 엄격한 영재 교육을 받으며 다감한 소년 시절을 보내게 된다.

그러나 새로운 환경에 대한 두 사람의 대응에는 상당히 큰 차이가 있었다. 자연인인 루빈스타인은 어렸을 때부터 위로부터의 억압에 대해 일관되게 반항적이었다. 프로이센적인 생활 스타일과 음악 스타일을 강요하는 칼 하인리히 바르트 Karl Heinrich Barth 교수(한스 폰 뷜로Hans von Bulow의 수제자이며 예전에는 유명한 피아니스트였다)에 대해 그는 처음부터 '이건 아닌데' 하는 위화감을 가져왔다. 교수는 그 나름대로의 방식으로 소년 아르투르를 돌보며 사랑했으나, 쇼팽이나 드뷔시 같은 비독일적인 음악의 가치를 전혀 인정하지 않았고, '2급의 범용한' 독일 음악만을 연습곡으로 밀어붙이는 그의 방식에 소년 아르투르는 도저히 따라갈 수 없었다. 수업료도 받지 않고 친절히 보살펴주는 그를 앞에 두고 불평을 할 수도 없는 노릇이었지만, 자나 깨나 아침부터 밤까지 기계적인 연습만 하는 금욕적인 생활은 루빈스타인에게는 아무래도 맞지 않았다. 어느 날 선생님으로부터 "너처럼 제대로 연습도 하지 않고 빈둥빈둥 인생을 보내는 놈은 마지막에는 **시궁창** 속에서 비참하게 죽어갈 거다"라며 야단을 맞자 마침내 폭발하고 만다. 둑을 허물어뜨리듯이 은사를 철저하게 비판한다. 이제까지 가슴에 담아두었던 것을 남김없이 내뱉고 만다.

"유감스럽게도 선생님은 저라는 인간을 알지 못하십니다. 제 진짜 성격도 전혀 알지 못하고요. 선생님은 제가 선생님 자신과 똑같은 따분한 인생을 보내기를 원하고 계시죠. 하지만 그건 절대로 승복할 수 없는 일입니다. 전 아주 행복에 가득 찬 일주일을 보낼 수 있다면 그 다음날 죽어도 상관없다는 생각을 하는 인간이거든요. 선생님 같은 인생을 살 바에는 **시궁창**에 빠져 죽는 편이 낫겠어요. 선생님은 매일 아침부터 밤까지 열심히 일하고 즐거운 일도 없이 별 재능도 없는 학생들에게 피아노를 가르치느라 어디론가 여행을 떠나는 일도 없이 늘 벌레라도 씹은 것 같은 얼굴로 초조하게 살고 계시죠. 음악적으로 보더라도 딱딱한 편견에 사로잡혀 계시죠. 호기심도 없을뿐더러 새로운 것에 흥미를 품는 일도 없죠. 지금까지 보살펴주셔서 대단히 감사합니다만, 이젠 이런 생활을 더 이상 견딜 수 없습니다. 앞으로는 혼자서 내키는 대로 살아가겠습니다."(요약, 실제 발언은 훨씬 길다.)

이 정도로 당당하게 퍼부었다면 돌이킬 수도 없는 노릇이다. 이제부터 두 다리, 열 손가락에 의지하여 홀로 살아갈 수밖에 없다. 이런 각오 하에 약관 열여섯 살 나이로 아르투르 루빈스타인의 파란만장한 피아니스트 인생의 막이 열리게 된다.

한편 루돌프 제르킨의 소년 시절도 결코 평탄한 것은 아니었다. 아홉 살 때 부모 곁을 떠나 홀로 대도시로 나온 그는 고독에 견디다 못해 야뇨증에 시달리게 되었다고 한다. 선배인 조지 셀George Szell이 놀리며 괴롭히기도 했다고 한다(이는 근거 없는 얘기다). 그럼에도 열두 살 때 비엔나에서 연주회를 열어 멘델스존의 협주곡을 연주해 신동 피아니스트로서의 정평을 얻었다. 그 후에도 베토벤 3번, 그리그, 모차르트의 C단조 식으로 본격적인 협주곡을 '프로 피아니스트로서' 잇달아 연주했다. 그것은 본인이 의도한 바는 아니었겠지만, 연주회를 열어 그 수입으로 궁핍한 집을 도와야 한다는 사정이 있었을 것이다. 루돌프 소년은 이 무렵부터 생활력이 없는 아버지를 마음에서 접고, 그를 대신할 새로운 부성(의지할 수 있는 정신적인 지주)을 강렬히 희구하게 된다.

제1차 세계대전이 끝나갈 무렵 열다섯 살인 제르킨은 당시 마흔네 살이었던 작곡가 아놀드 쇤베르크Arnold Schonberg와 친교를 맺게 되어 그를 스승으로 모시며 새로운 음악의 흐름 속으로 뛰어들게 된다. 그때까지 연주했던 고전음악을 과거의 것으로 미련 없이 버리고 그로부터 2년 동안 철벽같은 결속을 자랑하는 '쇤베르크 그룹'의 일원이 되어 현대 음악만을 연주하는 생활을 하게 된다. 비록 부분적·과도기적이긴 했지만, 쇤베르크가 소년 제르킨이 추구했던 영향력 있는 아버지 상이 된 것이다. 그러나 제르킨의 쇤베르크에 대한 절대적 귀의는 일시적인 것으로 끝나고 훗날 두 사람은 결별하게 된다(결국 제르킨은 존경하는 스승인 쇤베르크의 음악만을 연주하는 것에 싫증이 난 것이다). 쇤베르크와 결별하고 얼마 지나지 않아 제르킨은 당시 독일에서 가장 유명한 바이올리니스트였던 아돌프 부슈Adolf Busch의 지인을 알게 되었고 그에게 의존해 베를린으로 나아가게 된다. 부슈는 그를 자기 집에 머물게 하며 아들처럼 따뜻하게 보살펴준다. 이윽고 제르킨은 부슈의 딸과 결혼하여 명실 공히 부슈 가家의 일원이 된다.

아이작 스턴Issac Stern이 인터뷰에서 제르킨에게 "당신에게 가장 지대한 음악적 영향을 주신 분은 장인인 아돌프 부슈죠?"라고 질문했더니 제르킨은 그에 대해 단호하게 "아니요"라고 대답했다. "나에게 지대한 양향을 준 사람은 쇤베르크이며 부슈는 그것을 보강했을 뿐입니다" 하고 말이다. 제르킨의 말로는 쇤베르크에게 철두철미하게 배운 것은 진실을 추구하는 진지함과 객관성, 타협할 줄 모르는 명석함과 정확함이었다고 한다. 그리고 그러한 것들을 달성하기 위해서는 끝없는 노력과 희생이 필수적이다. 필요하지 않은 모든 것은 과감히 버리고 단지 금욕적으로 음악을 추구해야 한다, 간단하게 말하자면 그런 이야기다. 완전주의를 향한 끝없는 추구. 그것이 마지막의 마지막까지 루돌프 제르킨에게 있어서 음악의 기본 이념이 되었다. 이는 굳이 말할 필요도 없지만 루빈스타인의 음악관과는 크게 다르다.

루빈스타인의 자서전《My Young Years》은 그 제목이 말해주듯이 청춘 시절을 회상하는 이야기로, 내용은 1916년, 즉 그가 스물아홉 살이 된 시점에서 끝나고, 그 이후의 이야기는 속편인《나의 많은 시간들My Many Years》에 이어진다(여하튼 소소한 일들까지 잘 기억하고 있다. 일기라도 썼던 것일까?).

그 후 루빈스타인은 인간으로서, 그리고 음악가로서, 크게 성장해 보다 엄격한 자세로 음악을 추구하는 진정한 대가가 되는데, 적어도 이 책이 그리고 있는 시절의 그는 어이없을 정도로 연습을 싫어하는 사람이었다. 피아노 앞에 앉아 좋아하는 음악이야 하루 종일 연주할 수도 있었지만 진지한 연습을 하게 되면 한 시간도 채 앉아 있지 못하고 금세 싫증을 내고 말았다. 특히 음계 연습을 한다든지 어려운 부분을 몰아서 연습하는 것을 매우 싫어했다. 그래서 어렵고 복잡한 부분은 적당히 건너뛰고 대신 감정을 흠뻑 담아 연주했다. 세부의 정확함보다는 '음악 그 자체가 정확히 전달되면 된다'는 그런 대략적인 접근이다. 그래도 피아니스트로서의 압도적인 재능이 있다 보니 대부분의 사람들은 그의 연주를 듣고 감탄하게 된다. 세부를 들어낼 줄 아는 귀를 지닌 전문 평론가조차 속는 경우가 많다. 특히 여성들은 그의 연주를 듣는 것만으로 온몸이 어떻게 되어버려(아마 그에게는 페로몬 같은 것이 넘쳐흐르고 있었나보다) 이내 그에게 몸을 맡기곤 한다. 귀족이나 부자들은 앞다투어 그에게 경제적인 원조를 해 준다. 많은 유명인과 알게 된다. 분명히 그런 생활을 하게 된다면 음계 연습 같은 걸 할 생각이 들지 않을지도 모르겠다. 실제로 그런 생활을 경험한 적이 없으니 나로서도 상상할 수밖에 없지만 말이다.

루돌프 제르킨의 인생은 루빈스타인의 인생과는 상당히 동떨어졌다고 할 수 있다. 그는 본디 페로몬이 희박한 체질의 음악가였을 것이다. 여하튼 연습, 연습, 또 연습, 끝도 한도 없는 연습의 세계 속에 살았다. 다음은 과르네리 현악 사중주단에서 제1바이올린 주자를 맡았던 아놀드 슈타인하르트Arnold Steinhardt의 회상이다.

"말보로 음악제에 참가했을 때 내가 묵고 있던 건물 근처에는 차고를 개조한 작은 별실이 있었다. 그런데 매일 아침 일찍부터 그곳에서 연습을 하는 피아니스트가 있었다. 나는 매일 아침 그 소리 때문에 눈을 뜨게 되었다. 피아니스트는 느린 속도로 애처롭게 스케일 연습을 되풀이했다. 도대체 누구일까, 하고 나는 궁금했다. '아무리 생각해봐도 음악제에 참가하는 이는 아닐 것이다. 중급자가 더듬더듬 스케일 연습을 되풀이하고 있을 뿐이니 말이다. 어째서 저 정도밖에 안 되는 놈이 여기에서 연습하는 걸 허락받은 것일까?' 하고 의아했다. 그러나 그 손가락의 움직임은, 조금씩이기는 했지만, 빨라졌다. '어느 정도 진전은 있는 모양이군' 하고 나는 생각했다. 그러나 한참이 지난 후 내가 다시 눈을 떴을 때에는 그 피아니스트는 마치 다른 사람인 양 능숙해져 있었다. 이제는 아주 빠른 속도로 치고 있다. 하지만 거기에 이르기까지 실로 오랜 시간이 걸렸다. 지겨워질 정도로 긴 시간이다. 그리고 다음 날 아침에도 같은 일이 반복된다. 달팽이가 기어가는 듯한 속도로 스케일 연습이 시작된다. 그리고 나는 이불 속에서 생각한다. 대체 '어느 놈이 저런 자식에게 연습할 허가를 내준 것이지' 하고."

훗날 어떤 계기로 실은 그 '중급' 피아니스트가 루돌프 제르킨이었다는 사실을 알게 되고 그는 몹시 놀라게 된다. 슈타인하르트는 또 이런 지적도 한다. 그런 한결같은 완벽주의야말로 제르킨이라는 연주가의 위대함임과 동시에 하나의 약점이 되기도 했다고.

"다른 피아니스트는 '슈베르트의 피아노 소나타의 이 부분은 이렇게 연주해야만 한다. 다른 방식으로 치면 잘 되지 않으니까' 같은 얘기를 한다. 그러나 루디(제르킨의 애칭)는 그런 생각을 하지 않는다. '그럼 너무 쉽지 않냐'고 그는 말한다. '나는 쉬운 길로 갈 생각은 없다. 나는 쉬운 길이라는 것을 믿지 않는다. **이 작품은 쉽다고만 하기에는 너무나도 훌륭하다.** 그렇기에 나는 다른 길로 나아간다. 그 앞에 무엇이 있는지 확인해본다.' 그 길은 종종 그를 기막힌 장소로 데려간다. 그러나 때때로 데려가지도 않는다."(굵은 서체 필자 표시)

이것이 루돌프 제르킨의 음악이다. 그는 결코 쉬운 길을 선택하지 않는다. 어떤 작품을 연주하기 위해 쉬운 길과 험난한 길이 있다고 하면, 설령 듣는 이가 그 차이를 모른다고 해도, 그는 틀림없이 험난한 길을 선택한다. "어째서 이 사람은 중세의 고행승처럼 의도적으로 자신을 괴롭히는 것일까? 어째서 더 자유롭게, 더 자연스러운 연주를 할 수 없는 것일까? 마음만 먹으면 그럴 수 있을 텐데" 하고 주위 사람들은 고개를 갸웃거렸다. 나도 레코드에 남겨진 그의 연주를 들으면서 종종 그런 생각을 한다. 같은 얘기를 되풀이하는 것 같지만, 그것이 루돌프 제르킨의 음악이다. 그가 선택한 험난한 길의 탐구가 달성되었을 때(물론 달성되지 않은 경우보다는 달성되는 경우가 훨씬 많다) 그것은 단지 음악에 그치는 것이 아니라 하나의 '사건'이 된다. 청중은 그것을 눈앞에서 실제로 목격하게 된다. 그 도전을 체험하게 된다. 그의 연주회에 가본 사람은 입을 모아 제르킨의 연주는 레코드로 듣는 것보다 현장에서 직접 듣는 쪽이 훨씬 감동적이라고 말한다. 그가 만년에 일본에 왔을 때 연주를 들으러 간 어느 지인이 이런 말을 했다. "아무튼 연주하다 실수하는 경우가 많아. 말도 안 될 정도로 많았지. 하지만 진짜 마음에 와 닿더라고, 그 연주가 말이야."

블라디미르 호로비츠Vladimir Horowitz, 1903년~1989년. 러시아 태생의 미국 피아니스트. 낭만주의 전통을 지녔으며, 흠잡을 데 없는 기교와 관현악과도 같은 힘을 구사했다는 "만일 당신이 블라디미르 호로비츠가 아니었다면 어떤 피아니스트가 되고 싶습니까?"라는 질문을 받았을 때 "루돌프 제르킨"이라고 바로 대답했다고 한다. 아마도 제르킨은 호로비츠가 아무리 추구해도 손에 넣을 수 없는 특별한 자질을 갖추고 있었던 모양이다. 두말할 나위도 없이 호로비츠 또한 제르킨이 아무리 추구해도 손에 넣을 수 없는 특별한 자질을 갖추고 있었지만 말이다.

물론 어디까지나 이것은 나의 추측에 지나지 않지만, 젊은 시절 제르킨의 여린 마음에는 쇤베르크나 아돌프 부슈 같은, 그에게 있어서 '대체되는 부성'이라고 할 만한 사람들이 부여해준 가르침이 강렬하게 각인되어 있었던 것은 아닐까? 그리고 그 가르침에 따라 조금이라도 높은 수준으로, 그러한 요구에 부응하는 것이 그의 평생을 통한 목표가 된 것이 아닐까? 성장 과정에서 아무리 추구해도 현실적으로 손에 넣을 수 없었던 정신적인 지주로서의 아버지상을, 그는 '음악의 완전성'이라는 개념 속에서 추구할 수밖에 없었다. 그렇게 생각해보면 우리는 이 온후하고 성실한 피아니스트에게 내재된 어떤 종류의 아픔을 느끼지 않을 수 없다. 보헤미아 태생의 그가 평생 일관되게 독일과 오스트리아 문화권의 가치관을 순수하게 추구한 것도 어쩌면 거기에서 부성적인 모습을 보았기 때문이 아니었을까?

"당신처럼 경지에 다다른 대가가 어째서 매일 그 정도로 오랜 시간 동안 연습하는 거죠?" 하고 누군가 질문하자 제르킨은 이렇게 대답했다. "나는 타고난 피아니스트도 아니고, 타고난 피아니스트였던 적도 없죠. 나에게 있어 연주란 고생 끝에 힘겹게 얻어낸 결과거든요. 진지하게 연습하지 않고는 제대로 된 연주도 할 수 없죠. 대부분의 음악가가 그렇겠지만 나는 즐기면서 무대에 서본 적이 한 번도 없어요. 하지만 사람들 앞에 서기 위해서 나름대로 준비만은 제대로 해두고 싶다는 생각이고 그래서 이렇게 일정한 수준을 유지할 수 있는 거죠. 영감에는 의존할 수 없거든요. 그것은 신이 내린 선물이죠. 하지만 만일 내게 영감이 내려진다 해도 그것을 받아들일 준비만은 꼭 해두고 싶군요."

매우 겸허한 발언이다. 그에 반해 루빈스타인은 그야말로 타고난 피아니스트였다. 본인도 그 사실을 인정해, 자서전 속에서도 몇 번 그런 취지의 발언을 되풀이했다. 나는 타고난 피아니스트이며 타고난 음악가라고. 이 사람은 무조건 피아노 앞에 앉아 마음이 가는 대로 좋아하는 음악을 연주하면 더할 나위 없이 행복했다. 그리고 그는 자신을 행복하게 하고 사람들을 행복하게 하기 위해 음악을 연주했다. 그런 자세는 루돌프 제르킨과 천양지차라 할 수 있다.

루빈스타인도 제르킨과 마찬가지로 어린 시절에 부모 곁

을 떠나 남의 집에 맡겨졌는데 그런 사실에 대해 괴롭다거나 외롭다는 생각을 하지 않았던 모양이다. 물론 어린아이였으니 혼자라는 무력함에 답답했던 적은 있었지만 그보다는 "집을 떠나 혼자가 되어서 안심했다"는 고백이 더 많다. 부성 같은 것은 그에게 있어 오히려 성가신 것이었다. 그는 베를린에서 소년 시절을 보냈는데 프로이센적인 부권에는 전혀 마음이 끌리지 않았다. 가치관을 강요하면 반발해 대부분 자신의 방식대로 일을 해치워버렸다. 그런 부분은 제르킨과는 확연히 다르다. 오랫동안 베를린에 살았고 우수한 독일 음악과 독일 문화 일반에 경의를 가지고는 있었어도 의식의 축이 과도하게 독일 쪽으로 기우는 일은 없었다. 그의 마음을 끈 것은 어디까지나 모국인 폴란드의 대지였고 그곳에 전개되는 그윽한 문화 풍토였다. 그의 친어머니는 다소 거북해하며 피한 모양이었으나, 기본적으로 나는 루빈스타인은 모성을 일관되게 추구해 온 사람이라는 인상을 받게 된다.

루빈스타인은 10대 무렵부터 바르샤바에 자신의 어머니뻘 되는 연상의 연인을 두고 있었다. 물론 그녀는 원숙한 유부녀다. 그에 그치지 않고 얼마 지나지 않아 그 여성의 딸(루빈스타인보다 연상으로 역시 유부녀다)과 양다리를 걸치며 육체관계를 가지게 되었다. 그러나 그런 복잡한 삼각관계에 휘말

려도 그는 특별한 고통이나 불편을 느끼지 않았다. '대충 그런 거겠지' 하는 생각으로 상황을 받아들이고 아무렇지도 않게 거기에 동화되어 갔다. 딸 쪽의 남편이 캐묻자 거꾸로 "무례한 놈이구나!"라며 화를 내곤 결투 소동을 일으키기도 했다. 생각해보면 너무한 얘기지만 이는 루빈스타인이 부도덕하다거나 인격에 결함이 있다는 것이 아니라(당시의 많은 사람은 당연히 그렇게 생각했지만) 본인으로서는 그렇게 되는 것이 자연스러운 흐름이었을 것이다. 아마도 어머니와 딸의 육체를 동시에 손에 넣는 것으로 그의 내부에서 비로소 세계가 완성되는 것이었으리라. 모성과 모성에 대항하는 것이 일체가 되어 그에게 하나의 원만한 순환이 완결된다. 하지만 이는 주위의 건전한 시민에게 있어서는 필시 폐가 되는 것이었으리라.

루빈스타인이 얼마나 자연스럽고 행복한 피아니스트였는지를 말해주는 에피소드를 하나 들어보고자 한다. 그런 에피소드야 많지만 열거하자면 끝도 없으니 하나만 들어보겠다.

1914년 여름 그가 연주회 때문에 영국에 가 있을 때, 제1차 세계대전이 발발해 폴란드로 돌아갈 수 없게 되었다. 전선戰線이 조국으로 들어가는 길을 차단했기 때문이었다. 그래서 20대 후반이었던 루빈스타인은 생활비를 벌기 위해 중

립국인 스페인으로 종종 연주 여행을 떠나게 되었다. 다행히
도 스페인의 청중은 그의 연주에 열광적이었다. 언젠가 코르
도바의 번화가에 들렀을 때 그는 가이드가 이끄는 대로 고급
사창가를 방문한다. "코르도바의 사창가는 유명하니 이야깃
거리 삼아 한번 봐두세요"라고 가이드에게 설득당한 것이
다. 그의 말대로 제법 멋진 곳으로 아름답고 매력적인 아가
씨들이 날씬한 다리를 내 보이며 장사를 하고 있었다. 그러
나 피로와 더위로 도저히 그럴 기분이 들지 않았다.

"지나치게 드라이한 셰리주sherry酒와 여름날의 더위와 끈
끈한 공기와 말이 제대로 통하지 않는 탓에 도무지 성욕이
일지 않았다. 그러나 타고난 나의 허영심은 이렇게 젊은데
혹시 발기부전인 건 아닐까 하고 여자들이 생각하는(할지도
모르는) 걸 견딜 수 없었다. 그녀들의 감탄을 자아내기 위해
서는 음악을 끌어들일 수밖에 없었다. 나는 그곳에 있던 피
아노 뚜껑을 열고 즉석 콘서트를 열었다. 스페인의 음악 〈카
르멘〉 중에서 비엔나 왈츠, 그리고 뭐든 떠오르는 대로 마구
건반을 두들겨댔다. 아무튼 그건 기막힌 성공을 거두었다.
묵시론적인 대승리라고 해도 좋을 정도이다. 여자들은 흥분
해서 떼를 지어 몰려와 나를 껴안고 열렬한 키스 세례를 퍼

부어댔다. 그 업소의 주인은 술값은 받지 않을 것이며 마음
에 드는 여자랑 공짜로 자도 된다고 했다. 물론 나는 그 제의
를 정중히 거절했다. 하지만 피아노에 사인을 해달라는 요청
은 거절할 수 없었다. 나는 얼마간의 자부심을 느끼며 거기
에 사인을 남겼다. 기분 좋은 여름날의 오후의 증인으로서,
아직 같은 장소에 그 피아노가 놓여 있으면 좋으련만……."

루돌프 제르킨은 설사 '그렇게 하지 않으면 세상이 끝난
다'는 말을 듣더라도 여자를 감동시키기 위해 사창가에서 피
아노 연주를 해대고 악기에 사인을 남기는 짓은 하지 않을
것이다. 아무튼 이 에피소드가 우리에게 전해 주는 것은 루
빈스타인은 일단 피아노 앞에 앉으면 자신의 심정을 지극히
자연스럽고 자유자재로 표현해내어 주위 사람들의 마음을
물리적으로 움직일 수 있었다는 사실이다. 그야말로 타고난
천재 음악가라고 할 만하다. 그는 제대로 연습을 하지 않더
라도 장대한 곡을 한 번에 암기할 수 있었고, 만일 연주곡의
일부를 잊어버려도 적당히 쳐서 넘길 수 있었다.
다음은 그가 10대 초반이었을 무렵의 에피소드다. 소년
루빈스타인은 베를린에서 연주회를 열어 대성공을 거두었
다. 청중은 흥분해 큰 소리로 앙코르를 외쳐댔다. 무대 위에

있던 바르트 교수는 멘델스존의 〈듀에토 duetto〉(〈무언가 Lieder ohne Worte〉 중의 일부)를 치라고 그에게 지시했다.

　"그때 나는 완전히 긴장이 풀리고 승리감에 도취해 있었던 탓에 관객의 얼굴을 보지 말라는 선생님의 충고를 잊고 말았다. 객석에 앉아 있는 친구들을 향해 미소를 지어 보이고 음악 이외의 이런저런 생각을 하며 곡을 치기 시작했다. 그런데 갑자기 파국이 찾아왔다. 머릿속이 텅 비고 음표 하나조차도 떠오르지 않았다. 알고 있는 건 그 곡이 내림 A장조라는 것뿐이었다. 심장이 얼어붙을 것만 같았지만 나는 손가락을 멈추지 않고 즉흥으로 연주를 이어나갔다. 내림 A장조로 주제를 부풀렸다. 나쁘지는 않았다. 하지만 그것은 멘델스존의 음악과는 무관한 것이었다. 몇 차례 적당히 전조轉調한 다음 변화를 강조하기 위해 단조의 제2주제를 만들어 냈다. 그리고 그 주제를 한층 살려낸 다음 낭만적인 내림 A장조로 되돌렸다. 코다 coda, 악곡 끝에 결미로서 덧붙인 부분는 섬세한 아르페지오. 약음 페달을 사용해 피아니시모로 연주했다. 당연한 얘기지만 청중은 그런 곡을 들어본 적도 없을 터였다. 그렇기에 아무것도 모르고 여전히 열광적인 갈채를 보내왔다. 간신히 위기를 모면했지만 등줄기에서는 식은땀이 줄줄 흘러내려 인사 같은 걸 할 여유는 없었다. 무대에서 내려가면 선생님께 호된 꾸지람을 들을 생각을 하니 두려움으로 몸이 움츠러들었다. 그렇기에 바르트 교수가 지팡이를 휘두르며 달려오는 대신 따뜻하게 내 손을 잡고는 행복한 듯이 눈을 반짝이며 이렇게 외쳐댔을 때에는 정말이지 내심 놀랐다. 나는 그 놀라움을 죽을 때까지 잊지 못할 것이다. 그는 '넌 정말이지 형편없는 놈이지만 여하튼 틀림없는 천재야. 천 년이 지난다 해도 난 그런 흉내는 내지도 못할 거다'라고 말했다."

루빈스타인의 자서전에는 이런 종류의 피 끓는 무용담이 연이어 등장한다. 자기 자랑을 늘어놓았다고 하면 할 수 없는 거고, "정말일까?" 하고 고개가 갸웃거려지는 부분도 있지만 에피소드 하나하나가 다채로워 읽고 있는 것만으로도 즐거워진다. 그에 반해 제르킨의 자서전은 "정말이지 연습을 많이 하는 사람이었습니다" 같은 주위 사람들의 증언만이 눈에 들어온다. 어째든 "연주회에서 늘 훌륭한 피아노가 주어지라는 법은 없으니 그런 상황에 평소부터 익숙해져야 한다"는 이유로 일부러 집에 열악한 상태의 피아노를 두고 매일같이 몇 시간이나 연습했다는 사람이다. 제르킨의 집에 놀러온 피아니스트들은 그 피아노로는 도저히 연주할 수 없었다고 한다. 왠지 호시 휴마일본의 유명한 야구 만화 〈거인의 별〉의 주인공.
만화 속에서 야구 선수들을 메이저리거처럼 양성해내기 위해 자세 교정용 깁스를 만들어낸다
가 고안한 야구 선수용 깁스 같은 얘기지만, 아무튼 그런 성
격의 소유자였다.

　피아니스트인 리차드 구드Richard Goode는 제르킨이 루빈스
타인과 슈나벨(둘 다 유럽 중부 출신의 유태인이다)에 관해 논평
한 것을 기억하고 있다.

　"제르킨은 슈나벨에 대해 지극히 비판적이었다. 그는 슈
나벨과 루빈스타인에 대해서(그 두 사람이 같은 범주에 속해 있다
고 나는 여태껏 생각해본 적도 없지만) 재미있는 의견을 말한 적
이 있다. '그들은 자기애 같은 것을 가지고 있다. 그리고 자
기애라는 것은 알다시피 강한 전염성을 가질 수 있다'는 것
이다. 그는 그것을 긍정적인 자질로 이야기했다. 자신에게
는 그런 것이 없다고는 말하지 않았다. 하지만 아마 그렇게
말하고 싶었을 것이다. 만일 자신에게 그와 같은 것이 있었
다면 많은 일이 더 편해졌을 거라고 느꼈던 것 같다. 그러나
실제로 그는 그것을 가지고 있지 않았고 그렇기에 제자들에
게 줄 수도 없었다. 제르킨에게 있어 모든 것은 의구심을 가

져야 하는 대상이었고 모순을 포함한 것이었다. 왜냐하면 사람은 어떻게든 훌륭하게 되고자 하는 마음이 있기 마련이고, 그렇게 되고자 추구하는 것인데, 그와는 반대로 아무리 잘 해냈다고 생각한들 거기에는 반드시 모순이 생기기 마련이니 말이다. 그러니까 무엇에 비해 그것이 잘 해낸 것인가 하는 확고한 기준은 그 어디에도 없기 때문이다."

루빈스타인이 제르킨에 대한 언급을 한 예는 단 한 번이었던 듯하다. 제르킨은 버몬트에 있는 자택에서 밭일을 하는 것으로 유명했다(트랙터까지 소유하고 있었다). 어느 인터뷰에서 질문을 하는 사람이 두 사람을 착각해 농업에 관해 루빈스타인에게 묻자 그는 웃으며 이렇게 대답했다. "농부는 제르킨이고 나는 피아니스트죠."

제르킨은 어느 인터뷰에서 루빈스타인이 한참 연상의 여성과(그다지 도덕적이라 할 수 없는) 염문을 뿌리고 있는 것에 대한 질문을 받자 이렇게 대답했다. "그는 옛날부터 그렇게 살아왔지요. 왜 지금에 와서 사는 방식을 바꿔야 하죠?" 제르킨은 엄격한 기준을 가지고 산 사람이지만 그 기준을 섣부르게 타인에게 적용시키는 일은 없었다.

이 정도로 살아가는 방식이나 세계관에 커다란 차이가 있었던 두 사람이지만 그들의 전기(자서전)를 읽으며 공통되게 절감한 것은 제2차 세계대전이 시작되기 전의 유럽 대륙에는 부유한 유태인이 중심이 된 독자적인 도시 문화가 유효하고 활발하게 기능하고 있었다는 사실이다. 제르킨이나 루빈스타인도 그와 같은 문화 네트워크를 통해 피아니스트로서 대성하게 되었다. 가난한 집에 태어난 재능 있는 유태인의 자식이 있으면 문화의식이 높은 유복한 사람들(신흥 부르주아)은 자발적으로 그들에게 원조의 손길을 내밀고 때에 따라서는 자신들의 집에 들여 재능을 키워주었다. 물론 관대한 원조의 손길을 뻗은 것이 유태인뿐만은 아니었으나(제르킨을 보살펴준 아돌프 부슈도, 루빈스타인을 무상으로 훈도한 바르트 교수도 독일인이었다) 유태인들 사이의 상호부조적인 분위기는 드높고 뿌리 깊은 것이었다. 특히 유태인에 대한 차별이 극심했던 중부 유럽에서 동유럽에 걸친 지역에서 그러한 경향이 현저하게 나타났다. 루빈스타인과 제르킨이라는 두 사람의 피아니스트가, 혹은 다른 뛰어난 유태인 연주가들이 당시 유럽에서 배출된 배경에는 그와 같은 토양이 존재했다. 그러나 그러한 풍요로운 문화적 토양은 홀로코스트holocaust, 나치가 자행한 유태인 대학살에 의해 단기간에 송두리째 훼손되고 냉혹하게 숨통이 끊겨버렸다. 그런 부분을 읽고 있자니 마음이 아파온다.

그러나 루빈스타인의 자서전에 생생하고 극명하게 묘사되어 있는 세기말에서 20세기 초에 걸친 유럽 각 도시의 격조 높은 모습에는 마음이 쏠린다. 루빈스타인은 그와 같은 난숙한 문화상황에서 살았으며 넘쳐나는 재능과 그칠 줄 모르는 호기심을 바탕으로 젊은 코스모폴리탄으로서 독일어·프랑스어·영어·러시아어·폴란드어를 자유자재로 구사하며 그와 같은 눈부신 '풍요의 바다'를 대담하게 건너간다. 물론 거기에는 좌절과 실망과 슬픔도 들어 있었다. 그렇지만 지극히 기본적인 얘기를 하자면 루빈스타인이 경험한 세계는 희망과 가능성과 강한 의지에 의해 지탱되어 있었고 아름다운 음악과 맛있는 술과 여성들의 따뜻한 피부에 의해 채색되어 있었다.

그에 반해 제르킨이 살았던 세계는(혹은 살 수밖에 없었던 세계는) 제1차 세계대전 후의 혼란의 소용돌이 속에 있던 비엔나였으며 베를린이었다. 당시의 상황은 매우 혹독했다. 정치적으로나 음악적으로나 그곳에는 격렬한 갈등이 있었고, 고뇌가 있었고, 시행착오가 있었다. 제르킨이 갖은 고생을 겪어내며 빛나는 신동에서 성숙한 연주가로 변신하고, 아돌프 부슈의 강력한 지도 아래 독일의 주류 음악계에 기반을 굳히게 되어 이제 겨우 한시름 덜까 하던 참에 나치에 의한 유태인의 조직적인 박해가 시작되었다. 그는 부슈 일가와 함께 어쩔 수 없이 독일을 떠나 스위스로, 그리고 후에는 미국으로 거처를 옮겨야 했다. 그리고 조국에서 위기에 직면해 있는 친척들, 유태계의 친구들을 한 사람이라도 더 무사히 국외로 탈출시키기 위한 자금을 마련해서, 저 먼 미국 땅에서 그곳으로 보내게 된다. 장인인 부슈는 미국에서는 제르킨만큼 음악가로서 성공하지 못했으므로 그런 쪽에도 신경을 쓰지 않으면 안 되었다. 아무튼 이래저래 마음고생이 심한 인생이었다.

물론 루빈스타인과 제르킨이라는 두 피아니스트에게는 타고난 성격의 차이 같은 것이 틀림없이 있었을 것이다. 하지만 그와는 별개로 다른 세대의 시대정신이 그들의 인격형성에 짙은 그림자를 드리운 것도 분명할 것이다. 설사 '동유럽의 가난한 유태인의 자식'이라는 비슷한 상황에서 태어났어도 16년이라는 두 사람의 나이 차에는 그 숫자가 단순히 나타내는 것 이상의 의미가 담겨 있다. 유럽의 원숙한 귀족사회와 그 귀족사회가 키워 낸 풍요로운 문화는 피비린내 나는 제1차 세계대전과 러시아혁명에 의해 실질적으로 막을 내리게 된 셈인데, 루빈스타인은 가장 예민한 시기에 그 마지막 성쇠를 마음껏 음미할 수 있었다. 그러나 제르킨은 그러지 못했다. 두 사람 사이에는 시대를 구분 짓는 깊은 도랑 같은 것이 존재한다.

이 원고를 쓸 즈음 집에 있는 루빈스타인과 제르킨의 레코드와 CD를 책상 위에 쌓아올려 보았다. 생각했던 것보다 많이 가지고 있다는 게 솔직한 내 감상이었다. 두 사람 모두 연주가로서의 경력이 길었으니 녹음한 횟수도 많다. 나도 각별히 의식해서 두 사람의 연주를 모아온 것이 아닌데도 어느덧 수가 늘어난 것이다.

연주곡으로 보자면 제르킨보다 루빈스타인 쪽이 확실히 폭넓다. 제르킨의 연주곡은 거의 독일과 오스트리아계의 음악에 한정되어 있으나 루빈스타인은 그것에 더해 쇼팽이라는 정기예금처럼 든든하고 굳건한 모국 출신의 아군이 있다. 또한 프랑스 음악과 러시아 음악도 빠뜨리지 않고 연주했다. 단 제르킨은 연주곡목의 편협함을 보충하듯이 같은 작품을 몇 번이고 몇 번이고 집요하게 반복해서 녹음했다. 컬럼비아 레코드사도 불평 한마디 하지 않고 매우 참을성 있게 대응했다. 제작자도 "또 유진 오먼디Eugene Ormandy와 베토벤의 협주곡을 연주하나요? 얼마 전에 하지 않았습니까? 가끔은 기분 전환 삼아 차이콥스키라도 연주해 주시지 않겠습니까?" 같은 얘기는 하지 않았던 모양이다.

오랜 세월 동안 그의 녹음 제작자였던 컬럼비아 레코드사의 토마스 프로스트Thomas Frost는 이렇게 이야기했다. "언제 어떤 곡을 연주할 것이라는 제안은 늘 제르킨 씨 쪽에서 했습니다. 컬럼비아 측이 먼저 이야기를 꺼낸 적은 단 한 번도 없었습니다. 또한 제르킨 씨의 제안을 컬럼비아 측이 거절한 적도 없었습니다." 여유로운 좋은 시절이었던 모양이다. 계약금이야 지금에 비한다면 적었지만 레코드사는 잔소리를 하지 않았고 아티스트의 의지를 무엇보다도 존중하며 계약서보다는 악수 하나로 이야기가 진전되었다. 제르킨의 레코드 판매는 썩 좋지는 않아 호로비츠나 루빈스타인 같은 귀빈에는 도저히 미치지 못했지만 컬럼비아사는 시종일관 경의를 가지고 정중히 그를 대우했다. 오늘날의 음악 사업에는 이런 일이 있을 수 없을 것이다.

예를 들어 브람스의 2번 협주곡을 제르킨은 네 차례에 걸쳐 컬럼비아사에서 녹음했다. 처음 세 번은 유진 오먼디가 지휘한 필라델피아 관현악단(같은 오케스트라로 연주하면 분간이 가지 않아 난처한데⋯⋯), 네 번째는 조지 셀이 지휘한 클리블랜드 관현악단이었다. 어지간히 이 곡을 좋아했던 모양이다. 하지만 루빈스타인도 그에 못지않았다. 그도 10대 무렵부터 이 곡에 개인적인 깊은 애착을 가지고 있어서 그 역시 네 차례에 걸친 녹음을 했다.

나는 그들의 레코드를 각각 두 장씩 가지고 있었기 때문에 좋은 기회라는 생각에서 모조리 턴테이블에 올려보았다. 역시 내림 B장조의 협주곡은 루빈스타인과 제르킨 둘 다 연주의 우열을 가릴 수 없을 만큼 훌륭하다. 네 장을 연거푸 들어도 조금도 질리지 않는다.

루빈스타인의 연주로는 요제프 크립스Joseph Krips의 지휘로 RCA 교향악단과 연주한 녹음(LM2296 LP, 1958년 녹음)을 개인적으로 좋아한다. 그다지 높은 평가를 받지 못한 듯하지만 격조 있는 단정한 연주로 머리끝에서 발끝까지 음악 속으로 흠뻑 빠져들게 된다. 오래된 녹음이기에 열기도 전해져 온다.

그에 비해 프리츠 라이너Fritz Reiner와의 공연 앨범은 품격이 있는 연주이기는 하나 전체적인 음악의 짜임새가 다소 고풍스럽다. 물론 그건 그 나름대로 정취가 있기는 하지만 말이다. 루빈스타인이라는 사람은 세속적으로 쇼팽 전문가처럼 인식되는 경향이 있지만 슈만이나 브람스를 연주할 때는 쇼팽을 연주할 때와는 또 다른 기운을 느낄 수 있다.

제르킨의 경우는 역시 조지 셀과의 공연 앨범이 가장 깊은 정신세계를 담고 있다. 그에 비해 오먼디와의 공연 앨범(스테레오 녹음)에는 이 곡에 담긴 밝은 면에 좀 더 적극적으로 주목한 결과, 모퉁이를 돌 때마다 "어!" 하는 신선한 놀라움이 존재하게 된다. 평소의 제르킨과는 어딘가 미묘하게 다르다. 그에 비해 조지 셀과의 공연 앨범에는 '가야 할 곳에 가 있다'는 묵직한 느낌이 드는 북독일적인(혹은 정상위적이랄까) 납득이 있다. 어느 쪽을 선택할 것인가는 완전히 기호의 문제일 것이다. 하나를 고르라고 한다면 나는 조지 셀과의 연주를 택하겠지만 말이다.

"피아노의 음색 같은 건 아무래도 상관없다"는 제르킨의 극기적인 자세로 본다면 풍부하고 매끄러운 음색이 매력인 오먼디 지휘의 필라델피아 관현악단과의 궁합은 그리 좋지 않았을 듯한 느낌이 들지만, 사실은 오먼디가 만들어내는 음악이 제르킨은 진심으로 마음에 들었던 모양이다. 개인적으로도 그들은 동지 같은 관계를 맺고, 50년대부터 60년대에 걸쳐서는 버몬트와 필라델피아 사이를 자주 왕래하며 정력적인 연주와 녹음을 했다.

반면, 조지 셀의 근엄하고도 통절한 연주 스타일과 제르킨의 음악은 아주 잘 맞을 것 같은 기분이 들지만, 조지 셀은 미국에 온 이후에도 아직 비엔나 시절의 선배 같은 분위기를 가지고 있었기 때문에 제르킨으로서는 다소 못마땅했던 모양이다.

또한 서민적이라고 할 수 있는 유머감각을 가지고 살았던 제르킨의 관점에서는 늘 예복을 입고 있는 듯한 조지 셀의 딱딱한 사람 됨됨이에 숨이 막혔는지도 모른다. 서로 성격이 맞는다는 건 힘든 일이다. 이 두 사람은 음악적으로는 비교적 잘 맞았던 것 같지만, 조지 셀을 높이 평가했던 사람은 오히려 루빈스타인 쪽이었으니 말이다.

어쩌다 보니 두 권의 책을 거의 같은 시기에 읽고, 집에 있는 레코드를 모조리 들어본 덕분에 이제까지 별 생각 없이 들어왔던 루빈스타인과 루돌프 제르킨이라는 이미 저 세상 사람이 되어버린 두 피아니스트의 연주가, 피와 살을 가진 그리고 동경과 모순과 결함을 가진 제각기의 정신의 소산으로 보다 생생하고 입체적으로 부각되게 되었다.

음악으로서 순수하게 우수하다면 나머지는 아무래도 상관없다고 말할 사람도 있을지도 모르겠다. 그것이 물론 정론이기는 하지만 나에게는─소설가이기 때문이라는 이유도 있을 수 있겠으나─음악을 매개로 그 주위에 있는 사람들의 살아가는 방식이나 감정을 좀 더 밀접하게 알고 싶다는 생각이 들 때도 있다.

　그리고 그러한 책을 읽고 음악을 들으면 뭔가 득을 본 듯한 유쾌한 기분이 들기도 한다. 그렇게 음악을 듣는 방법이 있어도 괜찮을 듯하다.

Serkin, Brahms; Piano Concerto No.2
(Columbia ML5491)

Rubinstein, Brahms; Piano Concerto No.2
(RCA LM-2296)

윈튼 마살리스

뛰어난 뮤지션의
지루한 음악

"마살리스는 클래식 트럼펫 연주가로서는 초일류이며 오케스트라와의 공연은 식은 죽 먹기였을 터이다. 그러나 정작 그가 오케스트라와 더불어 스탠더드 송을 연주하면 그건 손도 대지 못할 정도로 지루한 음악이 되고 만다. 도대체 어째서일까?"

윈튼 마살리스Wynton Marsalis

1961년 뉴올리언스 태생. 1980년에 아트 블래키 앤드 더 재즈 메신저스의 일원으로 인상적인 데뷔를 하며 재즈의 전통 회귀노선의 기수로 각광받았다. 클래식 분야에서도 작품을 발표했다. 링컨 센터 재즈 오케스트라의 음악 감독을 역임했고, 1997년에 재즈계 사상 첫 퓰리처상을 받았다.

　매우 개인적인(그리고 아마 그다지 의미가 없을) 것에서 일단 이야기를 시작하자면, 윈튼 마살리스라는 이름을 들으면 나는 맨 먼저 고양이에게 물렸던 일이 떠오른다. 1991년 초부터 1993년 여름에 걸쳐 나는 뉴저지 주 프린스턴에 소재한 프린스턴대학교의 교직원 주택에 살고 있었다. 작은 단층집 구조의 목조 주택으로 채광은 그다지 좋지 않고 여기저기서 곰팡이 냄새가 났다. 대학에는 맥카터 극장이라는 오래된 연주회장이 있어 때때로 그곳에서 콘서트가 열렸다. 사실 프린스턴이라는 고장에는 오락 시설이라고 불릴 만한 것은 하나도 없다. 아름답기는 하지만 한없이 지루한 시골 마을이다. 그렇기에 이러한 음악 행사가 열리는 건 그야말로 가문 날

에서 내리는 단비라고 할까, 나로서는 참으로 고마운 일이었다. 뉴욕에서 자동차로 한 시간 남짓이라는 지리적인 장점도 있어 클래식에서 재즈, 록에 이르기까지 다양하고 흥미진진한 연주가 그곳으로 찾아왔다. 아담한 연주회장이기에 심포니 오케스트라 같은 대규모의 연주는 무리였지만 대신 치밀하고 지적인 연주가 많았다.

거기에 윈튼 마살리스라는 소규모의 그룹이 출연하게 되었다. 마살리스 그룹이라고 하면 당시에는(지금도 그럴지 모르지만) 날아가는 새도 떨어뜨릴 정도의 초일류 밴드였다. 물론 나는 일찌감치 표를 사놓고 연주를 학수고대하고 있었다. 그런데 그 전날 밤, 집 앞 잔디밭에서 때마침 지나가던 줄무늬 고양이를 쓰다듬어주고 있었는데 난데없이 고양이가 내 손을 물었다. 그때까지만 해도 내가 쓰다듬어주면 가르릉거리며 가만히 있더니 갑자기 심기가 불편해진 모양이었다. 고양이에게 물리는 건 일상다반사였으므로 그때는 별다른 생각을 하지 않았다. 그런데 이웃에게 그 이야기를 했더니 "하루키, 큰일 났어요. 경찰에 알려야 해요"라고 했다.

곧바로 경찰관이 왔다. 경찰이 "어떤 고양이였죠? 아는 고양이인가요? 어떤 상황이었나요?" 같은 시시콜콜한 질문을 해왔다(커다란 자동 권총을 가진 위엄 있는 경찰관에게 고양이의 인상을 상세히 묘사하기란 아무리 생각해도 상당히 바보스러운 노릇이다). 그리고 바로 순찰차로 병원 응급실로 실려가 광견병 치료를 받았다. 그곳의 간호원은 "테터너스_{tetanus} 예방접종은 했나요?"라고 내게 물었다. 테터너스라는 건 파상풍을 말하는데 당시 나는 그런 말을 몰랐으니 "그게 뭐죠?"라고 물었던 것 같다. 그러자 그녀는 "귀찮으니 둘 다 맞으시죠"라고 했다. 나는 침대 위에 엎드려진 채 말에게나 놓을 듯한 굵은 주사를 여섯 대나 맞았다. 팔에 두 대, 다리에 두 대, 엉덩이에 두 대. 이제 와서 불평해본들 소용도 없는 일이지만 그건 정말로, 농담이 아니라 아픈 주사였다. 한동안 일어서지도 못할 정도로 아팠다.

어째서 고양이에게 물린 정도로 그렇게 호들갑을 떨어야만 했냐면, 일본과는 달리 미국 동부 해안에서는 광견병과 파상풍이 큰 사회 문제가 되었기 때문이다. 광견병이라 해도 개뿐만이 아니라 고양이나 박쥐나 다람쥐 같은 동물도 광견병을 보균하고 있는 경우가 있었다. 그렇기에 때때로 스티븐 킹_{Stephen King}의《쿠조_{Cujo}》에서와 같은 사건이 일어나기도 하는 것이다. 동부 해안에 갈 예정이 있고 고양이를 좋아하는 사람은 조심하시길.

아무튼 그 여섯 대의 주사가 나에게는 너무나도 강렬했던 듯 그날 밤부터 고열이 나기 시작해서는 다음날 밤까지 꼬박 하루 동안 이어졌다. 밤새도록 땀이 나고 끙끙거리며 앓았다. 물론 광견병이나 파상풍에 걸리는 것보다야 낫겠지만 도저히 콘서트에 갈 수 있는 컨디션이 아니었다. 그래서 어쩔 수 없이 윈튼 마살리스 밴드의 콘서트 티켓을 이웃 사람에게 양보했다. 그런 이유로 나는 유감스럽게도 가장 잘나가던 시절의 윈튼 마살리스 밴드 라이브 연주를 놓치고 말았다. 이웃 고양이에게 물린 덕분에……. 정말이지 인생에는 온갖 운이 있다.

나중에 알게 된 것인데 당시 마살리스는 프린스턴대학의 연주회장을 이용해 클래식 앨범을 녹음했다고 한다. 그 김에라고 할까, 이왕 여기까지 왔으니 하고 얘기가 되어 프린스턴에서 콘서트를 열게 된 모양이었다. 그러니 어쩌면 우리는 대학 구내에서 스쳐 지났을지도 모른다. 하지만 그때 나는 그가 바로 근방에 있다는 걸 전혀 알지 못했으므로 주의 깊게 보지 않았다. 그리고 때마침 맥 라이언Meg Ryan 주연의 프린스턴대학을 무대로 한 영화(〈아이큐IQ〉)가 상영되고 있었기에 그쪽으로 시선이 가고 말았다.

정규 밴드의 연주는 놓쳤지만 얼마 지나지 않아 그가 주연한 링컨 센터 재즈 오케스트라의 연주가 역시 맥카터 극장에서 열려 이번엔 무사히(고양이에게도 개에게도 박쥐에게도 물리지 않고) 들으러 갈 수 있었다. 나는 이 오케스트라가 꽤 마음에 들었다. 듀크 엘링턴이라든지 루이 암스트롱Louis Armstrong 등의 오래된 연주를 아주 충실하게 현대풍으로 해석해내는, 클래식으로 말하자면 고전에 대한 재정리 작업인 셈인데, 나는 이런 유의 전통적인 재즈를 옛날부터 개인적으로 좋아했으므로 '그렇구나, 이런 재정리 방법도 있구나' 하는 느낌으로 즐길 수 있었다. 엘링턴 악단의 폴 곤잘베스Paul Gonsalves가 펼친 스물일곱 곡에 이르는 전설의 테너 솔로 같은 것도 그대로 재현되어(수고하셨습니다) 객석을 달구었다. 이런 음악은 그 기원을 알게 되면 두 배로 즐길 수 있는 면이 있다.

단, 여러 차례에 걸쳐 이 오케스트라의 음악을 듣고 싶냐고 누군가가 묻는다면, 솔직한 얘기로 그럴 마음은 들지 않는다. 이는 원전에 매우 충실한 클래식 고전악기 연주 그룹에게도 어느 정도 적용되는 얘기가 아닐까 싶은데, 몇 차례 듣다 보면 대충 그들이 하고자 하는 바를 알게 되어 이제 됐습니다, 고맙습니다, 하는 기분이 들게 된다. 지금은 소수의 열광적인 재즈 팬들만이 들을 뿐, 세상으로부터 잊혀져가고 있는 오랜 음악 유산을 이렇게 적극적으로 재발굴하고자 하는 것 자체는 의미 있고 훌륭한 일이라는 생각은 들지만, 오래 듣고 있으면 점점 '그러니까, 결국, 이건 공부구나' 하는 기분이 들게 된다. 이렇게 표현하는 건 좀 심할지 모르겠지만 이 오케스트라의 음악에는 머리가 좋은 대학원생이 술술 써낸 우수한 학술 논문 같은 부분이 있다. 그것이 안 된다는 얘기는 물론 아니지만 오래 듣고 있노라면 다소 힘들어지는 건 사실이다. 아프리칸-아메리칸의 음악적 전통의 재평가라고 한다면 더 힘들어진다.

마살리스의 음악 활동은 클래식과 재즈 분야에서 두루 이루어지는데, 재즈 활동 중에서도 소그룹 활동과 링컨 센터 재즈 오케스트라 때를 비교해 보면 그 음악의 정취가 상당히 다르다. 전자에서는 즉흥연주가 큰 의미를 지니고 있으며, 후자에서는 검증에 근거한 편곡과 긴밀한 앙상블이 큰 의미를 지니고 있다. 후자의 작업은 클래식 음악의 노하우를 재즈 분야에 도입했다는 의의가 클 것이다. 그것은 무척 흥미로운 작업이다. 그러니까 클래식 음악의 사운드와 작풍과 짜임새를 그대로 재즈에 도입한 예는 이제까지 많았지만(이를테면 군터 슐러Gunther Schuller의 서드 스트림third stream, 클래식과 재즈의 요소를 융합한 음악과 모던 재즈 콰르텟Mordern Jazz Quartet, 쿨재즈 발전 이후 가장 역사가 오래되고 가장 성공적인 활약을 보인 악단으로 대표되는 존 루이스John Lewis의 음악, 혹은 《플레이 바흐Play Bach》) 클래식 음악의 노하우(방법론)를 구조적으로 도입한 예는 처음이었기 때문이다. 그러니까 재즈의 고전을 '탈구축' 했다는 표현을 써도 무관할 듯하다. 그런 부분은 실로 솜씨가 뛰어나서 윈튼 마살리스라는 음악가의 명석함과 시점의 정확함을 재인식하게 된다. 설령 그의 음악을 듣는 피로가 얼마간 수반된다고 해도 말이다.

그런데 이와 같은 영리한 방법론, 혹은 원전주의原典主義는 오케스트라를 상대로는 효과적으로 기능하지만 소그룹에 의한 애드리브가 주체가 되는 연주에는 그리 순조롭게 적용되지 않는다. 연주의 자발성과 음악 구조의 정합성(무모순성)이 때때로 반발하기 때문이다. 자발적 정합성이라는 것은, 말하자면 '저연비 고성능 스포츠카' 같은 것으로 이율배반적이라고까지는 하지 않더라도 원래 발상 자체에 다소 무리가 있다. 그런 부분이 윈튼 마살리스의 20년이 넘는 음악 활동에 있어서 일관된 딜레마, 혹은 좌절이 되어 있는 듯한 기분이 든다. 지극히 지적인 음악가이니만큼 이치나 이론으로 납득하지 못하게 되면 이 사람은 앞으로 나아가지 못하는 것이다. 그러나 성급한 결론은 내리지 말자.

어째서 윈튼 마살리스의 음악은 이렇게도 지루한 것일까?

그것이 이 글이 추구하는 테마다. 더 상세히 말하자면 "어째서 이 사람의 연주는 지루하지 않은 경우보다 지루한 경우가 많은 것인가?" 하는 얘기인데 아무튼 그 문제에 대해 검증해 나가고자 한다.

여기서 이해를 구하고자 하는 바는 내가 윈튼 마살리스를, 혹은 그의 음악을 싫어하는 것은 아니라는 사실이다. 레코드도 제법 가지고 있고 실제로 그의 음악에 귀를 기울이는 경우도 많다. 그의 음악의 질은 인정해온 바이고, 그의 음악이 재즈의 한 돌파구가 되지 않을까 하는 기대를 했던 것도 사실이다. 그리고 이런 표현은 역설적일지도 모르겠지만, 지루한 음악이 곧 나쁜 음악이라는 얘기도 아니다. 지루한 음악에는 지루한 음악 나름대로의 효용성이 있다. 온 세상이 비범하고 가슴 떨리게 하는 음악으로 가득 차 있다면 우리는 아마 숨이 막히게 될 것이다. 솔직히 얘기하자면 나는 미덥지 않은 키스 재럿의 음악보다는 윈튼 마살리스 음악의 지루함 쪽에 훨씬 호감이 간다. 그리고 같은 지루함이더라도 칙코리아의 음악의 지루함보다는 이쪽이 훨씬 납득할 만한 것이라는 생각이다.

그럼에도 나는 늘 불가사의하다는 생각을 해왔다. 윈튼 마살리스처럼 보기 드문 재능과 뛰어난 감각을 지닌 음악가가 만들어내는 음악이 어째서 이렇게 지루**해야 하는가** 하고 말이다. 어째서 더 가슴 떨리는 감동적인 것**이어서는 안 되는가** 하고 말이다.

윈튼 마살리스가 줄리아드 음악원 특대생의 지위를 과감히 내던지고 재즈 뮤지션으로 입신할 것을 결심해 레코드 데뷔를 한 것은 1980년을 전후한 때였다. 잘 알려져 있듯이 그는 명문 밴드 아트 블래키 앤드 더 재즈 메신저스의 일원으로 몇 장의 레코드를 녹음하여 10대 천재 트럼펫 주자로 세상을 깜짝 놀라게 했다. 당시 녹음된 마살리스의 연주는 지금 들어보아도 확실히 박력이 넘친다. 마살리스의 전기인 《스케인스 도메인Skain's Domain》(Schrimer Books)을 읽어보면 당시 그의 재즈 전반에 대한 지식은 의외로 빈약해서(라고 할까, 상당히 편재적이어서) 그때까지도 아트 블래키 앤드 더 재즈 메신저스의 음악을 들어본 적도 없었다고 한다. "〈모닝Moanin'〉? 〈블루스 마치Blues March〉? 뭔데요, 그게?" 같은 느낌이었던 모양이다. 밴드가 지향하고 있는 '네오밥neo-bop, 록을 접목시킨 재즈의 한 장르'적인, 정력적인 재즈에 공감할 수 없어 "매일 이렇게 단순한 곡만 하고 있자니 지루하네요"라는 대담한 발언도 했다.

그럼에도 남아 있는, 라이브로 녹음된 그의 연주는 자유자재라고 할까, 두려움이 없다고 할까, 아무튼 눈치 없을 정도로 발랄하다. 실전 경험이라곤 거의 없다시피 한 10대 소년의 연주라고는 도무지 여겨지지 않는다. 그 자연스러운 발랄함은 데뷔 당시의 리 모건을 방불케 하는데 윈튼은 리 모건을 알지도 못해 "누군데요? 그게" 같은 식이었다. 그가 재즈 역사에 대해 공부하고 풍부한 지식을 얻게 된 것은(그러니까 이론 무장을 하게 된 것은) 훨씬 뒤였다. 당시의 그는 재즈 메신저스라는 이름 높은 '학교'에서 온갖 실질적 지식과 요령을 나날이 의욕적으로 흡수해 나가기 바빴다. 그리고 그 진보는 실로 눈부신 것이었다.

밴드의 베이시스트였던 찰스 팸브로우Charles Fambrough는 당시의 윈튼에 대해 이렇게 이야기한다.

"아무튼 거슬리는 놈이었죠. 무슨 일이 있을 때마다 '왜 이래요?', '왜 그래요?'라고 물으며 돌아다닌단 말예요. 하지만 그가 정말로 말하고자 한 건 **이렇게** 해야 하는데 왜 **그렇게** 하냐? 같은 것이었거든요. 이렇게 하는 편이 좋다고 정면으로 말하는 대신 그러한 의도적인 질문을 하는 거죠. 나와 아트는 그가 사람들과 그렇게 주고받는 걸 재미있어하며 듣곤 했죠. 나와 아트에게는 감히 그런 이야기는 꺼내지 않았으니까요(두 사람은 윈튼보다 훨씬 연장자였다). 윈튼이 무슨 생각을 하든 우리가 알 바 아니었죠. 그렇기에 마음대로 하게 내버려두었고요. 하지만 거슬리는 놈이기는 했어도 밴드를 계발하게 한 건 분명하거든요. 단순히 거슬릴 뿐이었죠. 더구나 그가 의도하는 바는 이치에 맞는 것이었거든요. 그 점이 윈튼에 대해 내가 가장 호감을 가진 점이죠."

"그는 타인에게 이러쿵저러쿵 쓸데없는 말참견 같은 걸 했지만 그것은 음악이나 음악 환경을 좀 더 향상시키기 위한 그의 사명이었죠. 윈튼은 말하자면 시민경찰관 같은 사람이었죠."

마약을 싫어하는 윈튼은 콘서트에서 한껏 흥분해 있던 리더 블래키에게 "왜 그런 걸 하죠?"라고 **의도적인 질문**을 해 빈축을 산 적도 있다. 쓸데없는 참견이라고 하면 할 말 없겠지만, 블래키가 흥분한 나머지 리듬이 약간 늦어진 것이 음악만을 생각하는 그로서는 도저히 참을 수 없었던 것이다. 그리고 생각한 바를 이내 입 밖으로 내어버렸다. 10대 무렵부터, 진지하다고 할까, 재즈 원리주의자라고 할까, 아무튼 융통성이 없는 사람이었다.

윈튼이 진정으로 자신이 지향하는 음악을 연주할 수 있게 된 것은, 두말할 나위도 없이 재즈 메신저스를 그만두고 스스로의 밴드를 이끌고 나서부터다. 한 살 터울인 형, 브랜포드 마살리스Branford Marsalis를 포함한 의욕적인 2관 편성으로 이루어진 퀸텟이다. 그렇다면 당시 윈튼이 지향했던 음악이란 도대체 어떤 것이었을까? 기본적으로 그것은 60년대 전반의(그러니까 전자사운드를 쓰게 되기까지의) 마일스 데이비스, 데이비스 퀸텟Miles Davis Quintet이 설정한 사운드였다. 마일스 데이비스, 웨인 쇼터, 허비 행콕을 중심으로 한, 소위 말하는 '신주류파' 재즈다. 그 퀸텟이 전자악기를 사용하는 일 없이, 그리고 리더의 테크닉이 쇠퇴하는 일 없이, 그대로 그들의 스타일을 존속했더라면 지금쯤 어떤 음악을 연주하고 있을까—하는 것이 그 중심이 되는 콘셉트다(윈튼은 전자악기를 사용하는 재즈를 광견병이라도 되는 듯이 싫어해서, 마일스 데이비스와 허비 행콕은 '돈을 위해 영혼을 악마에게 팔아넘겼다'고 생각했다. 상당히 극단적인 사고방식이다).

콘셉트로서는 꽤 재미있다는 생각이 든다. 그리고 그 가설적인 시도는 음악적으로도 나름대로 성공했다. '원전'은 늘 그랬듯이 '고전악기 연주'의 특징을 갖추고 실로 교묘하고 능숙하게 답습되고 검증되고 분석되어 있다. 그와 같은 기법을 좋아하는 사람도 싫어하는 사람도 있겠지만 객관적으로 보아도 질 높은 재즈로 완성되어 있다. 처음에 이 레코드를 들었을 때 자세의 보수성과 상반되게 이상하게도 신선한 여운이 남았던 기억이 난다. 예기치도 않던 새로운 태동이 거기에 존재한다는 인상을 받았다. 청결함, 조용한 전투성, 날카로운 지성, 한 점의 티도 없이 훌륭한 테크닉. 그것은 우리 이목을 끌기에 충분한 것이었다. 지금 시점에서 들어보면, 감동이 떨어진다고나 할까, 역시 군데군데 촌스럽고 인위적인 것이 눈에 들어오기는 하지만 '젊은 시절의 작품' 같은 것이니 이는 어느 정도 어쩔 수 없는 게 아닐까 싶다.

하지만 그와 동시에 윈튼 마살리스 음악의 중심에는 원래부터 그러한 촌스러운 부분이 포함되어 있는 것이 아닐까 하고 생각한다. 너무 진지하다고나 할까, 굉장히 위엄에 차 있다고나 할까, 이 사람의 연주에는(혹은 삶의 방식에는) 대부분의 경우, "그거 좀 오버하는 거 아니에요?" 하는 과잉성이 따라붙는다. 그런 부분이 아무래도 듣는 이로 하여금 촌스러운 인상을 주게 된다. 머리도 좋고 처세술도 좋고 달변이지만 어딘지 모르게 시골스러운 부분이 있다. 그것은 틀림없이 쿨

하며 도회적으로 세련된 마일스 데이비스의 음악과는 크게 대조를 이루는 것이다. 그 촌스러운 부분이 좋은 의미에서의 유머와 결부되거나 어눌한 설득력을 지니게 되면 거기에 '윈튼 마살리스라면'과 같은 불가사의한 매력적인 정취가 생겨나는 건데, 본인이 좀 무자각한 것인지 그렇지 않은 결과로 끝나고 마는 경우가 적지 않다.

그러나 어찌되었건 퓨전이나, 전위, 베테랑 뮤지션의 네오밥과 같은 음악 등 제 나름대로의 음악적 방향이 이미 각기 정해지고 전체적으로 정돈되어가던 추세였던 당시 재즈계에 있어서 마살리스 형제가 제안한 음악이 참신한 반응을 불러일으킨 것만은 틀림없는 사실이다. 재즈계의 제왕이었던 마일스는 이미 제대로 악기를 불 수 없는 상태가 되어버렸고, 재즈계의 시대를 개척해 나갈 새로운 영웅을, 새로운 아이콘을 찾고 있었다.

마살리스 밴드가 처음 발표한 몇 장의 레코드는 높은 평가를 받았고 매출 면에서도 성공을 거두었을 뿐만 아니라 재즈와 클래식이라는 양쪽 분야에서 그래미상을 거머쥐게 되었다. 그들의 젊음과 테크닉, 뛰어난 음악성과 멋진 차림새는 재즈 팬뿐만이 아니라 세상으로부터 주목을 받았다. 그러나 그와 동시에 일부 비평가들로부터 "요컨대 마일스 데이비스가 과거에 했던 걸 재현해 내고 있을 뿐이잖아" 하는 지적도 받게 되었다. 마일스 자신이 반反마살리스 진영의 선봉에 선 격이 되었다. 자신이 과거에 추구했고 '이젠 됐어' 하며 내팽개친 것을 그 주변에 있던 어린애가 주워 마음대로 주물럭거리다가, '이제 마일스는 추락했다' 같은 얘기를 하고 다니니 마일스로서는 못마땅할 수밖에. 당연한 얘기다. "윈튼은 재즈라는 음악 분야에 대해 무엇 하나 새로운 아이디어를 제공하지 않았다"고 한 마일스의 의견에는 확실히 설득력이 있었다.

마살리스도 당연히 어떠한 형태로든 그와 같은 비판에 대항해야 했다. 아니, 나는 마일스를 흉내 낸 것이 아니라 윈튼 마살리스라는 한 사람의 독자적인 음악가라고 분명히 주장했어야 했다. 그러나 그것은 손쉬운 작업이 아니었다. 마살리스는 몸에 지니고 있던 '틀' 없이는 앞으로 나아가지 못하는 타입의 음악가였다. 그리 좋은 표현은 아니지만 지난날, 권세를 누리던 사람의 집에서 객客으로 지냈던 사람처럼 든든한 '틀=구조'를 손에 넣어야만 충분히 솜씨를 발휘할 수 있는 타입의 사람이었다. 그리고 그러한 든든한 틀이란 그리 쉽사리 찾아낼 수 있는 것이 아니었다.

윈튼이 서서히 새로운 아이디어를 내기 시작한 것은 두 핵심 멤버였던 형 브랜포드와 피아노 반주자 케니 커클랜드 Kenny Kirkland가 그의 밴드를 떠나고 나서부터다. 두 사람은 스팅Sting의 권유로 그의 밴드에 들어갔는데 결과적으로는 윈튼을 저버린 꼴이 되어 윈튼은 심한 충격을 받았다(거기에는 물론 형제간의 심리적인 고집 문제도 얽혀 있었다). 그런데 지금 생각해보면 결과적으로 그 결별이 그의 음악에는 좋은 방향으로 작용했다. 특히 새로 들어온 젊은 피아니스트 마커스 로버츠Marcus Roberts가 성장하고부터는 윈튼의 사운드는 급속한 속도로 마일스의 망령으로부터 멀어져 새로운 아이디어와 작풍을 갖게 되었다.

그 '틀 찾기' 작업의 핵심이 된 것은 두 종류의 시리즈다. 하나는 vol.6까지 이어진 《스탠더드 타임Standard Time》 시리즈이며, 다른 또 하나는 세 장으로 구성된 《소울 제스처스 인 서던 블루Soul Gestures in Southern Blue》 시리즈다. 윈튼은 전자에서 밥으로부터 밥 이전의 재즈 역사를 스탠더드 송이라는 축을 이용해 재정리했고, 후자에서는 "마살리스는 블루스를 연주하지 못한다"는 비판에 정면으로 맞섰다. 윈튼은 젊은 시절에는 "블루스 같은 음악은 흑인 문화의 수치다"라든지 "전통 재즈 같은 건 박물관의 미라 같은 거다"라고 큰소리를 쳤지만, 탈脫마일스의 길은 그쪽에만 있었기에 어느 날 갑자기 공부를 시작하게 되었다. 아무튼 공부를 좋아하는 사람이니 습득은 빨랐다.

나는 마살리스의《스탠더드 타임》시리즈에 수록되어 있는 연주의 절반 정도는 나름대로 완성도가 높다고 생각한다. '시행착오를 겪으면서도 진지하게 하나하나 무언가를 배우고 있구나' 하는 느낌이 들고, 그것은 분명히 이 사람의 훌륭한 점이라고 생각한다. 나름대로 귀 기울일 가치는 충분하다. 그러나 나머지 절반 정도의 연주는 솔직한 얘기로 평범하고 지루하다. 그리고 그 지루함을 본인은 제대로 자각하지 못하고 있는 듯한 사실에 왕왕 짜증이 나기도 한다. "이봐요, 난 이것도 할 수 있다고요, 이런 것도 할 수 있고요"라는 듯 사뭇 득의양양한 태도가 다소 거슬리게 된다.

그러나《소울 제스처스 인 서던 블루》로 말하자면 높이 평가받을 만한 음악이라는 생각이 든다. 윈튼의 진지함, 그 진지함이 아주 좋은 형태로 드러나 있다. 특히 vol.1의 〈식 인 더 사우스Thick in the South〉의 완성도는 높다. 여기에서 윈튼은 조 헨더슨Joe Henderson과 공연했는데(두 곡에는 엘빈 존스가 게스트로 참가했다) '과연' 이라고 해야 할까, 예전의 신주류파의 영웅 조 헨더슨의 음색과 작풍이 전체적인 페이스로 설정되고 윈튼은 옆에서 조용히 들어가는 형태로 이루어져 있다.

윈튼의 이 연주는 훌륭하다. 몇 차례에 걸쳐 들어보아도 이 음악에는 깊은 자양분이 있다. 솔직히 그런 느낌이 들게 하는 윈튼의 음악은 그리 많지 않다. '잘 하는구나' 하며 감탄은 하게 되지만 되풀이해서 듣고 싶다는 생각이 드는 앨범이 이 사람의 경우는 지극히 적다. 하지만 이 앨범을 들어보면, 이렇게 말하긴 뭐하지만, '하면 할 수 있잖은가' 하는 생각이 든다. 연주도 좋고 원곡도 좋다.

특히 마커스 로버츠라는 섹션의 축을 획득한 이래, 마살리스는 재즈의 전통에 대해 상당히 겸허해지고 자각적이 되었다. 자신은 뉴올리언스 출신이고, 야성적이고 소박한 사운드야말로 자신의 뿌리라고 생각하게 되었고, 괜히 억지로 애써가며 도회적으로 세련된 음악을 연주할 필요는 없다고 어느 정도 마음가짐을 바꾸게 된 것이다. 젤리 롤 모턴Jelly Roll Morton에서 루이 암스트롱, 듀크 엘링턴을 경유해 텔로니어스 몽크Thelonious Monk, 혹은 오넷 콜맨Ornette Coleman에 이르는 코스가 그에게는 개인적으로 딱 맞아떨어졌던 모양이다. 이 라인은 결코 재즈 역사의 주류라고는 할 수 없다. 그것은 밥 이후의 재즈 사관으로 본다면 개인적이고 독특한 지류支流로 파악되었다고 할 수 있다. 그러나 윈튼은 이 흐름을 적극적으로 채택해 검증하고 재평가함으로써 거기에 하나의 규범을 만들어, 이제까지 존재하지 않았던 새로운 형태의 모더니즘을 자신 속에 세우는 데 성공했다. 그와 같은 설립 작업 중에서 마커스 로버츠의 사운드가 해낸 역할은 결코 적지 않다.

그 라인이 설정된 후 윈튼 밴드의 소리 만들기에는 하나의 핵심이 느껴진다. 거기에는 '가까스로 마일스로부터 해방되었다'는 안도감이 있고, 또 흑인 문화의 르네상스의 중요한 한 부분을 자신이 담당하고 있다는 자신감과 긍지가 있다. 마일스를 능가하기 위해서 마일스가 하지 않았던 새로운 시도를 하고자 하는 것이 아니라, 마일스보다 더 오래된 곳으로 돌아갈 생각을 하는 부분이 좋든 나쁘든 정말로 이 사람답다. 어쨌든 목표로서는 나쁘지 않다. 전혀 나쁘지 않다.

그러나 그러한 변화에도 불구하고 지나친 진지함, 다변, 자신 과잉, 지배하고자 하는 마음, 공부를 좋아하는 이 사람의 성향은 쉽사리 바뀌는 일이 없었다. 그러한 경향이 전면에 강하게 드러나게 되면 다소 고개를 갸웃거리고 싶어지는 앨범이 나온다.

예를 들어 그가 젤리 롤 모턴의 고전에 도전한《스탠더드 타임 vol.6: 미스터 젤리 로드Standard Time, Vol.6: Mr. Jelly Lord》를 들어보았으면 한다. 이 앨범이야말로 윈튼 마살리스의 '공부' 증후군의 좋은 예다. 클래식의 영역이라면 모를까, 재즈라는 틀 속에 그림 그리듯이 이러한 '원전의 재정리 작업'을 득의양양하게 전개해놓으면 듣는 이로서는 다소 염증이 나서, '마음이야 알겠지만 그렇게까지 열심히 하지는 말라고. 창피하지도 않냐?' 하는 지겨운 기분이 들고 만다. 재즈라는 것은 그런 이치로 가득 찬 연구주의의 음악이 아니잖은가, 더 잡박하고 생생한 것일 텐데, 하는 생각이 들게 되는 것이다. 이건 단순한 '정보의 음미'가 아니던가? 만일 마일스가 살아 있어 이 앨범을 들었더라면 "젠장!" 하고 내뱉듯이 한탄했을 것이다. 그런 광경이 나도 모르게 눈앞에 떠오른다. 《스탠더드 타임 vol.5: 미드나이트 블루스Standard Time, vol.5: The Midnight Blues》또한 고개를, 그것도 더 심하게 갸웃거리게 된다. 아무튼 지루하다. 이런 지루한 음악은 좀처럼 찾아보기도 힘들 것 같아서 나는 낮잠용 배경음악의 일환으로 소중히 간직하고 있다(또 다른 한 장은 요요마馬友友가 참여한 클리블랜드의 사중주단이 연주하는 슈베르트의 현악 오중주곡 C장조다). 같은 현악기가 들어간 초기의 앨범《핫 하우스 플라워스Hot House Flowers》도 꽤 평범한 것이긴 하지만 이건 그에 비교도 되지 않을 정도로 심하다. 마일스와 길 에반스Gil Evans의 공연을 본보기로 삼았는지는 모르겠지만 결과적으로는 발밑에도 미치지 못한 무미건조한 것이 되고 말았다.

생각해보면 이건 이상한 얘기다. 왜냐하면 마살리스는 클래식 트럼펫 연주가로서는 초일류이며 오케스트라와의 공연은 식은 죽 먹기였을 테니 말이다. 그러나 정작 그가 오케스트라와 더불어 스탠더드 송을 연주하면 그건 손도 대지 못할 정도로 지루한 음악이 되고 만다. 도대체 어째서일까? 물론 길 에반스라는 보기 드문 명편곡가가 거기에 개입하지 않았다는 것도 하나의 커다란 이유로 들 수 있을 것이다. 편곡은 상당히 평범하다(물론 그것은 어느 정도 마살리스가 의도한 것이겠지만). 그러나 그뿐만이 아니다. 이렇게 표현하는 것은 혹독한 것일지도 모르지만 윈튼의 연주로부터는 '이 음악을 통해 내가 꼭 하고 싶은 말은 이런 것이다'는 절박한 영혼의 욕구 같은 것이 듣는 이에게 그다지 전달되지 않는다. 그렇기에 본인은 사뭇 기분 좋은 듯 현악기를 배후에 두고 낭랑하게 트럼펫을 불어대고 있으나, 진정한 의미에서의 시정詩情 같은 것이 보이지 않는 것이다. 찰리 파커Charlie Parker나 클리포드 브라운Clifford Brown이나 빌리 홀리데이Billie Holiday와 함께한 현악기 녹음과는 그 점이 사뭇 다르다. 모양새는 같으나 내용의 깊이에는 하늘과 땅만큼의 차이가 난다. 아이러니한 건 그의 주특기인 표현 형식에서도 그런 본질적인 약점이 잘 드러난다는 사실이다. '어때? 잘 하지?'라는 메시지만 빤히 들여다보여 그 결과 어이없을 정도로 깊이가 없는 음악이 만들어지고 만다. 그의 오리지널 작품은 역시 들을 만하지만 그 이외의 스탠더드 곡의 완성은 정확히 말해 비참하다.

마일스 데이비스에게 마살리스만큼 자유롭고 거침없는 테크닉은 없다. 그는 인간적으로 참을 수 없을 정도의 이기주의자였다. 그러나 마일스에게는 꼭 얘기하고자 하는 자신의 '이야기'가 있었고, 그 이야기를 상대에게 생생하게 전달할 수 있을 만큼의 자기 자신의 말이 있었다. 마일스 자신이 눈으로 포착한 고유의 풍경이 있었고, 그 풍경을 상대에게 '이봐, 이거야'라며 그대로 보여줄 수 있을 정도의 화법(어법)이 있었다. 그렇기에 마일스와 그의 청중은 그 이야기와 풍경을 마음으로 나누어 가질 수 있었던 것이다. 마살리스에게는 (아직) 그럴 능력이 없었다. 마일스는 연주가로서의 자신의 한계를 정확히 인정하고 테크닉의 부족을 '정신성=영혼'의 움직임으로 메우려 했으나, 그와는 대조적으로 탁월한 기교를 몸에 익혀 '하려고만 하면 뭐든 할 수 있는' 윈튼은 거꾸로 자기 자신의 본연의 모습을, 서야 할 위치를 제대로 찾아낼 수 없었던 모양이다.

하지만 윈튼 마살리스가 가장 커다란 가능성을 지닌 동시대의 재즈 뮤지션인 것은 틀림없는 사실이다. 종종 지루하기는 해도 잘 만들어진 작품은 그 완성도가 무척이나 높다. 그러니까 그는 자신의 영혼의 지하실에 스스로의 의지로 의도적으로 내려갈 수는 없지만, 어떤 계기로 **비의도적으로** 거기에 문득 도달하게 되는 경우는 있다는 얘기다. 어떻게 그런 일이 일어날 수 있느냐 하면 그에게는 그만큼의 잠재능력이 **애당초부터** 갖추어져 있기 때문이다. 내가 윈튼 마살리스를 뛰어난 음악가라고 말하는 것은 그런 의미에서다.

앞서 언급한《소울 제스처스 인 서던 블루》시리즈도 그렇지만 거의 기대하지 않고 사서 들었던 CD《릴타임Reeltime》도 제법 들을 만했다. 이는 윈튼이 영화 음악으로 작곡한 것이었으나 결국 쓰이지 않게 되자 그 곡들을 모아 출반한 것이다. 그런데 이 CD는 의외로 훌륭하다. 적어도 자연스러운 호감이 간다. 거기에는 그의 독창적인 음악 세계가 존재한다.

결국 마살리스의 음악이라는 것은 '실망하는' 앨범과 '감탄하는' 앨범의 낙차가 너무나도 큰 것이다. 블루 노트로 이적한 후 첫 앨범으로 내놓은 최신작《더 매직 아워The Magic Hour》도 기대를 하고 들었지만 의외로 지루했다. 거기에는 내가 보기에 '뭐야, 아직도 이러고 있네' 하는 느낌이 드는 평범한 음악만이 담겨 있었다. 힘은 들어갔으나 음악은 겉돌고 있다. '평소의 마살리스 음악'을 무너뜨릴 정도의 새로운 요소가 전혀 보이지 않는다. 요컨대 그는, 지하실 없이 지상에서 연주하고 있는 형국이다. 그렇기에 아무래도 '내가, 내가 말이야' 하는 음악이 완성되고 만다. 이 사람에게는 한 발자국 뒤로 물러나 주위를 둘러보는 일이 힘든 모양이다.

그러나 어떤 사정으로 한 발자국 뒤로 물러나야 하는 상황이 되었을 때에는 지나칠 정도의 과잉성이 미련 없이 후퇴해 그의 음악은 좀 더 자연스럽고 자발적인 것이 된다. 예를 들어, 앞에서도 말했듯이 그는 아트 블래키 앤드 더 재즈 메신저스의 일원으로 데뷔했는데, 당시의 그의 연주가 오늘날에도 우리 귀에 신선하게 들리는 데에는 그런 이유도 있을 것이다. 블래키 밴드의 일원으로 "거슬리는 놈이다"라는 소리를 들어가며 마음 내키는 대로 불어댔을 때 그의 연주는 정직했고 살아 있었다. 거기에는 계몽적인 진술 같은 것은 없었고 연주하는 것에 대한 열광적인 기쁨만이 그의 음악을 성립시키고 있었다. 그에 비해 세상으로부터 높은 평가를 받은 라이브 음반인 《라이브 앳 블루스 앨리Live at Blues Alley》(1986년)는 실로 훌륭한 음악이긴 하지만 반복해서 듣다 보면 의외로 싫증이 난다. 이상한 예를 들어 송구스럽지만 괜스레 전희만 능숙한 남자 같아 신용하기에는 좀 미심쩍은 면이 있다(개인적 감상).

앞에서도 서술한 조 헨더슨과 공연한 앨범《식 인 더 사우스》가 매우 높은 완성도로 만들어졌던 것도 "내가, 내가 말이야" 하는 평소의 자세가 주춤해졌던 덕분이리라. 경애하는 베테랑 뮤지션과의 공연으로 한 발자국 뒤로 물러나 시점을 넓히고 천천히 호흡함으로써 그는 평소보다 심오한, 내성적인 음악 세계에 도달할 수 있었던 것이라고 나는 생각한다. 어째서 그런 일이 일어나지 않는 것인가? 앞에 나온 베이시스트 찰스 팸브로우는 초기 퀸텟 시절의 윈튼에 대해서 다음과 같이 회고한다.

"그 밴드에 블래키의 밴드에 있었을 때와 같은 자유는 없었다. 거기에는 윈튼이 생각하는 **이래야 한다**는 음악이 존재했을 뿐이었다. 뮤지션이 각자 어떤 생각을 하는가 따위는 그에게 아무래도 상관없는 일이었다. 내가 있었을 당시의 밴드는 그나마 운이 좋았다. 우리는 모두 우리가 하고 싶은 대로 했으니 말이다. 그래도 윈튼은 뒤에서 "이렇게 해라, 저렇게 해라"며 쉴 새 없이 지시를 해댔다. 그것이 나중에는 점점 문제가 된 것이다."(굵은 서체 필자 표시)

한때 밴드에 적을 두었던 베이시스트(익명)의 발언이다.

"윈튼은 모든 일에 일일이 간섭을 해야만 직성이 풀리는 사람이다. 개인적으로는 그를 좋아하지만 음악에 관해서 타인에게 자신의 생각을 강요하는 그의 방식에는 익숙해질 수 없었다. 나도 나름대로 하고 싶은 음악이 있었다. 하지만 윈튼은 대개의 경우 이 음악은 이렇게 해달라며 우리에게 세세한 지시를 내렸다. 다른 이들도 그런 강요에 대해 불만을 품고 있었으나 입 밖에 낼 수 있는 분위기는 아니었다."

결국 베테랑 뮤지션들은 통제하기를 좋아하는 그의 성격에 염증이 난 나머지 밴드를 그만두게 되었고, 그 뒤를 윈튼에게 절대적으로 귀의하고 사숙하는 젊은 뮤지션들이 메웠다. 그들은 불평도 투정도 하지 않고 윈튼이 지시하는 음악을 지시받는 대로 열심히 연주했다. 윈튼에게 인정받았으니만큼 그 음악적인 재능은 분명한 것이었으나, 그들에게는 윈튼의 음악 세계에 대항할 아이디어를 이끌어낼 정도의 개성이나 힘은 없었다. 그래서 연주의 수준은 물리적으로는 높았지만 듣고 있으면 다소 숨이 막혀오는 '체육회'용의 근육질 음악이 생겨나게 된 것이다. 맹인 피아니스트인 마커스 로버츠만이 간신히 그 자신의 확실한 기호를 밴드의 음악에 남겼다. 밴드의 알토 색소폰 주자였던 웨셀 앤더슨Wessell Anderson

은 자신의 음악적인 배경에 대해 다음과 같이 이야기한다.

"우리 세대의 대부분은 라디오에서 팝 음악을 들으며 자랐다. 그렇기에 어떻게 재즈를 들어야 하는가에 대해 일일이 배워야 했다. 오래된 세대의 뮤지션들은 블루스가 어떤 것인지 정확히 알고 있다. 하지만 우리는 알지 못한다. 아는 것이라곤 기껏해야 제임스 브라운James Brown 정도다. 하지만 레스터 영이 캔자스시티에 등장했을 즈음에는 사람들이 모두 일상적으로 블루스를 연주했다. 우리는 재즈 세계에서 제3세대, 제4세대에 해당한다. 그렇기에 우리가 블루스를 연주하기 위해서는 먼저 정보를 소화해야 한다. 과거로 되돌아가 열심히 오래된 음악에 귀를 기울이며 '그렇구나. 그런 연유로 재즈라는 것이 이런 식으로, 저런 식으로 된 것이구나' 하고 납득해야 하는 것이다."

윈튼 마살리스는 그러한 젊은이들의 리더 같은 존재다. 그는 의심의 여지없이 젊은 세대에게 있어서 하나의 역할 모델이 되었다. "공부해 보면 재즈란 것도 재미있어"라고 말하는 젊은 흑인 뮤지션들이 그의 뒤를 이어 잇따라 배출되었다. 테렌스 블랜차드Terence Blanchard, 조슈아 레드먼Joshua Redman,

로이 하그로브Roy Hargrove, 니콜라스 페이튼Nicholas Payton, 크리스찬 맥브라이드Christian Mcbride, 러셀 말론Russell Malone 열거하고자 하면 끝이 없다. 그들은 분명히 재즈의 한 흐름을 만들어냈다. 윈튼 마살리스의 존재가 없었더라면 이와 같은 형태의 트렌드는 존재하지 않았을지도 모른다. 그것은 윈튼이 이루어낸 커다란 공적이다.

그러나 윈튼 자신의 음악은 어떠한가? 그의 밴드의 음악에는 진정한 의미에서의 자발성이 희박하다. 그의 밴드에 들어간 뮤지션은 일단 윈튼이 준비한 정밀한 음악을 머릿속에 꼼꼼히 집어넣는다. 윈튼은 그것을 한 음도 틀리지 않고 연주하도록 요구한다. 마살리스 밴드의 멤버에게 있어서 그것은 가장 기본적인 최소한의 책무다. 그런 다음에 확고하게 설정된 아웃라인 속에서 각자가 솔로로 연주하도록 요구한다. 윈튼이 생각하는 음악의 전체상을 망가뜨리지 않는다는 조건부로 말이다.

"뭐든 좋으니 내키는 대로 맘껏 해봐" 하는 전국시대적인 대범함이 거기에는 없다. "어디로 갈 것인지는 공에게 물어봐라" 같은 가슴 설레는 요소를 거기에서는 찾아볼 수 없다. 그렇기에 감탄은 해도 감동하는 경우는 많지 않다. 이런 얘기를 하면 윈튼이 격분할지도 모르지만 그의 음악은 때로 예전의 웨스트 코스트 재즈west coast jazz, 1950년대 초반 미국 서해안의 젊은 백인 뮤지션들에 의해 전개된, 편곡에 충실한 쿨 재즈의 사운드를 상기시킨다.

윈튼은 무슨 일에든 일일이 간섭을 할 뿐만 아니라 말이 많은 사람이기도 했다. 머리가 좋으니 달변이다. 누구나 알고 있듯이 그런 사람은 종종 일으키지 않아도 되는 문제를 일으키게 된다. 1984년 그래미상의 시상식 인사에서 당시의 재즈가 당면해 있는 '슬퍼해야 할' 상황에 대해 그는 단상에서 도도히 자신의 주장을 펼쳐 많은 사람으로부터 빈축을 사게 되었다. 그 텔레비전 중계를 보고 있던 마일스 데이비스는 "누가 그에게 물어봤어?Who's asking him a question?"라고 중얼거렸다고 전해진다. 요컨대 "아무도 너한테 그런 얘길 물어본 사람은 없다고" 하는 얘기다. 아무튼 말이 많은 사람이다. 그가 생리적으로 전자악기를 싫어한다는 건 알고 있더라도 "70년대의 재즈는 단지 비참한 소모일 뿐이었다"라고 맞대놓고 텔레비전 프로그램에서 말한다면, 지난 10년 동안 열심히 그리고 충실하게 재즈를 연주해온 뮤지션들은 발끈할 것이다. 사람의 그런 마음의 움직임을 윈튼은 읽지 못하는 것이다. 그 연설 이후 많은 뮤지션들이 (적어도 한동안은) 그로부터 등을 돌리게 되었다. 젊은 치기라고 하면 더 이상 할 말도 없겠지만 진정한 의미에서의 좌절을 모른다는 약점이 그의 음악이나 사는 방식을 훼손하고 있다는 것은 아마도 틀림없으리라. 너무나도 순풍에 돛 단 듯한 인생이었다.

사실은 "윈튼, 좀 방황하다 다른 밴드에 들어가 일이라도 하다 오라고. 자네에게는 굉장한 재능이 있으니 조금은 인내하는 것도 배워야 해" 하고 말하고 싶어지지만, 이만큼 돌발적인 실력을 지닌 사람을 맞아줄 만한 재즈 뮤지션은 현실적으로 어디에도 없다. 마일스의 경우도 그랬다. 이왕 여기까지 오고 말았으니 여하튼 혼자서 '정상의 고독'을 견디며 해나갈 수밖에 없다.

중고 레코드 가게에서 마살리스의 《블루스 앤드 스윙Blues and Swing》이라는 레이저 디스크를 싼 값에 사 왔다(요즘에는 레이저 디스크의 가격도 많이 내렸지만). 마커스 로버츠가 들어간 퀸텟으로 1987년에 연주한 것이다. 정말이지 굉장한 테크닉이다. 정말 잘 하는구나, 하고 감탄하게 된다. 위태로움이 느껴지지 않는다고 할까, 정말 쾌도난마快刀亂麻의 연주다. 하지만 A면을 쭉 들어보니 피곤해진다. 왠지 숨이 막혀온다. 그래서 '일단 이건 됐어. 다른 걸 기분전환으로 들어보자'는 생각이 들어 때마침 옆에 있던 쳇 베이커의 다큐멘터리 영화 〈렛츠 겟 로스트Let's Get Lost〉(브루스 웨버Bruce Weber 감독)를 틀어보았다. 두 번째로 보는 영화인데도 일단 보기 시작하니 재미있어 빨려 들어가듯이 어느덧 끝까지 보고 말았다. 그러자 이윽고 안심이 되었다. 다 보고나자 '그래 이게 재즈야' 하는 생각이 들었다.

〈렛츠 겟 로스트〉가 만년의 베이커의 모습을 포착한 기록영상이니만큼, 그는 이미 신체는 마약으로 망가져 있었고 테크닉이나 사운드도 겨울철의 여치처럼 엉망인 상태였다. 마살리스의 연주와는 아예 비교도 되지 않는 수준이었다. 그렇지만 그럼에도 불구하고 베이커의 연주는 곧바로 마음에 **와 닿는다**. 설사 엉망진창이어도 그 음악은 신기하게 우리에게 감동을 준다. 왜냐하면 그 음악에는 쳇 베이커라는 한 사람의 인간이 살아간 모습(그다지 좋아하는 말은 아니지만 굳이 쓰자면)이 똑똑 방울져 떨어질 정도로 윤택하게 담겨 있기 때문이다. 객관적으로 일반적으로 말하자면, 그것은 결코 뛰어난 음악이라고는 말할 수 없을 것이다. 그러나 그러한 음악의 모습도 재즈라는 음악의 중요한 힘의 근원인 것이다. 그리고 그러한 절절한 힘의 근원이 있기에 재즈라는 형태는 시대에 따라 그 모양을 바꾸며 면면히 지금까지 사람의 마음을 통해 살아올 수 있었던 것이다.

그러나 윈튼 마살리스의 관점에서 본다면 아마도 쳇 베이커의(특히 만년의) 음악 같은 건 일말의 가치도 없는 것이 되고 말 것이다. 아니면 그 음악이 그에게 매우 불쾌한 심정이 들도록 할지도 모르겠다. 뛰어난 테크닉이라는 것은 윈튼에 게 있어 최소한의 규범이기 때문이다. 그는 테크닉에 대해 다음과 같이 진술했다.

"늘 되풀이해서 하는 얘기지만 테크닉이라는 것은 뮤지션에게 있어, 혹은 다른 어떤 분야의 예술가에게 있어서도 **가장 초보적인 도의의 징표**이다. 만일 테크닉이 없는 예술가가 있다면, 그는 고차원적으로는 그 예술형식과 도의적인 결탁을 이루지 않았다는 얘기가 된다. 내 생각은 그렇다. 왜냐하면 만일 당신이 강한 발언을 한다고 하면 거기에는 테크닉이 있어야 하기 때문이다. 만일 큰 의미를 지니는 발언을 하고 싶다면 거기에는 먼저 테크닉이 존재해야 한다."(굵은 서체 필자 표시)

아마 맞는 말일 것이다. 하지만 너무나도 맞는 말이다. 지나치게 진지하다는 생각이 든다. "그렇다면 당신은 마치 재즈의 테크노크라트(기술관료)가 아닌가?" 하고 되묻고 싶어진다. 그가 진술하는 바는, 말로는, 이론으로는, 명백하고 옳다. 그러나 사람들의 영혼에 있어서는 그것이 반드시 옳은 것은 아니다. 영혼이라는 것은 많은 경우 말이나 이치의 틀에서 벗어난다. 도저히 분명하다고는 말할 수 없는 의미 불명한 것들을 흡수하고 그것을 자양분으로 자라나는 것이기 때문이다. 그렇기에 쳇 베이커의 만년의 음악은 어떤 종류의 영혼에게는 커다란 의미가 있는 발언으로 받아들여질 수 있는 것인 반면, 윈튼 마살리스의 음악은 안타깝게도 제대로 받아들여지지 않는 것이다.

꽤 오래된 일인데 트럼펫 주자인 톰 하렐Tom Harell의 연주를 미국의 어느 작은 재즈클럽에서 들어본 적이 있다. 그의 테크닉은 윈튼에 비한다면 명백히 B급이다. 연주 스타일도 그다지 뛰어나지 않고 프레이징도 갈피를 잡을 수 없다. 그러나 그 음악은 분명히 나를 감동시켰다. 한동안 자리에서 일어날 수 없을 정도의 감동이었다. 왜 그렇게까지 내가 그 음악에 감동했는지 말로는 설명하지 못한다. CD 같은 걸로 들어보면 이 사람은 그다지 대단하다는 생각이 들지 않는다. 하지만 적어도 그곳에서의 그의 연주는 분명히 나를 깜짝 놀라게 할 만큼 격정적이며 감동적인 것이었다.

그것이 재즈라고 나는 생각한다. 사람을 한동안 자리에서 일어나지 못하게 할 만큼 녹아웃 상태로 만들어버리는 것. 만일 그런 비합리적인 힘을 때때로 느낄 수 없었다면 도대체

어느 누가 재즈를 30년 동안이나, 40년 동안이나 뜨거운 열
정을 가지고 들어왔겠는가? 재즈라는 음악은 그렇게 성립되
어 왔다.

윈튼이 자신의 본질적(잠재적)인 지루함을 앞으로 극복해
나갈 수 있을까? 물론 나로서는 알 수 없다. 당연한 얘기지만
그러기 위해서는 윈튼 마살리스 자신이 먼저 문제를 깊이 자
각하고 돌파구를 찾아내어 스스로의 힘으로 해결의 실마리
를 찾아내야 한다. 그러나 만일 윈튼이 그와 같은 자기변혁
을 달성하지 못해 진정한 의미에서의 재즈계의 거장이 되지
못하고 끝나게 된다면, 동시대 음악으로서의 재즈는 더욱 구
심력을 잃게 되어 점차로 전통예술화되어 가지 않을까 하고
나는 염려한다. 좋아하든 좋아하지 않든, 윈튼 마살리스는
현대 재즈의 하나의 아이콘으로 남겨진 소수의 가능성으로
기능하고 있기 때문이다. 그런 맥락에서 그가 재즈라는 음악
의 실질적인 막을 내리는 역할을 하게 될 가능성도 없지는
않다.

그런 연유로 나는 앞으로도 윈튼 마살리스의 음악을 듣
게 될 것이다. 신기하다면 신기한 일인데 때로는 싫증이 나
서 "지루하다", "깊이가 없다"라고 악담을 하면서도 나는 그

의 음악에서 왠지 눈을 뗄 수가 없다. 다른 재즈 뮤지션에게는 느껴지지 않는 독특한 '미련' 같은 것이 이 사람에게는 느껴진다. 그렇기에 지루하든 지루하지 않든 그의 음악을 마냥 쉽게 들어 넘길 수만은 없는 것이다. 그건 역시 그의 잠재적인 음악적 용량의 크기에 의한 것이리라. 자양분이 있는, 진정으로 새로운 음악을 이 사람이 언젠가 만들어주면 좋을 텐데 하고 기도한다. 재즈를 위해서도, 그리고 그 자신을 위해서도.

하루키가 애청하는
윈튼 마살리스의 앨범

Standard Time Vol.2: Intimacy
Calling(Columbia 47346)

Thick in The South(Columbia 47977)

스가시카오

J-POP 가수의 유연한 카오스

"노래를 듣고 있으면 정경이 눈앞에 펼쳐진다. 어디에서나 볼 수 있는, 아무것도 아닌 정경이지만 불가사의한 리얼리티가 문득 느껴진다. 구두 속의 젖은 감촉과 흐린 유리창의 나른함이 어떤 예감처럼, 혹은 이미 일어난 일의 기억처럼 피부에 와 닿는다."

스가시카오 スガシカオ

1966년 일본 도쿄 태생. 1997년에 싱글 앨범 〈히트차트를 앞질러라ヒットチャートをかけぬけろ〉로 데뷔. FM을 중심으로 업계 내에서 주목을 받았으며, 같은 해 9월에 첫 앨범인 《클로버Clover》를 출반해 차트 10위권에 진입했다. 1998년 스맙SMAP의 〈밤하늘의 저편夜空ノムコウ〉의 작사를 맡았다.

　우리 집은 가나가와 현의 바닷가에 있고, 숙박할 수 있는 작업실 겸 사무실은 도쿄에 있다. 그렇기 때문에 일주일에 한 번씩은 자동차로 그 사이를 왕복하게 되는데 그때 차 안에서 즐겨 듣는 것 중 하나가 스가시카오의 음악이다. 솔직히 말해 나는 일본의 팝 록 음악―소위 말하는 J-POP―은 그다지 듣지 않는다. 그러나 그의 음악만은 신보가 나올 때마다 꼭 돈을 내고 CD를 사와(당연한 얘기이지만) 주로 운전하면서 몇 번이고 듣는다. 왜일까? 하는 생각이 들어 이번에는 이 사람의 음악에 대해 고찰해보고자 한다.

　나 역시 일본 팝 음악을 듣지 않겠다고 굳이 정해 놓은 건 아니다. 이따금씩 MTV도 체크하고 한가할 때에는 타워 레코드의 J-POP 코너에 가서 헤드폰을 끼고 신보 CD를 한꺼번에 들어보고 흥미로운 것이 있으면 사기도 한다. 되도록 다양한 종류의 음악을 편견 없이 폭넓게 듣고 싶다는 생각을 평상시에도 하고 있고 나름대로 노력도 한다. 그러나 유감스럽게도 이건 재미있을 것 같다든지, 사고 싶다는 생각이 드는 것이 일본 팝 음악 중에는 좀처럼 눈에 띄지 않는다. 아니면 '괜찮을 거 같은데' 하는 생각에 사 들고 와서 집에서 몇 번 듣다 보면 싫증이 나 이내 중고가게에 가져가 팔게 되는 경우가 적지 않다. 왜일까?

가게 앞에 쭉 진열되어 있는 신보 중 수많은 J-POP은 상품(포장)으로서는 세련되게 만들어져 있고 연주의 테크닉도 훌륭하며 소리 만들기에도 제법 돈을 들였다는 것은 알겠지만, 한번 들어보면 가장 중요한 음악적인 내용에는 설득력 같은 것이 느껴지지 않는다. 평범한 표현을 여기에서 써도 무방하다면 뭐랄까, 사람의 주의를 **확** 끄는 면이 없다. 마음에 와닿지도 않고 신선한 맛도 없다, 무려 3,000엔에 가까운 돈을 지불하면서 그 음악을 들어야 할 개인적인 필연성 같은 것이 도무지 느껴지지 않는다.

물론 '서양 음악' 분야에도 그와 같이 내용이 얄팍한 소모품으로서의 음악은 넘쳐나고 있다. 하지만 그럼에도 제프 벡

Jeff Beck이라든지 라디오헤드Radiohead라든지 알이엠R.E.M이라든지 월코Wilco처럼 '이 밴드(가수)의 신보 CD가 나오면 우선 사고 봐야지' 하고 무조건 정해 놓은 것이 제법 되고, 꼬박 한 시간 동안 샘플 음반들을 듣다 보면 '이건 사가지고 집에 가서 한 번 더 천천히 들어보자' 하는 생각이 들게 하는 음악을 서너 장은 거뜬히 발견할 수 있다. 그런데 어떤 연유에서인지 J-POP 매장에서는 그런 일이 좀처럼 일어나지 않는다. 물론 빠짐없이 신보를 체크하는 것도 아니니(그러기에는 신보의 수가 너무나도 많다. 참고로 말하자면《CD저널》10월호에는 J-POP만으로 약 350장의 신보가 열거되어 있다. 한 달 사이에 말이다!) 듣지 못하고 넘어가는 것도 많을 것이다. 그러니 확률적으로 보더라도 히트를 칠 가능성이 높은 신보의 수는 압도적으로 적을 것임은 의심의 여지가 없다.

헤드폰을 끼고 J-POP 신보의 바다를 헤엄치듯이 체크하면서 종종 드는 생각은 '왜 이렇지? 아무리 새 옷을 있어도 결국 알맹이는 리듬감 있는 가요잖아' 하는 것이다. 이런 얘기를 하면 "리듬감 있는 가요의 어디가 나쁜데?" 하는 의견도 당연히 나올 것이다. 그야 물론 나쁠 건 없지만 나는 그런 유의 **절충적인** 음악이 도저히 개인적으로 좋아지지 않는다는 얘기다. 그러니까 그런 음악을 좋아하는 사람도 많겠지만 나는 그렇지 않다는 것뿐이다. 이런 부분은 내가 고집하는 음악적 가치관이랄까, 개인적인 기호의 집적—편견이라고는 하고 싶지 않다—에서 자연스레 떠오르는 솔직한 의견이다. 내 의견에 기분이 상하지 않았으면 한다.

생각해보면 1960년대 중반에 그룹 사운드가 한 시대를 풍미했을 때에도 나(당시 고등학생)는 일본의 팝 뮤직에 관해서 대략 지금과 같은 비판적인 감상을 가지고 있었다. 그때도 역시 '이런 건 표면적인 패션이 바뀌었을 뿐 알맹이는 리듬감 있는 가요잖아' 하고 생각했던 것이다(결국 음악을 둘러싼 구조라는 것은 옛날이나 지금이나 그다지 변하지 않았는지도 모르겠다). 타이거스ザ・タイガース라든지 템프터스ザ・テンプターズ 같은 당시의 인기그룹에는 거의 흥미를 느낄 수 없었다. 그 음악도—물론 나에게 있어서는—왠지 확 와 닿지 않았다(평범하고 지루하다고는 하지 않겠지만). 단 그중에서 스파이더스ザ・スパイダース라는 밴드만은 나쁘지 않다는 생각을 했다. 나는 열렬한 스파이더스 팬도 아니었고 레코드 한 장 산 적도 없었지만 어쩌다 라디오에서 듣게 되는 그들의 음악에는, 전부는 아니더라도, 가요적인(즉 토착적인) 세계로부터 한 발 나아간 신선한 호흡 같은 것을 느낄 수 있었다. 그러고 보면 스가시카오의 음악을 처음 들었을 때에도 그와 흡사한 인상을 받았

던 것 같은 기분이 든다. 헤이세이_{平成, 일본의 연호} 시대, 1990년대의 스파이더스?

아무렴 어때, 이야기를 이어가자.

내가 처음으로 듣게 된 스가시카오의 앨범은 1997년에 발매된 CD《클로버_{Clover}》다. 이 앨범은 그의 데뷔 앨범인데 집에 있는 디스크에는 '견본판'이라는 도장이 찍혀 있다. 레코드 회사에서 집으로 보내온 것이라는 기억이 나는데 어째서 이 CD를 집으로 보내왔는지는 알 수 없다. 견본판을 보내는 경우는 그다지 없는데 말이다. 어찌되었건 그런 이유로 나는 데뷔 때부터 쭉 이 사람의 음악을 시계열적_{時系列的}으로 들어온 셈이다. 아무튼 나는 그때까지 스가시카오라는 이름을 들어본 적도 본 적도 없었고 '왠지 이상야릇한 이름의 가수구나' 하는 생각을 하며 별 기대도 하지 않고 그 CD를 틀어보았다. 뭔가 다른 일을 하면서 틈틈이 듣고 있었는데 들려오는 음악의 신선함에 정신이 번쩍 들었다. 스피커 앞에 앉아 자세를 바로 하고 다시 한 번 처음부터 들어보았다. 그리고 '이건 나쁘지 않은데……' 하고 새삼스럽게 생각했다.

앨범 중에서 특히 〈달과 나이프_{月とナイフ}〉와 〈황금의 달_{黄金}〈_{の月}〉이라는 곡이 개인적으로 마음에 들었다. 그 외의 다른 트랙들도 나쁘지 않았다. 시종일관 비통하며 어두운 정취를 지난 〈괴롭혀보고 싶어イジメテミタイ〉라는 곡도 근사했고 〈두 근거려ドキドキしちゃう〉와 〈히트차트를 앞질러라ヒットチャートをかけぬけろ〉의 끈적거리지 않는 상큼한 매력도 그럴듯했다. 하지만 〈달과 나이프〉와 〈황금의 달〉이라는 두 곡이 나로서는 특히 인상에 남았다. 이 CD는 몇 번이나 되풀이해 들었고 그 결과 스가시카오라는 이상한 이름은 내 머리에 단단히 입력되게 되었다.

　굳이 설명할 필요는 없으리라 생각하지만 "스가시카오? 그런 사람은 몰라요. CD는 독일 그라모폰Deutsche Grammophon에서 나왔나요?"라고 할 듯한 사람을 위해 일단 밝혀두자면 스가시카오는 소위 말하는 싱어 송 라이터이다. 거의 모든 곡의 작사·작곡을 스스로 하고 몇 종류의 악기를 연주하고 제작도 직접 한다(공동 작업을 하는 경우도 있다). 이만큼 자신의 음악을 구석구석까지 직접 관리하고 있는 사람은 그다지 많지 않을 것이다. 그러니까 스가시카오라는 사람이 지니는 다양한 분야가 유기적으로 어우러져 하나의 종합적인, 개인적인 음악 세계가 성립되어 있는 것이다. 요컨대 '들어보면 알고 듣지 않고는 알 수 없다'는 **일단**─團의 세계다. 그러나 그런 원리주의적인 정론을 펼치기 시작하면 음악에 관한 글을 쓰는 것이 거의 불가능해지니 여기에서는 일단 편의적으로 분야 하나하나를 나누어 개별적으로 살펴보고자 한다.

스가시카오의 음악을 처음 들었을 때 무엇보다도 인상 깊었던 건 멜로디 라인의 독자성이었다. 그의 멜로디 라인은 다른 누가 만들어내는 멜로디 라인과도 다르다. 조금이라도 그의 음악을 들어본 사람이라면 멜로디를 한 번 듣고는 '아, 이건 스가시카오의 음악이구나' 하고 알 수 있을 것이다. 이러한 고유성은 음악에 있어서 커다란 의미를 지니는 것이라고 나는 생각한다. 악보를 입수하지 못했기에 여기에서 구체적인 예를 들어 제시할 수는 없지만 아마도 코드의 선택이나 진행법에는 이 사람에게서만 볼 수 있는 특징이 있는 게 아닐까 싶다. 그런 점은 폴 매카트니라든지 스티비 원더Stevie Wonder의 소리 만들기와 얼마간 상통하는 면이 있을지도 모르겠다. 폴 매카트니라든지 스티비 원더의 음악이란(브라이언 윌슨을 포함해도 될 것 같지만) 조금 들어보면 "이건 폴이구나", "이건 스티비다"하고 금세 알 수 있지 않은가. 그러니까 그들의 음악에는 멜로디 라인이든지 코드의 진행법에 개인적인 특징 같은 것이 담겨 있어 그것이 마치 그들의 기호 같은 역할을 하고 있는 셈이다.

그 결과 한 트랙 중에 잘하면 한두 군데 정도 "어!" 하는 느낌이 드는 고유의 음악적 비틀림(긴장감)이 만들어지게 된다.

이러한 비틀림은 뛰어난 음악에 있어서는 불가결한 것이리라. 그리고 그것은 때로 듣는 이의 신경계에 일종의 마약 같은 효과를 낸다. 모차르트의 어떤 종류의 전조轉調도 그렇고, 전설적인 재즈피아니스트 에롤 가너Erroll Garner의 비하인드 더 비트behind the beat, 기본 비트보다 약간 느슨한 느낌으로 비트를 맞추는 방법의 블록 코드block chord, 피아노 및 키보드 주법의 하나. 양손의 손가락을 동시에 사용하여 4성부 이상의 코드를 연속적으로 연주하는 것도 그렇다. 그러한 **그 사람에게서만** 맛볼 수 있는 기분 좋은 정취에 일단 익숙해지면 좀처럼 거기에서 벗어날 수 없어진다. 비속한 표현을 빌리자면 마약을 파는 이가 손님에게 주사를 한 대 놓고 나서 "어때? 젊은이, 기분 좋지? 약기운이 돌지? 다음에 또 돈 가지고 와" 하는 것 같은 얘기가 되고 만다.

여담이긴 하지만 음악뿐만 아니라 글의 세계에서도 이러한 두드러지는 비틀림이 중요한 역할을 하는 경우가 많다. 만일 글의 구석구석에 그 작가가 가지고 있는 마약적인 기호 같은 것을 자유롭게 단편적으로 혹은 직접 부여할 수 있다면, 그러니깐 다른 누구도 흉내 낼 수 없는 '문체'를 구사해 낼 수 있다면, 그 작가는 적어도 10년 정도는 그것으로 밥을 먹고 살 수 있을 것이다. 물론 그와 같은 기교에만 안이하게 의존한다면 직업적인 한계는 머지않아 찾아오겠지만 말이다.

그리고 음악적인 얘기를 하자면 스가시카오는 편곡도 탁월하다(앨범 같은 데에 명기되어 있는 이름을 보더라도 대체로 본인이 편곡을 한다는 것을 알 수 있다). 리듬감이 좋아 몸으로 자연스럽게 로큰롤하고 있다는 느낌이 든다. 악기 편성은 단순하며 복잡한 편곡이나 새로운 방향성은 느껴지지 않지만 그 대신 비트를 위주로 한 방식이 한껏 눈에 들어온다. 어딘지 모르게 치커치커하며 부커 티 앤드 디 엠지스Booker T & the MG's를 연상케 하는 시원시원한 리듬, 디스토션distortion, 재생음의 일그러짐 현상. 예전에는 잡음의 일종으로 취급했지만, 일렉트릭 기타 연주에서는 표현 방식의 일부로 이용하기도 한다을 이용한 와우와우 계통의 기타(와우 페달wahwah pedal이라는 걸 발로 밟으면 밟을 때마다 와우~ 와우~하는 소리가 난다), 정말 멋지다. 그리고 느린 곡이어도 질질 끌며 '가요 방향'으로 미끄러지지 않는다. 일본의 대중음악을 듣다가 종종 짜증이 나는 것은, 특히 느린 곡이 되면 늘어진 소리와 소리 사이에 가요적인 '미묘하고도 장식적인 한가락'이—어떤 경우에는 무음의 여운으로—들어가 버리는 점이다. 나로서는 이걸 생리적으로 견뎌내기 힘들다. 하지만 스가시카오의 음악은 그런 괴로움을 능숙하고 자연스럽게 피하고 있다. 그 점이 나로서는 무엇보다도 고맙다.

이야기가 조금 엇나가는데, 나는 예전에 어느 미국인의 집

에서 미소라 히바리美空ひばり, 일본의 전설적인 국민가수가 부르는 재즈 스탠더드 곡을 듣게 된 일이 있었다. 그들은 내게 가수를 알려주지 않고 그 음악을 들려주었다. '누군지는 모르겠지만 제법 안정감 있고 실력 있는 가수구나' 하고 생각했는데 몇 곡 듣는 사이에 그 '숨은 한 가락'이 점점 귀에 들려와 아니나 다를까 결국 질리고 말았다. 재즈 스탠더드를 빈틈없이 자기 나름대로 노래해내는 미소라 히바라라는 가수의 실력에는 감탄했지만 그것은 '재즈'와는 조금 다른 차원에서 성립된 음악이었다. 물론 그런 음악의 존재 의미나 가치를 부정하는 것은 절대 아니다.

이야기를 스가시카오의 음악으로 되돌리자. 지극히 개인적인 생각을 솔직히 얘기하자면 일본의 대중음악을 듣다 보면 그 가사의 내용과 '문체'에 염증이 나는 까닭에 음악 자체를 내던지는 경우가 제법 된다. 어쩌다 텔레비전 연속극 같은 걸 보게 되면 경박한 느낌을 주는 등장인물의 대사에 견디다 못해 곧바로 전원을 꺼버리는 일이 있는데, 그런 상황과 어느 정도 닮아 있다. 나는 온갖 J-POP의 가사라든지 텔레비전 연속극의 대사라든지 아사히, 요미우리를 비롯한 신문의 기사 문체 같은 것은 일종의 '제도 언어'라고 늘 인식하고 있다(물론 전부가 그렇다고 못 박는 것은 아니다. 대부분이 그렇다는 얘기다). 그러므로 그것들을 정면으로부터 문제삼아 일일이 비판할 마음도 없고, 또 비판한다 해도 의미는 없을 것이라고 생각한다. 그것들은 어디까지나 관계자 간의 결정과 양해에 의해서 성립되어 있는 하나의 제도이며, 제도라는 축과의 상관관계에 의하지 않고는 비평할 수 없는 것, 비평할 도리가 없는 것이다. 그러니까 자립된 텍스트로써 비평하기란 거의 불가능에 가깝다. 더 단순하게 이야기하자면, 관계자들끼리는 자명한 일로 수용되지만 그렇지 않은 사람에게는 "잘 모르겠는데" 하는 세계다. 시장의 규모는 거대하나 그럼에도 불구하고 질적으로는 국지적인, 이상하게 꼬인 세계다.

하지만 스가시카오가 써내는 가사는 다른 공간에서 만들어진 것 같은 느낌이 든다. 그러니까 "대충 이런 거겠죠" 같은 제도적인 **의존성**이 희박하다는 얘기다. 그렇기에 나처럼 제도와는 관계없는 중립적인 지점에서 귀를 기울이고 있어도 기본적으로는 자립된 공평한 텍스트로써 그것을 받아들일 수 있게 되는 것이다. 그런 점도 나로서는 고마운 것 중의 하나다. 물론 '스가시카오가 써내는 가사는 모두 훌륭하다'는 얘기는 아니다. 물론 곡에 따라 잘 된 것도 있고 그렇지 않은 것도 있다. 왠지 확 와 닿지 않는 가사도 있을 것이다. 그건 당연한 것이다. 단지 내가 말하고 싶은 것은 '스가시카오가 써내는 가사는 스가시카오가 써내는 개인적인 작품으로서 일단 수용할 수 있다'는 얘기다. 당연한 얘기지만 먼저 그러한 수용 과정이 있고 거기에서부터 개개의 평가가 시작되는 것이다.

예를 들어 데뷔 앨범에 수록되어 있는 〈황금의 달〉의 가사를 읽어보았으면 한다.

내 정열은 이젠, 흘렸을 눈물보다
차가워져 버렸다.
어떤 사람보다도 능숙하게 나 자신을 속이는
힘을 가지게 되었다.

소중한 말을 하려고 몇 번이나
들이쉰 숨은 가슴 중간에서 걸리고 말았다.
어떤 말로 너에게 전하면 될까
내뱉은 목소리는 언제나 중간에서 걸리고 말았다.
어느덧 우리는 한여름의 오후를 지나치고
어둠을 짊어지고 말았다.
그 희미한 불빛 속에서 더듬거리며

모든 것을 잘 해보려 했다.

　한눈에 알 수 있듯이 결코 유려한 가사는 아니다. 오히려 상당히 딱딱하고, 쉽게 멜로디에 실을 수 있는 가사도 아니다. 밥 딜런이나 브루스 스프링스틴이 만드는 노래처럼 있는 힘을 다해 빡빡하게 정보나 메시지가 채워져 있는 분위기도 없다. 그렇다고 청취자 친화적인 종류의 가사도 결코 아니다. 언어의 사용도 다소 강인한 느낌이 든다. 어딘지 모르게 예전의 냉소적인 비트닉beatnik, 비트 세대 또는 그 비트 세대를 다시 세분하여 혁명가의 기질을 지닌 힙스터와 방랑자의 기질을 지닌 비트닉으로 구분할 때 사용한다의 분위기도 느껴지지만 그렇다고 해서 구닥다리라는 인상은 들지 않는다. 어쨌든 꽤 특징적인 '문체'다. 예를 들어 첫 구절 같은 걸 지극히 일반적인 싱어 송 라이터가 이 내용에 따라 가사를 쓴다면,

　　내 정열은 **이젠**, 홀린 눈물보다
　　차가워져 버리고 말았다.
　　누구보다도 능숙하게 **자신을 속이는**
　　힘을 가지게 되었다.
　　(굵은 서체 필자 표시)

위와 같이 될지도 모른다. 이쪽이 훨씬 멜로디에 신기 쉽고 듣는 입장에서도 글의 의미를 파악하기 쉬울 것이다. 그러나 비교해보면 알 수 있듯이 이런 식으로 언어를 깔끔하게 고르게 되면 스가시카오적인 세계의 풍경은 크게 바뀌고 만다. 미묘하게 거친 문체, 세세한 자기주장, 눈에 띄는 특징이 이 사람의 가사가 지닌 멋이다. 시적이라기보다는 오히려 산문적인 이미지가 강할지도 모른다. 이런 다소 뼈대가 없는 것 같은 느낌이 드는 가사가 힘껏 멜로디에 실리게 되면 거기에는 독특한 착지감이 생겨나게 된다. '힘껏'이라는 표현을 썼으나 그것이 멜로디와 가사가 싸우고 있다는 것을 의미하는 건 아니다. 어느 정도 거친 협상 같은 것이 오갔음을 알 수 있는 흔적이 있다는 정도의 의미다. 적어도 그것은 오른쪽 귀에서 왼쪽 귀로 빠져나가는 듯한, 단지 안정된 가사를 위한 가사는 아니다. 내게는 그처럼 시간이 걸린 거친 협상이 그의 가사에 '든든한' 질감을 가져다주고 있는 것처럼 느껴진다.

스가시카오가 써내는 가사의 또 다른 커다란 특징은 거기에 생리적·촉감적인 표현이 지극히 많다는 것이다. 예를 들어 '어둠을 짊어지고 말았다'라든지 '그 희미한 불빛 속에서 더듬거리며' 같은 구절은 전형적인 스가시카오의 세계의 모습이다. 초점을 더욱 좁힌다면 '어둠'이라든지 '더듬다' 같은 용어가 이 사람의 세계에서는 중요한 역할을 하게 된다. 그는 자신의 몸 안에 그러한 몇 개의 상황언어를 가지고 있는 듯하다. 그런 인상을 받는다.

좁은 방, 시큼한 공기, 비린내, 얼얼한 덩어리, 자포자기적인 심정, 근질근질한 느낌, 젖은 구두, 타성적인 성교……. 그 외에도 몇 가지 예를 들어보자.

저녁나절까지 자고 말았지
나른한 몸을 일으켰네.
바로 가까이까지 다가오고 있는
얕은 밤의 냄새

—〈여름 축제夏祭り〉

옆방에서 잠들어 있는
아버지를 깨우러 가는데
덧문이 모두 잠겨 있어
어디에 있는지도 모르겠다
나 대신 누가 깨워주면 좋으련만

어둡다 어둡다 밤의 어두움보다 어둡다

　　　　　　　—〈일요일의 오후日曜日の午後〉

잠들어 있는 사이에 살며시
눅눅한 공기가 흩날리며 내려앉아
일주일 동안 비가 이어졌다.
기분이 울적해 쭉 방에 있었다.

혀가 짧은 여자가 키스를 해와
더 우울해졌다

　　　　　　　—〈권태/우울たいくつ/ゆううつ〉

　거기에 제시되어 있는 건 쉽사리 빠져나갈 수 없는 세계
다. 같은 곳을 언제까지고 빙글빙글 맴도는 세계다. 그런 세
계의 양상에 주인공은 염증이 난 것인데 출구는 쉽사리 보이
지 않는다. 아니면, 출구는 바로 가까이에 보이지만 일어나
서 거기로부터 나갈 기분이 도무지 들지 않는 것이다. 바깥
에 나가기는 왠지 귀찮다. 또 생각을 달리해 나가본들 그곳
에서 그가 발견하는 것은 이곳과 별다를 바 없는 세계일지도
모른다. 거기에서도 역시 모든 것이 빙글빙글 같은 곳을 맴

돌고 있을지도 모른다. 그런 이유로 주인공은 일단 지금 여기에 있는 좁은 장소에 머물며 눅눅한 주변의 사물을 만지면서 자신이 아직 실재하고 있다는 것을 확인하는 것 말고는 달리 할 일이 없다. 그리고 현실적인 행동이 한정되어 있으니만큼, 그리고 일광이 부족하니만큼, 사고는 비교적 맥없이 관념적인 굴속으로 쑥 들어가 버리게 된다.

관념적―이 사람이 써내는 가사에는 생경하고 관념적인 말이 빈번하게 얼굴을 드러낸다. 예를 들어 '성교'라는 말이 나온다. 이런 직접적이며 즉물적인 말을 느닷없이 노래 속에 인용하는 가수(작사가)는 적어도 주류 세계에는 없지 않을까 싶다. 그리고 '가미神'라는 말이 종종 등장한다. 일본어의 가사에 '가미'가 쓰인 예는 내가 아는 한 극히 드물다. '가미사마神様 신의 높임말'라는 표현은 이따금씩 사용되는 경우가 있다. 여기에는 지면地面에 가깝다고 할까, 보다 일상적인 감각이 있다. '하느님, 부처님, 이나오님일본 프로야구의 전설적인 투수 이나오 가즈히사를 말한다. 1958년 일본시리즈 역사상 처음으로 리버스 스윕을 이끌어 이와 같은 찬사를 받았다'(무척 고루한 표현이지만)처럼 말이다. 그러나 '가미'라는 표현은 '가미사마'보다는 훨씬 관념적이며 좀 더 서구적이다. 거기에는 엄격하고 절대적인 음감이 존재한다. 아니면 이 사람은 실제로 종교적인 메시지 같은 것을 거기에 달고 있는지도 모른다. 그럴 가능성은 물론 없지 않다. 그러나 전후 문맥을 살펴보면 그러한 종교적인 분위기가 내게는 느껴지지 않는다.

작가는 아마도 '가미'라는 말을 인용하는 것으로 주인공이 직면해 있는 억압적인 상황을 간단하게 소거해 버리는 '절대자' 같은 것을 거기에 일단 가설로 세우고 있는 것은 아닐까? 내게는 그렇게 느껴진다. 소위 말하는 데우스 엑스 마키나 deus ex machina, 고대 그리스 연극에서 쓰인 극작술. 기중기와 같은 것을 이용해 공중에서 갑자기 나타난 신이 위급하고 복잡한 사건을 해결하는 방법처럼 그리스극의 마지막에 장치를 타고 천장에서 내려와 "알았어. 내게 맡겨두라고" 하는 느낌으로 거기에 실존하는 모든 현안을 일거에 해결해 주는 신이다.

> 달이 떠 있으면 좋으련만
> 암흑 속에서 헤매는 건 이제 싫다.
> 바다에 투영된 달의 길 따라가면 신에게 다가갈 수 있다.
> ─〈Thank You〉

> 창문을 열어둔 채 잠들어버린 탓에
> 내 몸에 많은 불행이 붙었다.

네 왼손에, 너를 떠맡고 있는

신의 힘으로 이 부조리를 없애줘.

———〈서비스 쿠폰サービス・クーポン〉

  그러나 얽힌 실을 풀어주는 것은, 주인공이 놓인 폐쇄된
상황을 해결해 주는 것은, '신'만이 아니다. '신'이라면 그렇
게 간단하게 내 사정에 맞추어 모습을 드러내주지는 않을 테
니 말이다. 그렇기에 어떤 때에는 '어디에서라도 비교적 간
단하게 손에 넣을 수 있는' 강력한 독약이 그 역할을 대신해
준다. 신과 독약———스가시카오적인 세계에서 이 두 가지 해결
책은 거의 등가로 병존해 있는 듯이 보인다.

  방금 전까지 부엌에서

  제자리를 맴돌던 문제는

  이 강력한 독약으로

  씻겨 내려갔다.

  최근에 우리가 안고 있는 문제 몇 가지는

  이런 식으로 해결되어 버린다.

오늘 아침에도 현관에 희미한

냄새만 남아 있어.

온 방 안을 오염시키지 않도록

한 병을 모조리 쓰고 왔네.

　　　　　　　　—⟨폭탄 주스バクダン・ジュース⟩

　한정된 좁은 공간, 폐쇄되기 시작한 장소 내에 미끈거리는 독특한 생리감각이 있고, 다른 한편에는 거기로부터 느닷없이 저쪽으로 꿰뚫고 나가는 듯한 어안이 벙벙해지는 관념성이 있다. 반대 방향인 그 둘의 감각이 미묘한 공시성을 유지하며 부드러운 혼돈 같은 것을 탄생시키게 된다. '포스트 옴진리교적'이라 할까, 다소 이야기가 위태로워지지만 거기에 존재하는 것은 분명히 1995년 이후가 아니고는 통하기 힘든 막연한 '카타스트로피catastrophe, 비참하고 불운한 불의의 변이 또는 파국에 대한 동경'이 아닐까 하는 기분이 들지 않는 것도 아니다. 그러나 스가시카오의 음악 세계는 결코 부정적인 자기 파괴의 방향을 지향하는 것은 아닌 듯하다. 뭐랄까, 오히려 그의 음악에는 불가사의하게 밝은 강인함, 현세적인 내구력, 혹은 상황에 맞추어 행동하는 힘 같은 것이 엿보인다. 바꿔 말하면 그의 음악은 그 카타스트로피에 대한 동경 같은 억압

적인 '기분'을 당당하게 타당한 틀 안에서 현명하게 연소시켜 나가는 것이다. 즉, 현실에 대해 일단 회의적인 태도를 가지고 그 회의를 다시 회의하는 것으로 다시 현실로 돌아가는 것처럼 말이다. '머리가 깨질 듯이 더워 / 미트소스를 먹었다'(《미트소스ミートソース》)처럼, '수수께끼 단지를 사지 않아 다행이라고 / 모두 말했지만 잘만 하면 영어도 지껄일 수 있고……'(《Go! Go!》)처럼 말이다.

  그런 이유로 나는 자동차 핸들을 잡고 도메이 고속도로의 익숙한 풍경을 딱히 바라볼 생각도 없이 바라보며, 아니면 오다하라-아쓰기 도로의 어딘가에 잠복해 있을 순찰차에 주의를 기울이며, 차 안의 스피커에서 흘러나오는 스가시카오의 노래 가사에 나도 모르게 귀를 기울이게 된다. 이런 게 제법 습관화되어버린다고 할까, 중독성을 띠게 되는 것이다. 어쩌면 나도 "어때? 젊은이, 좋지? 뭔가 느낌이 오지?" 같은 세계에 발을 들여놓게 되었는지도 모르겠다.

  그렇게 나는 스가시카오의 음악을 개인적으로 **남몰래 살짝** 좋아해왔는데, 그가 어떤 경력을 가진 사람이고 실제로 어떤 활동을 하고 있는지에 대한 지식 같은 건 거의 없다시피 했다. 어느 정도 인기가 있고 어느 정도 CD가 팔리고 있는지 그런 것도 전혀 알지 못했다. 각별히 알고 싶다는 생각도 하지 않았고 굳이 알 필요도 없었다. 그러던 어느 날 작업실에 그의 CD를 놓아두었더니 조수인 여자아이(배꼽노출형)가 "어머, 하루키 씨, 스가시카오를 듣네요"라고 하기에 "스가시카오를 아니?"라고 물었더니 "무슨 말이에요? 스가시카오를 모르는 사람이 이 세상에 어디 있어요? 유명하잖아요"라고 했다. 시험 삼아 다른 조수에게도 물어보았더니 하나같이 "스가시카오 말인가요? 알지요. 당연하잖아요. 팬이에요" 하는 의견이었다. FM 방송의 심야프로그램에서 DJ를 맡고 있어 그 프로그램을 듣고 있는 사람도 제법 많았다. 흠, 그렇게 유명하구나. 나는 세상의 흐름에 대개 둔한 편이고 라디오는 거의 듣지 않고(대개 밤 10시 이전에는 잠드는 탓에) 텔레비전은 영화와 스포츠 중계와 정시 뉴스만 볼 뿐이니 그런 방면의 지식이 전혀 들어오지 않는다. 나로서는 스가시카오라는 사람은, 세상의 지명도는 그다지 높지 않지만 나는 개인적으로 제법 좋아한다는, 그런 친밀한 상황을 내 멋대로 설정했는데 그것은 상당히 큰 오류였던 것 같다.

이 원고를 쓰기에 앞서 그에 대한 약간의 지식은 머리에 넣어두어야겠다는 생각이 들어 인터넷을 검색해 스가시카오에 대한 기사를 조사해 보았다. 공식 홈페이지에 실린 기

사에 의하면, 1998년 중반 두 번째 앨범인 《패밀리Family》가 발매되었을 무렵, 다섯 번째 싱글 〈스토리ストーリー〉가 전국 FM 차트에서 1위를 기록. 겐토샤분코 이미지 캐릭터로 전국 서점에 포스터가 부착되다. 《안안an·an》 98년판 독자가 뽑는 '좋아하는 남자, 싫어하는 남자'에 등장. 서서히 중핵적인 음악 팬들로부터 일반인들에게로 인지도가 확산되어 가다. 이런 상황인 모양이다. 그러니까 나는 초기 1년 정도는 일단 '중핵적인 팬'의 한 사람이었는데 마침내는 '일반'이라는 소용돌이 속으로 어쩔 수 없이 흡수되고 말았다는 얘기다. 그 것도 할 수 없는 일이다. 하지만 생각해보면 그만큼 스가시 카오적인 '기운'이 급속하게, 그리고 폭넓게 세상에 수용될 정도의 소지가 사회에 이미 당당하게 마련되어 있었다는 얘기도 될 것이다. 부드러운 혼돈, 어이가 없어질 정도의 자명한 진저리, 국소적인 카타스트로피에 대한 예감, 건전한 자학, 명랑한 과격주의……. 아마도 이러한 '기운'은, 해를 거듭할수록 경기가 팽창했던 버블시대에는, 눈에 띄는 흐름으로 존재하지 않았을 것이다.

마지막으로 내가 가장 좋아하는 가사를 적어두겠다.

익숙하지 않은 양복과 지독하게 퍼붓는 비로

왠지 지치고 말았다.

식에서 돌아오는 길에 누군가 말을 꺼내
어두침침한 중국집에 들어갔다.

"이봐, 요새 일은 잘 되어가?"
잘 되어가지는 않지만.

젖은 구두 속이 마를 때까지
우리는 아무래도 상관없다, 말을 이어나갔다.

거리에 접해 있는 유리창이 뿌옇게 흐려
아련하게 세상을 감추었다.

어젯밤도 작년 이맘때도
비슷한 얘기를 하고 있었는지도……

— 〈젖은 구두濡れた靴〉

이런 것이야말로 스가시카오적인 세계라는 생각이 든다.
멋지다. 노래를 듣고 있으니 정경이 눈앞에 펼쳐진다. 어디에서나 볼 수 있는, 아무것도 아닌 정경이지만 '어쩌면 아무것도 아닐지도 모른다'는 불가사의한 리얼리티가 문득 느껴진다. 구두 속의 젖은 감촉과 흐린 유리창의 나른함이 어떤 예감처럼, 혹은 이미 일어난 일의(그러나 왠지 상실되어 버린) 기억처럼 피부에 와 닿는다. 알기 쉽고 분명한 산문적인 말로 이야기하는 부드러운 과격주의 같은 것이 분명히 거기에 존재한다.

　그 세계에는 유효한 출구 같은 것이 있을까.

　나는 모르겠다. 일단 '젖은 구두 속이 마를 때까지' 말을 이어 나갈 수밖에 없을 것이다.

하루키가 애청하는
스가시카오의 앨범

Smile(AUCK 11001)

クライマックス(AUCK 19004)

프랑시스 풀랭크

상쾌한 일요일 아침,
풀랭크를 듣는 행복

"상쾌한 일요일 아침, 커다란 진공관 앰프가 따뜻해지기를 기다리며 천천히 턴테이블에 풀랭크의 피아노곡이나 가곡 LP를 얹는다. 이런 게 역시 인생에 있어서 하나의 행복이라고 할 수 있을 것이다."

프랑시스 풀랭크Francis Poulenc

1899년~1963년. 프랑스 파리 태생. 스페인의 피아노 연주자 비녜스Ricardo Vines를 사사했다. 1920년대 전반에 '6인조Les Six'의 한 사람으로 활동했다. 기욤 아폴리네르Guillaume Apollinaire, 폴 엘뤼아르Paul Eluard 등의 시를 가곡으로 작곡했으며, 그 외에도 종교곡을 비롯해 피아노곡, 실내악곡, 발레음악, 오페라 등을 남겼다.

분명 1988년 봄이었다. 나는 한 달가량 런던에서 혼자 살았던 적이 있다. 한 달 동안 차를 빌릴 수 있는 렌터카 회사 애비로드 근처의 작은 아파트에서 열심히 소설의 마무리 작업에 몰두해 있었다. 《댄스 댄스 댄스》라는 장편소설이었다. 벌써 15년도 더 된 오래전 일이다. 왠지 얼마 되지 않은 듯한 기분이 드는데 아마 나이를 먹었다는 증거일 것이다.

런던이라는 도시는 아무튼 클래식 음악을 듣기에 이상적인 장소다. 선택지가 충실하고 매일매일 어딘가에서 들을 가치가 있는 연주회가 열린다. 물론 이 점은 뉴욕도 마찬가지여서 많은 연주회장이 있고 세계 각국으로부터 찾아든 유명한 음악가의 연주회가 밀치락달치락 늘어서 있다. 그런데 맨

해튼 한복판에 있다 보면 클래식 음악 콘서트에 갈 의욕이 그다지 생기지 않는다. 물론 이는 나만의 개인적인 느낌에 지나지 않을지도 모른다. 하지만 언제나 앞으로 고꾸라질 듯이 바삐 움직이는 뉴욕 거리의 자극적인 분위기에 비해 런던에는 '무슨 일이 생겨도 흔들리지 않는다'는 듯한 분위기가 느껴진다. 그리고 그런 공기를 일상적으로 마시다 보면 일단 산책 삼아(라고나 할까) 콘서트에 가보고 싶어진다.

콘서트홀에서 보게 되는 관객층도 런던과 뉴욕은 그 성격이 꽤 다른 것 같다. 뉴욕의 청중은 런던의 청중에 비해 왠지 지적으로 모난 구석이 있다. 뭐랄까, 열심이라고나 할까, 양미간을 다소 찌푸리고 있다. 런던의 청중은 좀 더 이완되어 있다. 어딘지 모르게 '어차피 어제의 연속이 오늘이고 오늘의 연속이 내일이니까⋯⋯' 같은 분위기가 감돈다. 같은 프로그램을 들어도 뉴욕과 런던에서는 소리의 울림이 다르고 연주자와 청중의 어깨에 힘이 들어간 정도도 다른 듯하다.

프랑스와 이탈리아의 도시도 음악을 듣는 데에 있어서는 런던에 뒤지지 않을 정도로 훌륭한 환경이다. 그러나 안타깝게도 기능적으로는 다소 불편한 면이 있다. 티켓 한 장 사는 것도 런던 쪽이 훨씬 수월하고 간편하다. 지금은 어떤지 잘 모르겠지만 당시 이탈리아에서는 콘서트 티켓을 사기가 대개의 경우 매우 힘든 일이었다. 비가 오건, 눈이 오건, 아침 일찍부터 극장 앞에 줄을 서야 했다. 런던에서는 그런 일이 전혀 없다. 마을 정보지의 페이지를 넘기다 보고 싶은 콘서트가 있으면 곧바로 전화로 좌석을 예약한다. 신용카드 번호를 알려준다. 어지간히 인기 있는 연주가의 콘서트가 아닌 다음에야 별 문제없이 예약할 수 있다. 가격도 매우 합리적이다. 이탈리아에서 온 나는 이렇게 편안하게 즐겨도 되는가 하고 켕길 지경이었다.

그런 이유로 런던에 머물렀던 그 한 달 동안 최선을 다해 콘서트에 다녔다. 풀 오케스트라에서 실내악, 기악, 오페라, 발레에 이르기까지 재미있을 것 같은 게 있으면 닥치는 대로 찾아다녔다. 아침에 일찍 일어나 집중해 소설을 쓰고 지치면 오후에는 산책을 하고 찻집에서 홍차를 마시면서 독서를 하고 날이 저물면 윗도리를 걸치고 음악을 들으러 갔다. 그 시기의 가장 큰 수확은 역시 벤자민 브리튼Benjamin Britten의 오페라 〈빌리 버드Billy Budd〉였다(내셔널 오페라. 토머스 알랜Thomas Allen이 타이틀 롤title role, 연극·영화·오페라 등에서 주인공을 맡는 일을 맡았다.) 어두운 줄거리의 무척 무거운 오페라였는데 한 발자국도 뒤로 물러나지 않겠다는 영국적인 확신 같은 것이 무대에 충만해 있었다. 그런 부분이 힘찬 설득력을 가지고 있어 감동적이었다.

그리고 지금도 선명하게 기억하고 있는 것은, 일요일 아침에 들었던 장 필립 콜라르Jean-Philippe Collard(피아노)의 연주회였다. 이는 전곡이 풀랭크의 작품이었다. 그리고 클래식 음악은 아니지만 작은 나이트클럽에서 멋진 노래와 연주를 들려준 블로섬 디어리Blossom Dearie(그녀가 지금처럼 인기를 끌기 전의 일이다)였다.

그럼 프랑시스 풀랭크의 연주회 이야기를 해보자. 마을 정보지에 그 연주회의 안내가 실려 있는 것을 보고 '또 일요일 아침에 하는 건가?' 하고 다소 의아해하면서도, 나는 풀랭크의 음악을 옛날부터 워낙 좋아했으므로 놓칠 수도 없는 노릇이었다. 이 연주회는 콘서트홀이 아닌 오래된 석조 건물 안의 아담한 공간에서 열렸다. 잘 기억하지는 못하지만 아마 영불英佛교류협회라든지 그런 종류의 단체가 주최하는 정기적인 행사의 일환이었던 것 같다. 아무튼 매우 조촐한 평범하고 친밀한 행사였다. 4월의 일요일 아침, 햇살이 창문으로부터 조용히 스며들고 있었다. 그야말로 사교모임 같은 분위기 속에서 콜라르는 마치 물 만난 물고기처럼 거뜬히, 너무나도 유쾌한 듯이(그렇게 보였다), 풀랭크의 피아노곡을 연이어 연주해 나갔다. 연주 시간으로 본다면 조촐한 콘서트였지만 그것은 나에게 있어 다른 무엇과도 바꿀 수 없는 너무나도 행복한 한때였다. 풀랭크의 피아노곡은 이런 식으로 연주해 이런 식으로 들어야 하는 거구나 하고 절감했다. 커다란 콘서트홀에서 피아노로 풀랭크의 전곡을 연주했더라면 듣기에 상당히 힘들었을지도 모른다(들어본 적이 없으니 어디까지나 상상할 뿐이지만). 풀랭크가 아침에만 작곡 작업을 했다는 사실을 책에서 읽고 알게 된 것은 한참이 지난 뒤였다. 그는 일관되게 아침 햇살 속에서 음악을 만들었다. 그 얘기를 읽었을 때 '그렇구나, 역시 그랬구나' 하고 나는 충분히 납득했다. 그의 음악은 일요일 아침 공기에 그야말로 딱 어울리게 자연스럽게 녹아들어 있었다. 그와 연관 지어 말하기는 다소 마음에 걸리지만 사실 나도 아침에만 일을 한다. 대개 오전 4시부터 5시 사이에 일어나 10시쯤까지 책상에 앉아 집중해서 글을 쓴다. 해가 지면 어지간히 중요한 일이 있지 않고는 일절 작업을 하지 않는다. 내가 풀랭크의 음악에 끌리는 것은 어쩌면 그런 점인지도 모른다.

　프랑시스 풀랭크의 음악도 최근에는 제법 연주회에서 다루게 되었다. 그 결과 녹음 기회도 늘어나 나름대로 우수한 연주가 갖추어지기 시작했지만 음악 시장 전체로 본다면 아직 과소평가된 비주류에 속하는 작곡가다. 이거다, 하고 내

세울 만한 대표작이 없는 탓이겠지만 예를 들어 에릭 사티
Eric Satie, 1866년~1925년. 20세기 음악계의 이단적 존재라 불리는 프랑스의 작곡가에
비한다면 그의 지명도는 현저히 낮다. 음악적인 격조로는 풀
랭크 쪽이 사티보다 한참 위라는 느낌이 드는데 말이다. 시
험 삼아 마침 옆에 있던 《명곡 명반 300 NEW》(레코드 예술편,
1999년)이라는 책을 펼쳐보니 풀랭크의 곡은 단 한 곡도 선
정되어 있지 않았다. 베토벤이 서른아홉 곡, 모차르트가 마
흔 곡이나 선정되어 있는데 풀랭크의 이름은 흔적도 없다.
하기야 프랑수아 쿠프랭François Couperin의 이름도 실려 있지
않으니 풀랭크가 나오지 않는 것도 할 수 없나, 하는 생각도
들었지만 말이다. 따지고 보면 이 두 사람에게는 이렇다 할
인과관계도 없긴 하다.

내가 처음으로 풀랭크의 음악을 만나게 된 건 고등학교
시절 블라디미르 호로비츠의 엔젤판음반 회사인 HMV(현재의 EMI)
가 디스크 위에 홈을 새기는 천사를 로고로 사용하여 발매한 음반, 그리운 그 빨간
비닐판을 통해서였다. 호로비츠는 거기에서 〈파스토랄레
Pastorale〉와 〈토카타Toccata〉, 두 곡을 연주했다. 〈파스토랄레〉
는 1927년에, 〈토카타〉는 1928년에 작곡되었고, 호로비츠
가 이 두 곡을 녹음한 것은 1932년이었으니 그야말로 만들

어진 지 얼마 되지 않은 곡을 연주한 셈이다. 호로비츠가 태어난 해가 1904년이니 풀랑크가 다섯 살 연상이지만 일단은 동시대 사람이라고 해도 무관할 것이다. 아르투르 루빈스타인도 풀랑크의 작품을 적극적으로 동시대적인 것으로 채택해 연주했다. 그만큼 젊은 재인, 풀랑크의 이름은 당시 파리 사교계에서 주목을 받았고 높은 평가를 받았던 것이리라. 호로비츠나 루빈스타인이 풀랑크의 곡을 채택한 것은, 지금으로 말하자면, 이를 테면 '빌 에반스가 버트 바카락 곡을 연주하는 것' 같은 것이었는지도 모른다(그런 건 존재하지도 않지만). 일부 사교계 내에서이기는 했으나 당시에는 동시대적인 생동감 있는 오락으로 클래식 음악이 기능했던 것이다. 호로비츠가 연주한 이 두 곡은 시간으로 본다면 굉장히 짧은 것이지만(2분 12초와 1분 52초), 한 번 들으면 그대로 뇌리에 들러붙어 버릴 것 같은 어마어마한 연주다. 광기와 종이 한 장 차이라고 할 수 있을 것이다. 〈파스토랄레〉의 에테르 구름에 탄 듯한 영혼의 확신범적인 연주도 굉장하지만, 〈토카타〉의 연주에서 보여준 국소적인 맹렬한 회오리처럼 악마적이고 궤도에서 벗어난 듯한 피아노 연주 기법의 선회에는 그저 그자리에 넙죽 엎드릴 수밖에 없다. 열일곱 살이었던 나는 호로비츠가 연주한 이 두 곡으로 풀랑크의 세계로 빨려 들어가게 되었던 것이다. 지금 다시 들어보면 거기에 제시되어 있는 것은 '그야말로 풀랭크다운 음악 세계'라고는 도저히 말할 수 없는 것으로, 특수한 세계가 존재한다. 정신과 가벼움과 아이러니 같은 것은 말끔히 어딘가로 날아가 버리고 몸의 절반은 이미 저쪽 세계에 끌려 들어가기 시작하고 있다. 거기에 있는 것은 풀랭크의 음악을 환골탈태하여 만들어진, 오인할 수 없는 호로비츠적인 이야기다. 하기야 풀랭크의 음악을 듣고 '이거 굉장한데!' 하고 눈을 크게 뜰 만한 일이 있었던가.

호로비츠는 풀랭크의 음악에 호감을 가지며 개인적인 친교를 맺었고, 풀랭크는 호로비츠를 매우 뛰어난 실력을 가진 피아니스트로 높이 평가했던 듯하다(호로비츠에게 바치는 곡도 만든 바 있다). 그런 한편으로 호로비츠와 풀랭크의 음악 세계는 근본적으로 뭔가 잘 맞지 않는 면이 있었던 모양이다. 호로비츠는 자신의 고유한 이야기를 구축해내기 위해 효과적인 '소재'를 선택하는 데 있어서는 지극히 직감적이며 조심스러운 피아니스트였다. 그와 같은 맥락에서 본다면 아마도 궁극적으로는 풀랭크나 모리스 라벨Maurice Ravel, 1875년~1937년. 프랑스의 작곡가. 〈볼레로〉, 〈죽은 왕녀를 위한 파반느〉, 〈스페인 광시곡〉 등의 음악으로 유명하다이 그를 위한 좋은 소재가 될 수 없었던 게 아닐까. 실제로 전후의 호로비츠가 풀랭크의 음악을 열심히 선곡한 흔적은 찾아볼 수 없다. 어지간히 애를 쓰지 않고는(예를 들어 예전의 〈파스토랄레〉와 〈토카타〉에서 시도했던 것처럼), 그가 필요로 하는 다이나미즘을 그 어법으로부터 제대로 추출할 수 없다는 점이 초개인적 피아니스트인 호로비츠로 하여금 풀랭크의 음악에 대한 흥미를 점차로 잃게 한 것은 아닐까.

풀랭크도 호로비츠와는 다른 의미로 지극히 개인적인 성향을 보이는 음악가다. 타고난 도시인 답게 부자연스럽게 과장된 몸짓을 싫어하며 아이러니한 단순함을 존중한다. 아무것도 아닌 말의 이면에 숨겨진 부차성을 중요시 한다. 이러한 풀랭크 음악이 지니는 강도의 '풀랭크성'은, 호로비츠뿐만 아니라 많은 일반적인 피아니스트를 망설이게 하는 부분이 있는 듯하다. 그 증거로—물론 지금까지의 얘기지만—풀랭크를 적극적으로 채택해 연주하는 유명한 피아니스트는 그다지 볼 수 없었다. 앞서 진술한 루빈스타인도 풀랭크의 작품에 대해서는 '간소한 반찬'이라 할까, 감각적인 작은 요리라 할까, 그러니까 말하자면 아코르accord에서 쓸 만한 곡 정도의 역할밖에 부여하지 않은 듯이 보인다.

그 결과 풀랭크의 피아노 음악은 프랑스계 피아니스트, 혹은 그런 종류의 근대음악에 관심을 가지는 전문가의 니치

niche, 틈새, 빈틈을 뜻한다. 요즘에는 다른 사람들은 모르는 나만의 장소, 상품 등을 수식하는 말로 쓰인다 영역으로 탈바꿈해버린 듯한 인상이 든다. 물론 그건 그 나름대로 결코 나쁘지는 않다. 세상에는 그런 타입의 음악이 있어도 상관없다고 생각한다. 실제로 나도 런던에서의 일요일 날 아침 콜라르의 훌륭한 피아노 연주를 니치적으로 맘껏 향유한 바 있지만 솔직히 말해 그런 것만 듣는다면 역시 싫증이 나는 면이 있다. "풀랭크, 멋지군요. 그야말로 파리의 아침이네요" 같은 얘기를 하기란 쉬운 일이지만, 과연 그것만으로 충분한 것인가? 그런 에스프리에 젖어 있는 것에 언제까지나 머물러 있어도 되는 것일까 하는 의문이 (가끔이지만) 만추의 낙엽을 태우는 가느다란 연기처럼 내 마음에서 소리도 없이 슬그머니 생겨나는 것이다. 예전에 풀랭크의 음악을 소재로 호로비츠가 만들어낸 것 같은, 온 세상의 밥상을 뒤집어엎고 다니는 듯한, '굉장함'을 어딘가에서 다시 만날 수는 없는 것일까 하는 마음이 생겨난다. 풀랭크 자신이 그와 같은 음악의 양상을 추구했는지는 별개의 문제로 치고 말이다.

나는 지금 집에 파스칼 로제Pascal Roge, 에릭 파킨Eric Parkin, 가브리엘 타키노Gabriel Tacchino 등이 연주한 풀랭크의 피아노

곡으로 이루어진 레코드와 CD를 가지고 있어 때에 따라 제각기 즐겨 듣고 있다. 전체적으로 평가해 보면 로제의 것이 지금 시점에서는 가장 완성도가 높은 듯한 인상이 든다(내가 좋아하는 〈프랑스 모음곡French Suites〉은 타키노의 연주가 매우 훌륭하다는 생각이 들지만). 로제의 연주는 매우 꼼꼼하고 예민하다. 고르고 균형도 잘 잡혀 있다. 풀랭크적 분위기도 일관되게 확립되어 있다. 다른 피아니스트와는 격이 다르다는 느낌이 든다. 단, 정신을 빼앗길 정도의 압도적인 전개가 거기에는 없다.

없는 것을 내놓으라고 **생떼를 쓰는 거라고** 한다면 더 이상 할 말 없지만 모처럼 20세기의 '고전'으로 풀랭크의 음악이 살아 숨 쉬고 있는 것이니 다른 전문적인, 그리고 좀 더 야심적인—가능하다면 중량급의 피아니스트에 의해—그의 음악이 정면으로부터 의욕적으로 채택되어도 되지 않을까 하는 생각을 하게 된다. 풀랭크에게는 선배 격인 모리스 라벨의 음악이 프랑스계가 아닌 연주가에게도 적극적으로 채택되었고 그로 인해 점차로 상대화되어 되어 입체적이며 보편적인 음악상을 획득하게 되었듯이 말이다. 예를 들어…… 이보 포고렐리치Ivo Pogorelich라든지 우치다 미쓰코 같은 이가 풀랭크의 음악 세계에 과감히 도전해 주지는 않을까……. 개인적으로 마음에 들지는 모르지만 만일 그런 CD가 나온다면 어찌되었건 꼭 사서 들어보고 싶다는 생각이 든다. 도대체 어떠한 풀랭크의 음악이 거기에 출현할 것인가. 과연 밥상은 멋지게 뒤집어질 것인가.

한 가지 잊은 게 있다. 그렇게 쉽사리 잊어서는 안 되겠지만 그건 작곡가 자신의 연주가 몇 곡 남아 있다는 사실이다. 풀랭크는 뛰어난 피아니스트로 알려진 사람인데 1950년에는 몇 곡의 자작 피아노곡을 컬럼비아 레코드사에서 녹음했다. 〈세 개의 상동곡Mouvements Perpétuels I; II; III〉, 〈녹턴 D장조 Nocturne In D Major〉, 〈프랑스 모음곡Suite Française〉이 그것이다. 연주가로서 멋 부리는 것을 의식적으로 배제한 직선적인 연주인 듯하다. 듣고 있으면 제법 호감이 간다. 그러나 마음이 크게 움직인다든지, 뭔가 '과연 그렇구나' 하는 신선한 발견이 있는 건 아니다. 몇 차례 듣다 보면 너무나도 정석인 나머지 뭔가 부족한 느낌마저 든다. 이런 부분이 음악의 어려운 점이다. 너무 빗나가도 곤란하고 너무 정석이어도 곤란하다. 물론 작곡가가 자작을 연주한 역사적인 가치라는 것은 그 무엇과도 바꾸기 힘든 것이겠으나, 소설의 경우 '저자, 자작을 말하다' 하는 것과 마찬가지로 그 나름대로 골탕을 먹게 되는 부분도 있다. 원본(악보)과 해석이라는 것은 역시 다른 차원에서 성립하는 것이라는 사실을 이 연주를 들어보면 실감할 수 있다.

단, 이 CD에는 에마뉘엘 샤브리에Emmanuel Chabrier의 가곡도 수록되어 있는데 풀랭크가 이 두 곡에 붙인 반주는 매우 생동감 있으며 매력적이다. 노래는 오랜 동료인 바리톤 가수 피에르 베르나크Pierre Bernac가 불렀다.

나로서는 이대로 풀랭크가 남긴 피아노곡에 대해서 좀 더 파고들어 이런저런 이야기를 써보고 싶은 마음도 든다. 하지만 생각해보면 요즘 들어 클래식 음악에 관해서는 피아노곡 얘기만 하고 있는 것 같다(개인적으로 피아노를 좋아하니 할 수 없다고 하면 그뿐이겠지만). 그렇기에 이번 회에서는 되도록 피아노곡이 아닌 다른 악곡에 관해서 얘기하고자 한다. 특히 성악 작품에 관해서 말이다. 풀랭크가 남긴 실내악 작품의 아름다움이란! 그러나 독특함이라는 측면에서 생각해보면 성악 작품은 어디까지나 '풀랭크적'이고 풀랭크의 팬이라고 자칭하는 사람이라면 최종적으로는 이 영역에 착지하고 마는 것이 아닐까 하는 기분이 든다.

내가 애호하는 풀랭크의 성악곡의 하나로 〈가면무도회Le Bal Masque〉를 들 수 있다. 이 곡은 '세속적 칸타타'라고 작곡가가 칭하는 형식의 곡으로 실내 오케스트라(여덟 명에서 아홉 명 가량의 편성)를 배경으로 노래(바리톤, 가끔은 메조)가 들어간다. 예술의 후원자로 유명한 노아이유 백작 부인Anna de Noailles의 의뢰로 1923년에 작곡되었다. 당시 인기를 끌었던 유태계 시인인 막스 자코브Max Jacob의 쉬르레알리즘surrealism(초현실 주의)적인 시가 원본에는 인용되었다. 풀랭크는 생애를 통해 풀랭크가 아닌 다른 누구도 써내지 못하는 종류의 음악을 부지런히 써냈지만 이 〈가면무도회〉에는 그야말로 풀랭크적인 음악 세계가 한껏 전개되어 있다. 연주 시간은 20분 남짓. 소설로 말하자면 중편소설 정도의 규모로 들으면 들을수록 독특하고 매력적인 음악이다.

풀랭크의 음악은 그 전체를 부감俯瞰해보면 상당히 조울적인 경향을 가지고 있다는 걸 알 수 있다. 벌레스크burlesque, 자유로운 형식의 기교적인 악곡, 해학적 기분을 내포하고 있다적인 명랑함이 한없이 이어지는 음악이 존재하는 한편 무겁고 진지한 성향이 모습을 드러내고 있는 음악도 있다. 물론 그러한 양면성이 풀랭크 음악이 지니는 하나의 커다란 매력이 되는데 그것들을 보완하는 형태로 양자가 공존하고 있는 것이다—이 〈가면무도회〉는 분명히 전자의 범주에 속한다. 막스 자코브의 원본 자체가 그러한 색채를 띠고 있으니 당연하다면 당연한 거겠지만 음악도 독기를 품은 '나쁜 장난'의 요소가 짙어져 있다. 그러나 그만큼 중기(라고 해도 서른 살이 되고 얼마 지나지 않았을 때지만)의 풀랭크의 재기가 거침없이 만개했다는 느낌으로 몇 번 들어도 이상하리만치 싫증이 나지 않는다. 당시 파리 사교계에 공기처럼 존재했던 모더니즘의 냄새가 그대로 포장된 채 현대로 운반된 데다가 신선함을 잃지 않고 생동감 있게 기능하고 있다. 그야말로 찰랑대는 경박한 유행 음악으로도 들리고, 또한 의외일 정도로 묵직한 무게를 가지고 있기도 하다. 가만히 앉아 이 곡을 듣고 있노라면 그와 동시대의 작곡가들에 비해 풀랭크가 얼마나 뛰어난 타고난 재주를 가진 사람이었는가 하는 사실을 새삼스럽게 이해할 수 있다.

내가 이제까지 턴테이블에 올려온 〈가면무도회〉는 토머스 알렌(앞에서도 진술한 가극 〈빌리 버드〉에도 나왔다)의 바리톤 가창에 내쉬 앙상블Nash Ensemble이 반주를 붙인 앨범이다. 지휘는 라이오넬 프렌드Lionel Friend가 맡았고 CRD라는 영국의 레코드사에서 출반되었다. 녹음은 1986년. 어쩐 일로 이 앨범에서는 순전히 영국적인 풀랭크가 느껴지는데 이 연주가 의외로 좋다. 파리의 변두리 같은 분위기는 얼마간 후퇴해 지적인 겉모습이 눈에 들어오는 부분은 있으나 그만큼 적당히—약간 매운맛 정도로—'상대화'되어 있다고 말할 수 있을 듯하다. 겉으로 드러나는 위악적인 거친 면보다는 오히려 내부의 구축성이 강조되어 있다. 드러나는 멋을 무엇보다도 존중하는 원리주의적인 풀랭크의 팬에게는 다소 이론異論이 있을지도 모르나(특히 직선적인 알렌의 가창에 대해서), 나로서는 충분히 납득이 가는 유쾌한 연주다. 적어도 나는 이 레코드를 통해 〈가면무도회〉라는 곡의 존재를 알게 되었고 오랫동안 질리지 않고 그것을 즐겨왔다. 몇 번 되풀이해 들어도 불만을 가질 만한 점은 발견되지 않았다.

1996년에 녹음한 오자와 세이지小澤征爾 지휘의 사이토 기넨 오케스트라Saito Kinen Orchestra(멤버)에 의한 〈가면무도회〉의 연주는 내쉬 앙상블의 그것과는 완전히 분위기가 다르다. 음악은 보다 매끄럽고 깊으며 종합적인 것으로 완성되어 있다. 오자와 세이지 지휘의 사이토 기넨 오케스트라의 음악이 기본적으로 늘 그러하듯이 고급스러운 칠기처럼 유려한 음질에 의해 풀랭크의 '소세계小世界'가 깊이를 가지고 묘사된다. 오자와 세이지는 그의 경력 중에 풀랭크의 음악을 계통적으로 뜻을 가지고 추구해 온 사람이며, 그가 만들어내는 풀랭크의 음악은 그때까지 세상에 유포되었던 정해진 틀의 풀랭크 전문가들에 의한 세계와는 상당히 분위기가 다르다. 조르주 프레트르Georges Pretre나 앙드레 클뤼탕스Andre Cluytens같은,

소위 말하는 **사도적인** 프랑스인 연주가가 이제까지 정통적인 것으로 끊임없이 묘사해온 풀랭크를 능가하는 세계관이 표출되어 있는 것이다.

그러나 그와 동시에—그 대신이라고 해야 할까—거기에는 상실된 것도 있다. 그것을 거친 공간이라고 말해도 될 것이다. 어디에서라고 할 것도 없이 틈새바람이 휘익 불어드는 듯한 '대충대충'을 이 사람이 연주해내는 풀랭크의 음악에서 찾아보기는 힘들 것 같다. 자동차를 예로 들자면 프랑스나 이탈리아의 차를 타보면 문의 여닫이 상태가 나쁘다고나 할까, 플라스틱으로 만들어진 내장재의 아귀가 잘 맞지 않기도 하고 글로브 컴파트먼트glove compartment, 자동차 앞좌석 앞에 있는 수납공간가 제대로 닫히지 않는 경우도 종종 있다. 그러나 그와 같은 결함 대신 프랑스나 이탈리아 차에는 프랑스나 이탈리아 차에서만 느낄 수 있는 독특한 향취와 감촉이 있다. 별 생각 없이 핸들을 잡고 있어도 '대충 만들어졌지만 어딘지 모르게 유쾌한데……' 하는 실감이 있다. 그리고 그러한 느낌이 프랑스나 이탈리아 차를 특별히 좋아하는 이에게는 거부할 수 없는 하나의 매력인 것이다. 일본차에서 그런 와일드한 매력을 찾기란 거의 불가능에 가까울 것이다. 하지만 그렇다고 해서 이를테면 도요타나 혼다 차가 프랑스나 이탈리아 차 흉내를 내어 아귀가 맞지도 않는 내장재나 틈새를 의도적으로 만들어도 된다는 얘기는 결코 아니다. 소비자도 그런 걸 원할 리 없다. 당연한 얘기지만 도요타나 혼다는 자신감을 가지고 자신들이 만들어야 할 차를 나날이 연구해 만들어나가면 된다. 거기에서 이윽고 개성이 생겨나고 일본차만이 제시할 수 있는 철학이 생겨날 것이다. 경의를 표할만한 보편적인 스타일이 어느덧 거기에 창조될 것이다. 잘만 된다면 말이다.

음악을 자동차 제조에 비유하는 것은 다소 억지스럽겠지만 오자와 세이지의 손에 의한 풀랭크 음악의 조형도 그와 조금은 흡사한 부분이 있을지도 모르겠다. 마쓰모토 문화회관에서 오자와 세이지 지휘의 사이토 기넨 오케스트라에 의해 공연된 풀랭크의 오페라 〈카르멜회 수녀들의 대화Dialogues des Carmelites〉는 실로 질 높은, 그리고 감동적인 무대였다. 지극히 수수하고 진지한 내용의 오페라인데 그 음악은 일관되게 그야말로 풀랭크적인 최면술과도 같은 아름다움을 발휘했다. 의고성擬古性과 혁신성, 원본의 난해함과 구성의 매끄러움이라는, 이 작곡가에게 따라붙게 마련인 특징을 그는 오페라라는 규모의 커다란 틀을 가지고 기막히게 묘사해 냈다. 오자와 세이지가 보스턴 교향악단과 함께한 일련의 풀랭크

작품의 녹음(특히 〈글로리아Gloria〉와 〈스타바트 마테르Stabat Mater〉)도 훌륭했지만 사이토 기넨을 파트너로 맞고 나서는 음악의 움직임에 보다 강인한 느낌이 생겨나고 그가 지향하는 지점이 이전보다도 한층 더 뚜렷해진 인상을 받는다.

결국 풀랭크의 음악은 그와 같은 이율배반성에 관한 결단을 연주가에게 끊임없이 요구한다. 그 음악은 특수성·고립성을 희구하는 한편 종합화·상대화도 요구한다. 상대화가 진전되면 특수성은 당연히 희박해져 풀랭크스러움은 사라져갈 것이고, 풀랭크스러움을 점차로 추구해나가면 그것은 불가피하게 전문화·한정화를 유발하게 된다. 다시 말하자면, 땅을 깊숙이 파고 들어가 철저하게 도전을 하든지, 아니면 큰맘 먹고 밖으로 나가 결전을 벌여야 한다. 연주가에게도 풀랭크 팬에게도 이런 부분은 어려운 선택이 된다. 오자와 세이지의 경우는 '밖에 나가 결전을 벌이는' 쪽의 길을 선택한 듯하다. 그런 그의 선택을 좋게 평가하는 이도 있을 것이고 그렇지 않은 이도 있을 것이다. 그러나 오자와가 행한 일련의 시도로 인해 풀랭크의 음악 세계가 객관적인 깊이를 한층 더했다는 데에는 의론의 여지가 없을 것이다. 나는 그의 적극적인 음악의 전개를 개인적으로 높이 평가한다. 단 오자와 지휘의 풀랭크 음악을 계속해서 듣다 보면 너무나도 훌륭한 까닭에, '빈틈'이 있고 애송이 같은 면이 있었던 풀랭크가 그리워질 수도 있을 것 같다.

풀랭크의 가곡은 그야말로 매력적인 보석 상자다. 그는 생애에 걸쳐 가곡을 써냈고 방대한 수의 작품을 남겼다. 대부분 그가 젊은 시절에 만들어낸 것이긴 하다. 만년의 그는 종교곡에 에너지의 많은 부분을 쏟아 부었기 때문에 가곡에는 다소 소홀한 감도 있었다. "가곡이라는 형태는 젊은 날을 위한 것이다. 그것은 생명의 삶에 대한 용솟음이다"라고 일찍이 풀랭크는 말했다. 그에 대응해 말하자면 그가 남긴 종교곡은 그야말로 '인생에 대한 통찰의 추출물'이 될 것이다. 그것 또한 풀랭크의 양면성을 표상하는 것이다.

오랫동안 풀랭크의 가곡을 불러온 피에르 베르나크는 풀랭크 사후에 이런 얘기를 했다. "풀랭크가 가곡이라는 분야에서 탁월한 기량을 보였다는 점에는 의심의 여지가 없다. 문학적인 텍스트에 고무되면, 그의 창작력은 다른 어느 때보다도 자발적으로 기세 좋게 흘러나왔다. 말의 조화, 프레이즈의 음감, 맥박, 원본의 형태—모든 것이 일체가 되어 율동적으로, 화성적和聲的으로, 그리고 선율적으로 그를 고무했다."

나로서는 풀랭크의 작품 가운데 가곡이 가장 뛰어난지 어떤지 단언할 수 없지만, 그가 남긴 가곡에서 어떤 시행착오나 고뇌의 흔적을 거의 찾아볼 수 없다는 것만은 확실하다. 모든 것은 지극히 원활하게, 지극히 자발적으로 생겨난 것처럼 느껴진다. 면밀하게 검증해보면 실제로는 그렇지 않을지도 모르지만 적어도 나처럼 일상생활 속에서 그저 평범하게 그의 음악을 감상하는 사람은 그런 인상을 강하게 받는다. 이 가곡들은 어떤 망설임도 없이 술술 지어졌고 단시간 내에 자연스럽게 탄생된 것이라고 말이다. 우리가 풀랭크의 가곡을 들으면서 맛보게 되는 편안함, 정신의 자유로움, 황홀한 쾌적함은 아마 그러한 인상에서 파생되는 것이리라. 거기에서는 그가 만든 피아노곡이나 관현악곡에서 이따금씩 느껴지는 약간의 위화감 같은 것을 거의 찾아볼 수 없다. 제각기의 곡이 각자의 안정된 장소를 확보하고 있는 것처럼 느껴진다.

나는 오랫동안 제라르 수제Gerard Souzay와 돌턴 볼드윈Dalton Baldwin의 LP(RCA LSC-3018)로 풀랭크의 가곡을 즐겨왔다. 이 레코드에는 열세 곡의 가곡이 수록되어 있는데, 수입 음반이라 따로 가사집이 들어 있지 않았기 때문에 프랑스어 가사의 의미는 한동안 전혀 알 길이 없었다. 거기에 있는 말의 음감에 단지 귀를 기울이고 있는 것만으로 충분히(내 생각이지만), 그 음악을 이해하고 즐길 수 있었기 때문이다. 풀랭크는 그의 생애 동안 150곡에 이르는 가곡을 작곡했다. 그중 130곡은 동시대 시인의 작품에 멜로디를 붙인 것이다. 그만큼 원본을 엄격하게 선택하고 시의 내용에 깊은 애정을 가지고 가곡을 만든 사람이다. 하지만 그렇다고 해서 시의 내용을 이해하지 못한다면 그 음악의 본질도 이해할 수 없다는 얘기는 아닐 거라고 생각한다. 나는 수제의 노래를 되풀이해 듣는 동안, 풀랭크의 가곡에 대해 그런 인상을 강하게 가지게 되었다. 수제의 노래는 실로 부드럽고 매끄러워 감정의 다이내믹한 표현보다는 오히려 말의 자연스러운 음감을 소중하게 다루고 있다. 마치 실내악곡의 웅장한 목관악기처럼 말이다. 그런 의미에서 나는 수제의 스타일에 맞추어, 약간의 개인적인 편향과 더불어 풀랭크의 가곡을 음미해 왔다고 말할 수 있을 것이다.

피에르 베르나크가 풀랭크의 반주로 노래한 곡들은 오늘날에는 하나의 고전적인 작품으로 '특별' 대우를 받고 있는 것 같은데, 비교해서 들어보면 베르나크의 노래는 수제의 그것보다 설득력 있게 들린다. 결코 밀어붙인다거나 설명적이라는 의미는 아니다. 베르나크는 시어의 의미를 하나하나 정성껏, 마음을 담아 노래한다는 인상을 받게 된다. 풀랭크의 반주도 그에 맞추어 마치 이야기를 하듯이 자유롭고 활달하게 움직인다. 목소리와 피아노가 섬세한 협연을 펼친다. 그것은 그것대로 훌륭한 노래이고 훌륭한 연주라고 생각한다. 그러나 수제의 가곡에 익숙해진(익숙해지고 만) 내 귀는 그 음악을 듣고 다소 놀라게 된다. "어? 상당히 다른데" 하고 말이다. 물론 두 앨범이 녹음된 시기에는 30년도 넘는 시간적인 간격이 있었으니(수제의 녹음은 1970년대 중반, 베르나크의 녹음은 40년대 중반이다) 연주 스타일이 다르게 들리는 건 어느 정도 당연한 얘기겠지만, 그래도 베르나크의 스타일과 수제의 그것 사이에는 '시대의 차이'라고만은 할 수 없는 본질적인 음악관의 차이가 있는 듯한 기분이 든다.

수제는 시어 하나하나의 의미보다는 그 시가 작곡가와의 연관성에 대해서, 그 접점의 양상에 대해서, 좀 더 적극적이며 다채롭게 표현하고자 했던 것처럼 느껴진다. 베르나크의 발언에 근거해 말한다면 원본 자체보다는 그 원본에 작곡가가 '고무된' 과정에 초점을 두고, 말하자면 곡을 구조적으로 노래하고 있는 듯이 보인다. 그렇기에 수제의 멋지고 따뜻한 음색으로 풀랭크의 가곡을 듣고 있으면 가사의 의미를 알지 못하더라도 괜찮다는 기분이 들게 되고, 표정이 풍부한 베르나크의 가창으로 풀랭크를 듣고 있으면 이건 역시 가사 내용을 알아야 되겠는데, 하는 기분이 든다. 과연 어느 쪽이 옳은 것인가, 우수한 것인가 하는 문제가 아니라 애당초 자세가 다르다고밖에 말할 수 없을 것이다. 그리고 그 어느 쪽을 선택할 것인가는, 말할 것도 없이 듣는 이의 자유다. 양쪽 다 듣고 싶은 게 내 솔직한 희망이지만 말이다(여기에서도 풀랭크 특유의 이율배반성이 모습을 드러낸다).

풀랭크의 가곡에서는 직선적인 감정의 표현보다는 하나의 감정과 그 감정이 향하고 있는 대상 사이에 생겨나는 어긋남이나 아이러니 같은 것이 커다란 의미를 지니고 있는 것처럼 보인다. 거기에는 평범한 길로는 가지 않겠다는 풀랭크의 확고한 신념 같은 도회성이 언뜻 모습을 드러내고 있다. 적어도 나는 그런 인상을 받았다. 그런 어긋남이나 아이러니를 우리는 풀랭크 멜로디의 독특한 조화와 조화적 대립(초조화超調和) 속에서, 다시 말하자면 '조화와 조화적 대립(초조화)의 대립' 속에서 드러낼 수 있다. 그와 같은 다소 이상야릇한 감각에 의해 풀랭크의 가곡이 뛰어난 현대성을 획득하고 그것을 오늘에 이르기까지 유지하고 있는 것이라고 나는 생각한다. 그리고 그 특별한 감각은 작곡가와 원본 사이에 강하게 존재하는 친화성affinity에 의해 단단히 지탱되고 있다. 그래서 풀랭크의 가곡을 부르는 가수는 그 친화성을 정확히 파악하고 있어야 한다. 그리고 거꾸로 표현하자면 그 친화성이 파악되기만 하면 가수는 그 범위 내에서 비교적 자유롭게 가창 스타일을 추구할 수 있을 것이다. 무엇이 가장 풀랭크적인가 하는 것은 각각의 가수가 선택하는 방법론에 의해 크게 달라질 것이다. 그런 의미에서 나는 수제의 가창을 뛰어난 것(의 하나)으로 평가하고 있으며 실제로 오랫동안 애청하고 있다.

"나는 사람의 목소리를 좋아한다"고 풀랭크는 종종 말했다. 그와 같은 사람의 목소리la voix humaine에 대한 그의 편애(라고 해도 괜찮으리라)는 어느 가곡에도 생생하게 드러난다. 풀랭크는 가수의 음성을 결코 혹사하지 않는다. 무리하게 하지 않는다. 초월적인 기교를 요구하지 않는다. 부자연스러운 음성을 힘껏 배척한다. 사람들이 생활 속에서 사용하는 보통 음성의 연장선상에 있을 것을 그의 가수에게 요구한다. 마치 모차르트가 디베르티멘토divertimento, 18세기 후반에 유럽, 특히 오스트리아에서 성행했던 기악곡나 세레나데에서 관악기를 다뤘을 때처럼 풀랭크는 부드럽게 사랑을 담아 사람의 음성을 다루는 것이다.

"내가 동성애자라는 사실을 빼놓고는 내 음악을 이야기할 수 없다"는, 그런 얘기를 풀랭크는 어딘가에서 한 적이 있다. 그는 데뷔 초기부터 적극적으로 커밍아웃coming out, 동성애자들이 자신의 성 정체성을 공개적으로 드러내는 일한 동성애자였다. 그는 그 사실을 자랑하지도 부끄러워하지도 않았고 단지 묵묵히 짊어지고 살았다. 그는 또 이런 말도 했다. "나는 시가 가지고 있는 문제점을 음악이라는 차원에서 해소하기 위해서 지성이라는 수단에 의존한 적이 없다. 그것(지성)보다는 마음의 소리와 본능 쪽이 훨씬 믿을 만하다. 시를 노래로 바꾸는 것은 사랑의 행위이지 편의적인 혼인이 아니다."

그가 '사랑의 행위'라든지 '편의적인 혼인'이라는 말을 썼을 때 아마 풀랭크의 뇌리에는 동성애적인 의미를 내포한 성애의 이미지가 있었을 것이다. 그는 자신의 음악에 성실하기 위해서 스스로의 성애의 경향에 대해 성실해야 했다. 그것이야말로 그가 커밍아웃한 진정한 의미가 아니었을까. 당시에는 지금보다도 동성애자에 대한 사회적인 편견이 훨씬 심해서 자발적으로 그런 사실을 고백하는 데에 나름대로의 결의가 필요했을 테니 말이다.

나는 풀랭크의 아름답고 섬세하고 지적인 가곡이 세상에서 좀 더 높이 평가받아야 한다고 생각한다. 베르나크나 수제에 의한 뛰어난 가창이 더 폭넓게 들려져도 괜찮을 거라고 생각한다. 풀랭크가 남긴 가곡들은 의심의 여지없이 우리 손에 남겨진 귀중하고 성실한 20세기의 재산이니 말이다. 그러나 그와 동시에 이런 생각도 든다. 어쩌면 지금 정도의 인지도가 딱 좋을지도 모른다고. 풀랑크의 가곡은 나에게는 그야말로 '친밀하고 개인적인' 음악이다. 이런 발언은 어쩌면 이기적일지고 모르지만 '너무 화려하게 주목받고 행여 붐이라도 일어나면 곤란한데……' 하는 마음도(아마 그렇게 되는 일은 없겠지만), 내 안 어딘가에 살며시 도사리고 있다. 맞다, 프랑시스 풀랑크는 다양한 의미로 이율배반적인 음악가다. 오른쪽과 왼쪽에서 다른 모습을 보여주는 음악가다.

마지막으로 한마디. 나는 CD로 풀랑크의 피아노곡이나 성악곡을 들을 때마다 언제나 조금씩 낯설음을 느꼈다. 한 곡 한 곡의 연주 시간이 워낙 짧다 보니 결과적으로 한 장의 디스크에 많은 곡을 꽉 채워 넣게 된다. 그리고 우리는—아무런 손을 쓰지 않는다면—한 시간도 넘게 다음에서 다음으로 이어지는 풀랑크의 피아노 연주를 듣게 된다. 그렇게 듣다 보면 풀랑크의 음악이 지니는 마법 같은 아름다움이 상당 부분 훼손되어버릴 것 같은 기분이 드는 것이다.

내 생각에는 그 옛날의 LP로 한동안 듣고 싶은 데까지 듣다가 바늘을 들어올려 잠시 여운을 맛보고…… 하는 것이 풀랑크 피아노곡이나 가곡을 가장 올바르게 듣는 방법이 아닐까 싶다. 물론 마음만 먹는다면 CD로도 그렇게 들을 수는 있지만 아날로그적인 수작업이 그의 음악에는 정서적으로 잘 어울릴 듯한 느낌이 든다. 덧붙이자면 SP쪽이 분위기에 더 잘 맞을지도 모른다. 하지만 이런 말을 하자면 끝이 없을 듯하니 일단은 LP쯤으로 참아보자. 상쾌한 일요일 아침 커다란 진공관 앰프—같은 걸 당신이 우연히 가지고 있다면—가 따뜻해지기를 기다리고(그동안 물을 끓여 커피라도 준비하고), 천천히 턴테이블에 풀랭크의 피아노곡이나 가곡 LP를 얹는다. 이런 게 역시 인생에 있어서 하나의 행복이라고 할 수 있을 것이다. 그것은 분명 국소적인, 편향된 행복일지도 모른다. 극히 일부에서만 통용되는 모습일지도 모른다. 그러나 그것은 비록 아주 작은 것이긴 하지만 이 세상 어딘가에 반드시 있어야 하는 종류의 행복일 것이라고, 나는 생각한다.

CBS 불멸의 명반 101
대 작곡가 자작자연집 vol.4 풀랭크(CBS/SONY 20AC 1890)

Gérard Souzay, Dalton Baldwin,
Songs of Poulenc(RCA LSC-3018)

우디 거스리

학대받는 사람들을
노래한 국민시인

"거스리는 음악이라는 것은 메시지를 운반하는 생명체이며 사명을 다하면 사라져도 상관없다는 생각을 가지고 있었다. 그러나 그의 음악혼은 어떠한 모래 폭풍에도 날아가지 않고, 시대라는 파도에도 휩쓸리지 않고, 오늘날에도 남아 있다."

우디 거스리Woody Guthrie

1912년~1967년. 미국 오클라호마 주 오키마 태생. 1930년대부터 방랑생활을 하며 훗날 포크 송의 스탠더드곡이 된 수많은 곡을 만들었다. 1940년대에 앨범 《더스트 볼 발라드Dust Bowl Ballade》를 RCA 레코드사로부터 출반했다. 밥 딜런을 비롯해 톰 팩스턴Tom Paxton, 조안 바에즈Joan Baez 등 후세의 아티스트에게 지대한 영향을 주었으며 '포크의 아버지'로 불린다.

　이번에 우디 거스리에 관한 이야기를 써보겠다고 생각
한 데에는 몇 가지 이유가 있다. 첫 번째로 얼마 전 미국에
서 거스리의 새로운 전기인《램블링 맨: 인생 그리고 우디
거스리의 시간들Ramblin' Man: The Life and Times of Woody Guthrie》
(W. W. Norton)이 출간되었다. 저자는 에드 크레이Ed Cray인데
500페이지에 가까운 대 역작으로 상당히 읽을 만한 책이었
다. 스터즈 터켈Studs Terkel이 따뜻한 내용의 서문을 첨부했다.
　사실 난 이 책을 읽고 나서야 비로소 거스리라는 사람의
실상을 알게 되었다. 할 애쉬비Hal Ashby가 감독하고 데이비드
캐러딘David Carradine이 주연을 맡은 거스리의 전기 영화 〈바
운드 포 글로리Bound for Glory〉는 아주 재미있게 잘 만들어진

영화였다. 하지만 이 영화의 기본적인 바탕이 된 것은 거스리 자신이 '자전적 픽션'이라고 주장했던 동명의 책이었으나 영화 안에는 실제와는 다른 에피소드와 각색이 엿보였다. 물론 할리우드의 음악 전기 영화에서 100퍼센트의 진실을 찾기란 어차피 어리석은 짓이겠으나, 이 영화로 인해 거스리의 이미지는 제법 강렬하게 세상에 정착되어 버렸고, 나도 영화를 본 이후로는 거기에서 얻은 기초 지식을 가지고 그의 음악을 들었던 것 같다. 하지만 진정한 거스리라는 인물은, 그리고 그가 걸어온 인생은 영화 속에서 묘사된 것과는 상당 부분 다르다. 진상은 보다 복잡하고, 보다 어둡고, 그러니만큼 심오하다. 영화에는 그려지지 않았던 그와 같은 진실을 이 책은 새로운 자료를 구사해 생생하게 묘사해 나간다. 그런 부분은 정말이지 책을 손에서 놓지 못하게 한다. 번역본이 출간되어 많은 사람들이 읽었으면 좋겠다는 생각도 들지만 일본에서 우디 거스리의 인기란 그다지 대단치 않은 것이니 아마 좀 어려울지도 모르겠다.

또 다른 이유는 영국의 포크 송 가수인 빌리 브랙Billy Bragg이 우디 거스리의 딸인 노라 거스리로부터 의뢰를 받고 거스리가 남긴 방대한 수의 가사 중 몇 개에 새로이 곡을 붙여 내놓은 CD가 적지 않은 화제를 불러일으킨 데에 있다. 앨범의 타이틀은 〈머메이드 애비뉴Mermaid Avenue〉 vol.1과 vol.2로 빌리 브랙과 미국의 실력파 록 밴드인 윌코Wilco가 공동으로 제작에 임했다. 이 두 자의 CD는 내용면에서도 매우 충실하며 무엇보다도 듣고 있으면 호감이 간다. 영국에는 거스리의 영향을 받은 '정통파' 포크 가수가 적지 않은 모양인데(정확히 얘기하자면 거스리와 꼭 빼닮은 잭 엘리엇Jack Elliott이 이 나라에 지대한 영향을 주었다), 빌리 브랙도 우디 거스리에게 상당히 집착을 해왔는지 자기가 마치 거스리라도 된 양 파죽지세로 멜로디를 붙였다. 또한 그 음악은 윌코의 참여와 도움에 힘입어 한층 더 설득력 있는 현대성을 획득하게 되었다. 빌리 브랙이 진정한 거스리상像을 추구한 한편, 윌코는 거스리적인 것을 보다 현대적으로 해석하고자 했던 이중구도였기에 이는 매우 뛰어난 기획이었다.

사실 '메이킹 오브'의 비디오를 보면 브랙과 윌코는 이 앨범을 제작하는 도중에 이런저런 사정으로—그 사정이 구체적으로 어떤 것이었는지는 밝혀지지 않았으나—음악적으로나 감정적으로나 결별하게 된다. 하지만 적어도 이 두 장의 CD에 수록된 음악을 듣는 한, 두 사람의 공동 제작은 진지한 방향으로 이루어졌다는 생각이 든다.

이에 덧붙여 벌써 10년쯤 전의 일이기는 하지만, 브루스 스프링스틴이 우디 거스리에게 경의를 표하기 위해 앨범 《톰 조드의 망령The Ghost of Tom Joad》를 제작한 바 있는데 그 앨범이 화제가 되기도 했다. 브루스 스프링스틴이 그 시점에서 우디 거스리를 앞에 내세운 데는 물론 그의 정치적 자세가 점점 자유주의적 민중주의liberal populism의 색채가 짙어진 것과 밀접한 관계가 있었다. 밥 딜런도 1950년대 후반에 거스리의 음악으로부터 큰 영향을 받은 가수의 한 사람이지만 그는 결국 중간에 그 정치적인 메시지를 희석하고, 구체적으로 말하자면 일렉트릭화 함으로써, 보다 포괄적인 록 음악을 향해 음악의 항해를 하게 된다. 물론 그것은 오늘날의 시점에서 본다면 딜런 자신의 음악에 있어서 불가피한 전개였다고 이해할 수 있는 것이지만 당시에는 '변절'로 보는 사람도 많았다. 또한 프로테스트 송이라는 음악의 흐름은 사실상 밥 딜런의 이탈에 의해—즉, 그 강력한 상징을 잃은 것으로 인해—명맥이 끊기고 말았다고 할 수 있다.

그런데 '포스트 딜런' 세대에 속하는 브루스 스프링스틴은 다시 한 번 우디 거스리를 본보기로 삼아 소위 말하는 새로운 정치적 메시지 송을 만들어 세상에 호소했다. 그런데 그의 많은 팬은 아마도 우디 거스리에 관한 아무런 지식도 가지고 있지 않았던 듯 "뭔지 알 수가 없네. 록도 아니고 말이야"라는 반응을 보이게 되고, 앨범은 별다른 주목도 받지 못한 채 모습을 감추고 만다. 스프링스틴이 계몽의 대상으로 설정한 젊은 블루칼라층이 그 시점에서는 보수정권의 지지기반이 되어 있었으니 그러한 전략 자체에 다소 무리가 있었던 것이다. 하지만 스프링스틴 자신은 애당초부터 확신범적으로 "안 팔려도 그만이야"라며(아마도) 일종의 배짱으로 시도한 것이었으므로, 매출이 시원치 않더라도 그에게는 상관없는 일이었다. 그에게 있어 이 앨범의 의미는 자신의 음악적 목표의 하나로(전부는 아니다) 우디 거스리라는 정점을 확고히 확립해 두는 것이었다. 바꿔 말하면 오늘날에도 우디 거스리는 미국 음악에 있어서의 중추 부분으로서, 선택지로서, 그리고 설득력 있는 인용으로서, 유효하게 기능하고 있는 셈이다. 이 앨범에는 수록되어 있지 않으나 경찰 당국과 커다란 분쟁의 불씨가 되었던 문제의 노래 〈아메리칸 스킨 41 샷츠American Skin 41 shots〉를 들어보면 거스리를 추앙하는 스프링스틴의 심정을 이해할 수 있을 것이다.

아무튼 근래에 들어 이와 같은 몇몇 눈에 띄는 움직임이 있었고, 그에 수반하는 형태로 우디 거스리가 남긴 음악을 재조명하는 작업이 알차게 진행되고 있다. 오랫동안 보수파 사람들에게 '쓰레기'라고 멸시 받은 반면, 진보파 사람들에게는 '현대의 성인', '미국의 양심' 이라는 찬사를 받아왔던 거스리가 벌거벗은 한 인간으로서, 음악가로서, 새로이 발굴된 광범위한 자료를 근거로 새로운 관점에서 재평가되고 있다. 그가 남긴 수많은 탁월한 음악과 그가 가지고 있었던 많은 문제와 모순이 전설의 얼룩을 지워버리고 플러스와 마이너스의 대차대조표貸借對照表의 형태로 정리되어 제시된다. 그리고 우리는 그와 같은 오늘날의 입지에서 다시금 그의 음악을 검증해 나가게 된다. 새로운 귀로 그의 음악을 듣게 되는 것이다.

이는 물론 거스리 같은 역사적 의미를 지닌 인물에 대해 마땅히 이루어져야 하는 작업이다. 특히 부시George W. Bush 정권이 '네오콘Neocon, 신보수주의 혹은 신보수주의자. 오로지 힘을 바탕으로 위험 국가에 대한 선제공격 등을 감행함으로써 미국이 훨씬 적극적으로 국제문제에 개입해 새로운 국제질서를 확립해야 한다고 주장한다을 중심으로 보수주의적 정책을 강권적으로 추진해 빈부의 차가 점차로 심화되고, 미국 사회의 양상—단지 그것이 미국만의 문제는 아닐 것이다—의 근간이 추궁되고 있는 현재, 우디 거스리라는 음악가의 가치를 재조명하는 이 작업은 매우 중요한 의미를 지니게 되는 것이리라. 음악가 거스리가 그의 생애를 통해 범상치 않은 열의를 가지고 추구해 온 '미국적 정의'가 지금 현재, 그리고 장래에 어떠한 정합성과 가능성을 가질 수 있는지 이 시점에서 찬찬히 생각해볼 가치가 있을 것이다.

우디 거스리라는 음악가는 예측을 불허하는 돈키호테였던가? 아니면 사악한 거룡巨龍에 도전한 고결한 기사였던가?

내가 10대 시절을 보낸 1960년대에는—특히 전반에는—거대한 포크 송 붐 같은 것이 존재했다. 킹스턴 트리오The Kingston Trio라든지 브라더스 포Brothers Four라든지 피터 폴 앤드 마리Peter Paul & Mary 같은 흥얼거리기 좋은, 소위 말하는 모던 포크가 융성했고 ,그와 조금 떨어진 곳에서는 초기의 밥 딜런이라든지 조안 바에즈 같은 보다 진지한 프로테스트 송의 흐름이 있었다. 그것은 시대적으로 말하자면 케네디 정권의 성립으로 인해 공민권 운동이 거세지고 베트남 전에 반기를 든 젊은이들의 정치 지향에 강하게 뒷받침된 것이었다. 오늘날의 시점에서 생각한다면 전혀 믿기지 않는 사실이지만 당시의 젊은이들에게 있어서는 전 세계적으로 정치 운동이 트렌드였다. 그와 같은 이상주의적인 움직임은 케네디 암살에서 베트남전쟁이라는 압도적인 확대의 흐름을 타고 단기간에 격렬하게 첨예화되어 포크라는 단순한 틀만으로는 수용해낼 수 없게 된다. 그리하여 환각 상태, 마약문화, 하드록, 급진주의, 마오이즘Maoism, 신흥 종교, 뉴에이지, 코뮌 운동 같은, 다른 데서 그 유례를 찾아볼 수 없는 다채롭고 강렬한 양상을 띠게 되었다. 앞에서도 언급한 딜런의 일렉트릭화가 그 전환을 상징하고 있는 것인데 아무튼 1960년대 말 우드스톡 음악제가 개최되었을 무렵에는 이미 '순수 포크 송'은 예전의 눈부신 영향력의 대부분을—아마도 마리화나의 연기 속에—상실했던 셈이다.

그러나 60년대 전반에 전 세계를 석권한 모던 포크 송의 붐에는 매우 신선하고 적극적이고 왠지 사람의 마음을 강하게 끄는 무엇인가가 확실히 있었다. 그 상쾌한 어쿠스틱 사운드에 감싸여 양심적이며 건설적인 메시지에 귀를 기울이는 것만으로 자신들이 지금 무엇인가에 관여하고 있다는 따뜻한 확신을 가질 수 있었다. 미온적이라고 하면 더 이상 반론의 여지도 없겠지만 아무튼 그러한 양상을 그대로 받아들일 수 있는 시대였던 것이다. 내 기억으로 그러한 붐은 케네디 정권이 이 세상에 가져온 일종의 개방감과 밀접한 연관이 있었던 것 같다. 그리고 그 시대에는 지극히 일반적인 라디오 방송 프로그램을 통해 우디 거스리나 피트 시거Pete Seeger나 톰 팩스턴Tom Paxton이나 위버스The Weavers의 노래를 곧잘 들을 수 있었다. 그들의 음악은 '모던 포크 송의 시조'라는 맥락으로 **들어도 이상할 것이 없는 음악**으로, 말하자면 계몽

적으로 라디오에서 흘러나왔던 것이다. "그래, 맞아, 정말 진
지한 시대였지"라고 새삼스럽게 감탄하게 되는데 아무튼 그
런 이유로 나는 젊은 시절에 우디 거스리의 음악을 종종 들
을 수 있었다. 그가 작곡한 〈이 땅은 당신의 땅This Land Is Your
Land〉은 포크 송 리바이벌에 있어서의 공식 인정 심벌 송 같
은 존재가 되었으며, 거스리는 이미 전설적인 인물이 되어
있었다. 당시 거스리 자신은 현역에서 물러나 병원 신세를
지며 치유의 조짐이 보이지 않는 오랜 요양생활에 들어가 있
었지만 말이다.

　그러한 역사적인 인용으로서의 가치는 차치하고, 거스리
가 남긴 녹음—결코 많지는 않지만—중에서 언제 들어봐도
훌륭하다는 느낌이 드는 곡은 1940년 4월부터 5월에 걸쳐
뉴욕에서 녹음해 RCA 레코드사에서 출반한 열두 곡이 수록
된《더스트 볼Dust Bowl, 모래바람이 휘몰아치는 미국 대초원의 서부 지대. 매년 12월
부터 다음 해 5월에 걸쳐 일어나는 먼지 폭풍 때문에 피해가 크다 블루스》시리즈
다. 또 다른 거스리의 전기 작가인 조 클라인Joe Klein은 이 앨
범을 "20세기의 미국에 있어서 가장 커다란 영향력을 지닌
녹음의 하나"라고 정의했는데 그의 말은 전혀 과장이 아니
라는 생각이 든다. 이 앨범에는 들으면 들을수록 심오한 음
악이 담겨 있다.

거기에 수록된 일련의 곡은 1935년 4월 14일에 오클라호마 주를 엄습한 '블랙 이스터보통은 블랙 선데이|Black Sunday로 알려져 있다'라는 이름으로 불리게 된 가공할 위력을 지닌 모래 폭풍을 주된 소재로 해서 거스리가 만든 것이다(가사는 거스리가 붙인 오리지널이며 멜로디의 몇 구절은 적당히 '전승적'으로 유용流用되었다). 영화 〈바운드 포 글로리〉에서도 중요한 에피소드로 나오는데 거스리는 그 당시에 살았던 텍사스 주의 팸퍼라는 곳에서 이 묵시록적인 모래 폭풍을 체험했다. '모래 폭풍'이라 해도, 평소 이를 접할 기회가 없었던 아시아 사람들에게는 상상하기 어려울 것이다. 그냥 '흙먼지 폭풍'이라고 하는 편이 그 이미지에 가까울 듯하다. 극심한 가뭄으로 바람에 날린 미세한 갈색의 흙먼지가 수천 미터 상공까지 솟아오르고, 태양은 그 모습을 감추고, 주위는 문자 그대로 암흑 상태가 되었다. 태양은 열을 잃어 기온도 급격히 내려갔다. '내 손을 눈 앞에 들어보아도 거의 보이지 않았다네'라고 가사에 있을 정도니 우리의 예상을 능가하는 규모의 재해였던 모양이다. 아무리 창문을 빈틈없이 닫아 놓아도 잘게 부서진 흙먼지가 집 안에 몰아닥쳐 바닥에 쌓여갔다.

그해는 오클라호마의 농민들에게 있어서는 그야말로 최악의 해였다. 심한 가뭄이 몇 년째 이어진 데다 이와 같은 무시무시한 모래 폭풍까지 몰아닥쳤고, 설상가상으로 거대한 메뚜기 떼가 논밭을 뒤덮었다. 밀 농사가 중심인 농작물의 수확량은 기록적으로 격감했다. 게다가 미국 전역을 휩쓴 심각한 경제 불황은 장기화되어 사람들은 생계를 더욱더 위협 받게 되었고 그 출구는 어디에도 보이지 않았다. 오클라호마의 농민들은 선대가 개척해놓은 토지를 어쩔 도리 없이 헐값으로 팔아넘기거나 빚으로 은행에 차압당했다. 그리고 낡아 빠진 트럭에 몇 안 되는 가재도구를 싣고 가족을 데리고 '약속의 땅'인 캘리포니아로 향했다. 존 스타인벡이 그의 작품 《분노의 포도》에서 극명하게 묘사해 낸 톰 조드 일가의 모습, 거듭된 불행으로 고향 땅을 저버릴 수밖에 없었던 가난한 난민들의 전형적인 모습이었다. 그들, '모래 폭풍 난민'의 수는 무려 100만 명에 육박했다고 한다. 궁핍한 흑인들은 주로 북부로 이동해 공장노동자가 되었고, 대부분의 백인들은 농사일을 찾아 캘리포니아로 향했다. 캘리포니아에 가면 풍요로운 생활이 기다리고 있다는 소문이 퍼졌던 탓이었다. 그러나 그들을 기다리고 있는 현실은 혹독한 굶주림과 빈곤과 차별이었다. 그들은 '오키okie, 오클라호마 주 출신의 이주 노동자를 경멸해 일컫는 말'라는 호칭으로 불리며 일종의 '아웃캐스트outcast, 인도의 카스트 제도에서 사성四姓에 속하지 않는 가장 낮은 신분의 사람들을 통틀어 이르는 말. 불

^{가축천민이라고도 한다}'로 멸시를 당하게 되었다. 지금과는 달리 이 '모래 폭풍' 같은 재해에 대해서는 전국에 걸쳐 상세하게 전해지지 않았다. 당시에는 텔레비전도 없었을 뿐더러 인터넷도 없었다. 라디오조차 사치품이었다. 그렇기에 거스리는 '모래 폭풍 난민'의 한 사람으로서 자신의 눈으로 확인한 것을 자신의 말로 자신의 멜로디에 실어 자신의 이야기로 직접 손에서 손으로 건네는 듯한 형태로—기껏해야 지역 라디오 방송국의 음악 프로그램을 통해—사람들에게 전해야만 했다. 혹은 그 음악을 통해 같은 처지에 놓인 사람들과 속수무책의 감정을 함께 나누어야 했다. 그러니까 음악이란, 그에게 있어 개인적인 매개체이며 공감의 장이며 정보를 상대방의 의식에 각인하기 위한 직접적인 무기였던 것이다. 그러한 거스리의 '어쩔 수 없는 상념' 같은 것이 이 열두 곡에 담겨 있기에 그 절절한 감정이 우리를 감동하게 한다. 거기에는 불필요한 것이라곤 무엇 하나 없다. 심플한 말, 심플한 멜로디, 그리고 똑바른 시선과 마음가짐—단지 그것뿐이다.

On the fourteenth day of April of nineteen thirty-five,
There struck the worst of dust storms
That ever filled the sky.

You could see that dust storm coming,

the cloud looked deathlike black,

And through our mighty nation,

it left a dreadful track.

1935년 4월 14일에

본 적도 없는

무시무시한 모래 폭풍이 몰아 닥쳤네.

하늘이 새까맣게 변하고

멀리서 모래 폭풍이 몰아치는 것이 보였다네.

그건 우리 작은 마을에

지독한 흔적을 남기고 갔다네.

—〈거대한 모래 폭풍The Great Dust Storm〉

　읽어보면 알 수 있듯이 간결하기 그지없는 영어다. 그렇기에 미국에서 우디 거스리의 레코드나 CD를 사보면 가사가 적힌 속지 같은 건 들어 있지 않다. 들어보면 그 정도야 알지 않느냐는 얘기다. 거스리도 음악을 듣는 사람들에게 가사의 메시지가 뚜렷하게 전달되도록 가능한 쉬운 말을 사용해 알아듣기 쉬운 선명한 발음으로 노래한다. 무엇보다도 정보를 정확하게 전달하는 것이 그의 노래의 중요한 목적이니만큼 듣는 사람이 "지금 뭐라고 했어?"라고 하는 경우가 생기면 난처한 것이다. 그런 부분이 R.E.M의 음악과는 상당히 다르다. R.E.M은 최근에야 비로소 가사를 인쇄하는 것을 허용했는데 가사를 읽어봐도 의미를 도무지 알 수 없으니 말이다. 요컨대 음악의 목적이 다른 것이다. 거스리가 그와 마찬가지로 쉬운 말을 사용해 시를 쓴 국민시인 월트 휘트먼Walt Whitman의 승계자라고 일컬어지는 것도 그런 이유에서다.

특히 흥미로운 것은 〈톰 조드Tom Joad〉인데 이 노래는 스타인벡의 명작인 《분노의 포도》를 싱글 판 양면 분량의 시간에 요약해 노래해내는, 다소 무모하다고도 할 수 있는 기획이었다. 《분노의 포도》는 물론 소설로 화제가 되었고 존 포드John Ford가 그것을 영화로 '요약'해 화제를 불러일으켰다. 그와 같은 흐름에 편승하고자 했던 RCA 레코드사가 우디 거스리에게 일종의 '축약 송'을 만들어달라고 의뢰한 것이다. 그게 과연 가능한 것일까 하고 고개를 갸웃거리는 사람도 있겠지만 들어보면 꽤 완성도가 높은 노래이다. 아주 요령있게 6분 정도의 길이로 정리해 우디는 《분노의 포도》를 노래하고 이야기한다. 역시 대단한 재능이라는 생각이 들지 않을 수 없다. 이 노래를 들을 때마다 《분노의 포도》를 다시 한 번 읽어보고 싶어질 정도이니 말이다. 프루스트Marcel Proust의 《잃어버린 시간을 찾아서》도 내친 김에 요약판을 만들어 주었으면 하는 생각도 들지만 아무래도 그것까지는 좀 무리일 듯싶다.

거스리는 연하의 친구 피트 시거(〈웨어 해브 올 더 플라워스 곤?Where have all the flowers gone?〉, 〈이프 아이 해드 어 해머If I had a hammer〉의 작곡가)를 찾아가, "레코드사의 의뢰로 《분노의 포도》를 요약한 곡을 써야 하니 타이프라이터를 빌려 주게나"라고 부탁한다. 시거 자신은 타이프라이터를 가지고 있지 않았지만 같이 살던 친구가 가지고 있었기에 그것을 거스리에게 빌려주었다고 한다. 시거가 "그래서 책은 읽어봤어?"라고 묻자, "아니, 하지만 영화를 봤으니 괜찮아"라고 거스리는 태연스럽게 대답했다고 한다. 그러곤 커다란 와인 병을 손에 쥐고 바닥에 앉아 타자기를 두드리더니 하룻밤 만에 곡을 완성했다고 한다. 멜로디는 거스리가 애호하던 이단적인 노래 〈존 하디John Hardy〉를 그대로 유용하다시피 했다. 4행 가사를 써놓고 기타 반주를 붙여 실제로 노래하고, 노래하면서 다듬고, 그것을 완성시키고, 다음 4행 가사로 옮겨가는 식의 작업을 반복했다고 시거는 회상한다.

시거는 그런 거스리의 작곡 작업을 흥미롭게 지켜보다가 어느덧 잠이 들어버렸는데, 아침이 되어 눈을 떴을 때에 곡은 이미 완성되어 있었다고 한다. 다 해서 열일곱 개의 4행 가사로, 거스리의 옆에 있던 커다란 와인 병은 비어 있었다고 한다. 아마도 거스리는 그런 식으로 늘 작업을 했던 모양이다. 그리고 노래할 때마다 장소에 따라 조금씩 즉흥적으로 가사 내용을 바꾸어갔다.

"〈톰 조드〉라는 이 곡은 누널리 존슨Nunnally Johnson(시나리오 작가)의 공적이 반이며 나머지 반은 거스리의 공적이라 할 수 있을 것이다. 한 시간 반의 영화를 단 6분으로 줄였으니 말이다"라고 시거는 그에 대한 감상을 진술했다.

우디 거스리는 RCA 레코드사에서 녹음하기로 예정되어 있었던 열두 곡을 단 이틀 만에 녹음했다. 두 번에 걸쳐 녹음한 것은 단 한 곡으로 나머지는 한 번의 녹음으로 끝냈다고 한다. 정말 믿기지 않는 이야기다. 그는 300달러를 녹음의 계약금으로 받았는데 그 보수는 그가 받아본 중 가장 높은 보수였다(그는 전액을 고향에 두고 온 아내와 아이들에게 송금했다). 우디 거스리에 대한 평가가 좋아지고 다른 가수들이 앞다투어 그의 노래를 부르게 되어 인세가 들어오게 된 것은 그가 이미 폐인이나 다름없는 상태가 되어버린 1960년대 중반 이후였고, 그 전에는 목돈이 될 만한 보수를 받은 적은 거의 없었던 모양이다.

그러나 거스리의 희망과는 상반되게 RCA 레코드사에서 녹음한 이 레코드는 그다지 팔리지 않았다. 이러한 종류의 음악은 이전에는 존재조차 하지 않았으므로 어디에서 어떠한 형태로 팔아야 좋을지 레코드사도 알 수 없었고, 시장을 파고들지 못해 결과적으로 찬밥 신세가 되고 만 것이다. 1,000장도 되지 않는 레코드가 흐지부지 정처 없이 출하되고 변변한 화제의 대상도, 비판의 대상도 되지 못한 채 사라져버렸다. 첫 회에 찍은 분량이 겨우 팔려나가고 더 이상의 주문은 없었다.

지금 들어보면 참으로 힘차고 음악적으로도 충실해 감동을 주는 작품인데, 당시 일반인들 귀에는 그 음악의 본연의 모습이 꽤 기이하게 들렸나 보다.

거스리는 재주문이 없는 것이 정치적인 이유에 의한 것이라고 RCA 레코드사를 비판했다. 그는 그 이후로, 본인의 과격한 언행의 영향도 있어, 죽는 날까지 대형 레코드사와 좋은 관계를 유지하지 못했다. 이는 거스리가 남긴 정규 녹음의 수가 적었던 원인의 하나가 된 셈이다.

단, 이《더스트 볼 발라드》앨범은 큰 시장에서는 외면당했지만 일부 팬에게는 열광적으로 받아들여졌고, 그들은 거스리의 음악에 경의를 가지고 반복에 반복을 거듭하며 들었다고 한다. 그리고 그 음악은 진지한 수많은 젊은이에게 깊은 인상과 영향을 끼치게 되었다. 50년대에 배출된 많은 포크 송 가수는 젊은 날 이 레코드에 감명을 받았다고 말한다.

이 앨범에서 내가 감탄한 또 다른 곡은 〈흙먼지 폐렴 블루스Dust Pneumonia Blues〉다. 모래 폭풍 때 미세한 흙먼지를 대량으로 폐에 흡입하게 된 사람들이 훗날 '흙먼지 폐렴'에 시달리게 되었다. 많은 이들이 그 때문에 목숨을 잃었다. 물론 당시에는 그러한 2차 재해를 위한 구제 조치 같은 걸 논할 수도 없었으니 사람들은 그 누구도 의지하지 못하고 다만 묵묵히 고통을 감내할 수밖에 없었다. 그 같은 가난한 사람들을 엄습한 난치병으로 인한 고통을 거스리는 담담하게, 그러나 애절한 감정을 담아 노래했다. 가사의 일부를 적어 보겠다 (원래는 이것보다 훨씬 길다).

I've got dust pneumonia,
pneumonia in my lung,
Doctor told me
Boy, you won't be long.

Dust is in my nose

And dust is everywhere

My days are numbered

But I don't seem to care

You got my father

and got my baby too.

You come from dust

And you back to dust you go.

흙먼지 폐렴에 걸렸다네.

폐가 망가지고 말았어.

이제 오래가지 못한다고

의사가 말하네.

콧속에 흙먼지가

온몸에 흙먼지가 가득 차 있어.

이제 얼마 남지 않았다네.

하지만 별로 개의치 않는다네.

아버지도 네게 당했고

내 아기도 당했지.

사람은 모두 흙먼지 속에서 태어나

흙먼지 속으로 돌아간다네.

—〈흙먼지 폐렴 블루스Dust Pneumonia Blues〉

　물론 '재는 재로 돌아가고 먼지는 먼지로 돌아간다'는 성
서의 한 구절을 인용한 것인데 거스리가 부르는 이 노래를
듣고 있으면 70년이나 전에 머나먼 곳에서 일어난 재해임에
도 불구하고 그 병의 심각성이 우리 마음에 생생히 전해져
온다. 신기한 일이다. 오늘날 우리는 텔레비전의 화면으로
온갖 재해의 영상을 생생하게 볼 수 있다. 그러나 그와 같은
광경의 대부분은 몇 차례에 걸쳐 되풀이해 보는 동안에 처음
에 받았던 충격이 사라지고, 몇 개월쯤 지나면 더 이상 이목
을 끌지 못한 채 사람들로부터 잊혀져가게 된다. 그러나 거
스리가 부르는 재해의 슬픈 풍경은, 그 혹독한 시련의 정밀
한 보고는, 언제까지나 우리 귀에 남는다. 그것은 역시 우디
거스리라는 한 뛰어난 음악가의, 또한 증언자의 '스케일'에
의한 것이리라. 우디 거스리의 후계자로 여겨지는 사람들은
이 세상에 많지만 이 '스케일'만큼은 손쉽게 흉내 낼 수 있는
것이 아니다.

　우디 거스리는 사회적 약자를 위해 생애를 바친 사람이었

지만, 가정에서의 약자라고 할 수 있는 자신의 부인과 아이들은 그다지 배려하지 않았던 듯하다. 아니, 그렇다기보다는 아무리 노력해도 가정이라는 단위(혹은 개념)와 항구적인 관계를 맺을 수 없는 사람이었다. 일정한 수입이 있는 직업을 가질 수 없는 성격이었으니(시간이 정해진 일에 그는 곧 싫증을 느꼈다) 가족을 제대로 부양할 수도 없었다. 가족과 함께 있을 때에는 아내와 아이를 진심으로 사랑하고 나름대로 좋은 남편, 아버지로서의 역할을 하지만 한곳에 오래 머무르지를 못하는 성격이었다. 그렇기에 어느 날 편지를 남기고 훌쩍 떠나 몇 달이고 몇 년이고 돌아오지 않기 일쑤였다. 그동안에 어지간한 일이 아니고는 송금 같은 건 하지도 않았다. 돈에는 집착하지 않는 사람이었으니 만일 목돈이라도 마련되었다면 곧바로 가족에게 보냈겠지만, 본인 역시 늘 무일푼이니 보낼 수도 없는 노릇이었다. 물론 남겨진 아내와 아이는 생활을 이어나갈 수 없어 친척의 신세를 지고 궁핍한 생활을 하고 있었으나, 우디 거스리 본인은 '어떻게든 살아가고 있겠지' 하는 심정으로 그다지 심각하게 마음을 뜨지도 않았다. 그리고 그러는 동안에 다른 곳에서 다른 여성과 살림을 차리게 되고 그 사이에서 아이가 생기게 된다. 지금이라면—당시에도 그랬을지도 모르지만—완전한 사회적 실격자로

낙인찍혔을 것이다.

그다지 좋은 풍채도 아니고 지저분하고 가난한 차림새인데도 이상하게 우디는 여자들에게 인기가 있었다. 아마도 독특한 인간적인 매력이 있었던 모양이다. 1940년 전후해 뉴욕의 CBS 라디오 프로그램에 출연했을 무렵 한 관계자의 말에 의하면 "CBS에서 일하는 비서의 절반은 손에 넣었을 것"이라 하니 그 방면으로는 굉장했던 모양이다. 오클라호마 사투리를 쓰고 머리는 늘 엉망인 채 미워할 수 없는 웃는 얼굴로, 이야기를 재미있게 하고, 재치 넘치고, 무엇이든 노래로 만들어 불러대는 붙임성 있는 이 남자에게 여자들은 아무래도 숙명적으로 끌렸던 모양이다.

"우디는 굉장히 성적인 남자로 성적인 노래를 아주 성적으로 불렀다. 노래를 가지고 여자들과 사랑을 나눈 거나 다름없었다. 그래서 여자들은 그에게 매료되었던 것이다"라고 당시 그를 알고 지내던 이는 회상한다. 그런 의미에서는 카리스마적인 성격을 가지고 있었던 것은 분명한 듯하다.

우디 거스리는 상당히 복잡한 구조의 인격을 가진 사람이었다. 이상주의적이고 진지한 기질을 가진 인간인 동시에 넉살도 좋고 연극적이며 어이가 없을 정도로 무책임한 인간이기도 했다. 자기모순을 가지고 있었다기보다는 오히려 분열적이었다고 하는 편이 가까울지도 모른다. 그는 노동자의 권리를 위해 싸웠으나 그 자신은 제대로 된 노동에 종사해 본 적이 없다시피 했다. 짧은 기간 동안 대충 일해 용돈을 벌고 나머지 반쯤은 취미라는 영역에서 음악을 연주하며 생활했다. 자본가에게 혹사당하는 농업 노동자를 옹호했으나 실제 농사일은 질색이었다. 두뇌회전이 빠른 지적인 인간으로 열심히 책을 읽고 글을 쓰는 것을 좋아했지만 글을 쓸 때는 일부러 철자를 틀리고 어미를 생략하고 교육을 받지 않은 서민처럼 속어 표현을 많이 썼다. 예를 들어 '알고 있었다'라고 할 때 'knew'를 'knowed'라고 썼다. 뜨거운 물이 나오는 환경에 살면서도 연약해진다며 일부러 차가운 물로 수염을 깎곤 했다. 옷은 되도록 빨지 않았고 목욕도 자주 하지 않았다. 언제나 기타를 가지고 다녔으나 죽는 날까지 기타 케이스를 사용하는 일은 없었다. 그것이 그가 살기 위한 스타일이었다. 개중에는 그가 눈에 띄는 그런 스타일을 강하게 고집하는 것이 어느 정도는 의도적이라고 생각하는 사람도 있었다.

그는 자주 떠돌이(방랑)생활을 했으나 그것이 다른 사람들처럼 필요에 의한 것은 아니었다. 화물열차에 올라타 무임승차를 하고 철도공무원들에게 몰매를 맞을 위험에 처하면서도 정처 없이 전국 각지를 떠돌았던 이유는 단지 그가 그렇게 사는 것을 좋아했기 때문이다. 그러니까 타고난 방랑자였던 것이다. 그리고 다르게 생각해보면 때에 따라 어느 기간 동안 떠돌이가 되는 것으로 그는 세상을 향해 '우디 거스리'라는 역할을 해낼 수 있었던 것이다. 그것은 어떤 의미에서는 자기 증명의 수단이기도 했다. 또한 그것은 동시에 현실에서 도피하기 위한 절호의 수단이기도 했다. 이런저런 일들이 얽혀 이야기가 복잡해지면 그는 달랑 기타 하나 들고 거의 무일푼으로 화물열차에 올라탔다. 그리고 낯선 땅에서 모험을 찾고 로맨스를 찾았다. 현실 생활이 가져오는 책임이나 의무 같은 것은 아무런 미련 없이 어딘가에 버려둘 수 있었다. 그런 유의 잡일은 남겨진 누군가가 하게 되었다.

그는 그렇게 자유를 한없이—어떤 경우에는 제멋대로—추구하는 인간이었으나, 이론만 앞서는 공산당의 강령에는 시종일관 충실했다. 그는 자신의 양심을 지탱해 주는 지주로 공산주의를 적극적으로 받아들여 그것을 소중히 여기며 숭배했다. 마치 사랑해주지 않는 부모를 언제까지나 예의 바르게 따르는 아이처럼 말이다. 미국 공산당은 거스리를 '문제 있는 인물'로 간주해 마지막까지 정식 당원증조차 주지 않았으나 거스리는 그런 것에는 신경 쓰지 않고 당의 프로파간다 역할에 심혈을 기울였다. 하지만 어떻게 보더라도 그는 공산주의자라기보다는 순수한 포퓰리스트였다. 혁명 후 러시아에서 실제로 일어났던 일을 생각해보면 만일 공산당이 실제로 정권을 장악했을 경우에는 우디 거스리는 제일 먼저 당에서 제명되고 아마도 위험한 이단자로 간주되어 수용소에 보내졌을 것이다. 거스리는 그러한 이율배반성 속에서 산 사람이었다.

그는 '모래 폭풍 난민'의 한 사람으로, 헌신적인 대변인으로, 그들을 위해 노래했지만 엄밀한 의미에서 그 자신은 난민이 아니었다. 거스리는 그날그날의 생활에 어려움을 겪었던 것도 아니고 모래 폭풍과는 거의 무관하게 단지 새로운 땅으로 가기 위해 '자유인'의 신분으로 가족을 남겨두고 훌쩍 캘리포니아로 향했을 뿐이다. 모든 것을 잃고, 다른 선택의 여지도 없고, 절박한 상황에 처해 고향 땅을 떠난 사람들과는 사정이 다소 다르다. 거스리는 본래 중류층 가정에서 태어나 처음에는 그런대로 혜택 받은 환경에서 자랐다. 아버지는 나름대로 교양 있는 사람으로 다양한 정치활동과 사업에 손을 대었다가 실패해 친척의 보살핌을 받아야 하는 지경에까지 이르렀지만, 끝까지 넥타이를 매는 생활을 했고 육체노동에 종사하는 일은 없었다. 이와 같이 거스리의 정신세계는 원래 중류에 속해 있다. 그는 말하자면 스스로 자원해 오클라호마 출신의 빈민 백인(오키)의 역할을 떠맡았고 그 역을 그의 생애를 통해 고집스럽게 연기해 낸 것이다.

조 클라인은 그의 저서《우디 거스리: 일생Woody Guthrie: A Life》에서 1930년대 중반에 젊은 우디 거스리가 처음으로 방랑생활을 체험했을 무렵의 일을 다음과 같이 묘사했다. 기타를 짊어진 우디 거스리가 화물열차에 뛰어오르면 그곳에서 만난 사람들은 언제나 그에게 노래를 불러달라고 요청했다.

"모두 한결같이 옛날 노래를 듣고 싶어 했다. 화물열차 속에서 멋들어진 폭스트롯foxtrot, 여우 걸음과 같은 춤이란 뜻으로 미국에서 생겨난 사교댄스의 한 가지. 또는 그런 스텝이나 리듬곡을 듣고 싶어 하는 이는 없었다. 그리고 오래된 그 노래들이 얼마만큼 막강한 효과를 발휘하는가를 알게 되자 거스리는 놀랐다. 그가 노래하면 때로는 다 큰 남자가 눈물을 글썽이는 일도 있었고, 떨리는 목소리로 합창하는 일도 있었다. 어머니에게 배운 감상적인 오래된 발라드가 동향 사람들의 마음을 이어주는 고리가 되었다. 그리고 이제는 유랑민 신세가 된 그들에게 있어 그러한 노래만이 떠나온 고향과 이어지는 실마리였다. 그들을 위해 노래하는 것은 거리의 행사나 술집에서 여흥을 돋우기 위해 노래하는 것과는 완전히 다른 체험이었다. 그러한 것은 오락에 지나지 않을 뿐이었다. 거스리는 노래하는 것으로 사람들의 과거를 그곳에 소생시킨 것이다. 사람들은 한마디 한마디를 곱씹듯이 공경이라도 하는 듯한 태도로 가만히 가사에 귀를 기울였다. 한편 거스리는 그들의 신상에 관한 이야기에 귀를 기울이고 그들의 고통과 분노를 피부로 절실히 느끼게 되었다. 그러는 사이 기묘한 생각이 그의 머리에 침투해갔다. 그것은 자신이 이 사람들의 일원이라는 생각이었다. (중략) 그때까지 거스리는 자신이 어떤 집단의 일부라고 생각해본 적이 단 한 번도 없었다. 그러나 그는 이렇게 생각하게 된 것이다. 자신은 한 사람의 오키이며 이 사람들은 자신의 친구들이라고."

이렇게 해서 한 곳에 정착하지 못하던 거스리는 방랑생활을 하던 중, 음악을 통해 새로운 거처를 획득하게 된다. 멋지게 말하자면 '새로운 정체성을 획득했다'는 얘기도 되고, 더 직설적으로 말하자면 '다른 사람인 척하게 되었다'는 얘기도 된다. 그와 같이 다른 사람인 '척'하는 것으로 우디 거스리는 자신이라는 존재의 균형을 능숙하게 유지했는지도 모른다. 그리고 다른 사람인 '척'하는 것은 그에게 있어 아마 자연스럽고 편안한 일이었을 것이다. 아니면 그는 다른 누군가가 되는 것으로 '자기 자신'이라는 엄격한 우리에서 도망치고 싶었는지도 모른다. 물론 시대라는 치열한 사냥개가 마지막에는 그를 막다른 곳까지 몰아넣게 되었지만 말이다.

이러한 다소 분열적인 기질 및 성향은 그의 어머니로부터 유전된 '헌팅턴 무도병'이 영향을 미쳤는지도 모른다. '헌팅턴 무도병'은 일종의 불치의 유전병으로 30대에서 50대에 걸쳐 발병하며 뇌에 치명적인 손상이 서서히, 그러나 확실하게 진행된다. 충분한 식사를 취할 수 없게 되어 체중이 점점 줄어들고 그런 상태로 서서히 죽음에 이른다. 근육의 불수의운동不隨意運動, 반사적인 행동이나 신경계의 지장으로 인한 경련 증상으로 인해 손발이 마치 무용을 하는 것처럼 심한 경련을 일으키는 것이 특징이다. 거스리로 인해 오늘날에는 많은 사람에게 이 병의 존재가 알려졌지만 그가 살았던 시대에는 그러한 병이 존재한다는 것이 의사들에게조차 그다지 알려져 있지 않은 상황이었다. 그렇기에 거스리의 어머니는 단순한 정신병이라는 진단을 받고 정신병원으로 보내져 그곳에서 오랜 시간에 걸쳐 죽어갔다. 그녀가 헌팅턴 무도병이라는 사실을 알게 된 것은 그로부터 한참이나 지난 뒤였다.

거스리의 어머니는 거스리가 열 살이 지났을 무렵 발병했다. 그녀는 자신이 누구인지도 모르는 상태이거나 악마처럼 심하게 화를 내는 상태가 일상생활 속에서 번갈아가며 되풀이되었다. 심하게 화가 났을 때의 그녀는 상식을 초월할 정도로 아이들을 혹독하게 꾸짖고 벌을 주었다. 학교에서 돌아오면 어머니가 어느 쪽의 상태에 있을지 아이들로서는 예상할 수 없었다. 그리고 그때마다 차마 눈뜨고 보고 있을 수 없을 정도의 격렬하고 무시무시한 경련이 일어났다. "아침에 일어나면 어머니가 다른 어머니들처럼(정상으로) 돌아와 있으면 좋을 텐데 하고 생각하며 잠자리에 들었다. 하지만 아침에 일어나 보면 사태는 역시 마찬가지였다"라고 그는 훗날 회상했다. 어쩌다 털어놓는 그런 속마음을 제외하고는 그는 마지막 순간까지 어머니를 미화하고 집요하리만치 아름다운 추억만을 떠올렸다. 그러나 어머니는 갖은 소동 끝에 마침내 병원으로 이송되었고, 아버지는 그 충격으로 살아갈 의욕을 잃어 가족은 뿔뿔이 흩어지게 되었다. 그리고 거스리는 멀리 사는 친척집에 맡겨지게 되었다. 거스리가 간절히 가정을 원하면서도 동시에 가정으로부터 어떻게든 도피하려고 했던 것이나, 모성적인 존재를 간절히 원하면서도 동시에 모성을 몹시 두려워한 것 역시 이러한 이유 때문인지 모른다.

그에게 있어서의 모성이란 결국 미국의 넓은 대지이며, 그에게 있어서의 부성이란 어쩌면 정치적인 이상주의였는지도 모른다. 그는 동에서 서로, 북에서 남으로 끊임없이 미국 대륙을 횡단하며 그러한 가치를 시종일관 강렬히 추구했지만, 1950년대 초, 마치 어머니의 망령에 사로잡히기라도 한 것처럼 헌팅턴 무도병이라는 진단을 받게 된다. 그 자신은 단순한 알코올 중독이라고 주장했으나 병마는 점점 그를 좀먹어갔다. 머지않아 뉴욕의 어느 병원에 입원을 할 수밖에 없게 되었고, 그곳에서 친한 사람들이 지켜보는 가운데 길고 고통스러운 투병생활을 이어나가게 되었다. 기타와 타자기를 병실에 가지고 들어갔으나 그는 그것에 손을 델 수 없었다. 음악은 이미 그의 정신에서 빠져나가 영원히 멀어져 있었던 것이다. 그의 뇌는 커다란 기관차가 속도를 줄여가면서 정차할 때처럼 천천히, 그러나 분명히 그 움직임을 멈추어갔다. 그가 1967년 숨을 거두었을 때 그의 체중은 47킬로그램에 불과했다고 한다.

그의 자식들 중 몇 명도 같은 병으로 젊은 나이에 세상을 떠났다. 거스리의 유족은 헌팅턴 무도병 퇴치 운동의 기수로 활동하고 있으나 그 병리는 안타깝게도 아직 만족스럽게 해명되지 않았을 뿐더러 효과적인 치료법도 발견되지 않았다.

어떤 이는 대중음악에 있어서 거스리가 차지하는 음악의 위치는 재즈에 있어서의 찰리 파커의 그것과 필적한다고 말한다. 만일 그들 존재가 없었더라면 음악의 양상은 지금과는 다른 형태를 취했을 것이라는 얘기다. 분명 그럴지도 모른다. 두 사람 모두 독자적인 창작자이며 개혁자였다. 그러나 거스리와 파커는 공헌의 방향성이 상당히 다르다. 파커가 코드와 스케일을 이용한 즉흥연주라는 구조적인 방향에서 재즈라는 음악에 커다란 영향을 끼치고 자발적 창조성을 높여 재구축한 것에 반해, 거스리가 이뤄낸 성취는 음악의 구조 개혁이라기보다는 오히려 기존에 존재하는 음악의 뿌리들을 종합해 새로운 기본적인 규칙을 설립한 데에 있는 듯이 여겨진다.

다른 말로 하자면 우디 거스리는(그가 생각하는) 올바른 음악에 있어서 필요한 '정신적 지주의 설립'을 거의 단독의 힘으로 이루어낸 것이다.

거스리가 생각하는 음악이란 흔들리지 않는 원칙을 추구하는 수단이어야 했고, 그러기 위한 필연적인 형태를 갖춘 것이어야 했다. 그리고 그러한 그의 원칙은 지극히 알기 쉽고 긍정적이고 명쾌한 것이었다. 노래를 만들고 그 노래를 부르는 사람은 사람들에게 호소해야 하는 확고한 메시지를 가지고 있어야 했다. 또한 그것은 자연스럽게 전파되는 것이어야 하고, 그것으로부터 올바른 유효성이 생겨나는 것이어야 했다. 음악은 물론 즐거운 것이어야 하지만 동시에 어떤 목적과 의의를 가지는 것이어야 했다. 무엇보다도 공감이라는 것이 필수 불가결한 것이었다. 유행을 따르는 것은 필요치 않았다. 기타와 목소리만 있으면 그것으로 충분했다.

그것이 거스리에게 있어서의 음악의 출발점이었다. 지나치리만치 마구 쏟아져 나오는 그의 말은 음악이라는 강력한 날개를 달고 눈부신 비상을 이루게 되었다. 그리고 솟아나는 방대한 양의 메시지 앞에서 음악은 필연적으로 지극히 간결한 것이어야 했다. 그는 구대륙이 가져다 준 민요와 노동자 계급의 음악과 카우보이의 노동가와 흑인의 블루스를 조합해 자신의 음악적인 수단을 만들어냈다. 그 수단은 심플하기는 하지만 지극히 강인하고 쓰임새 있는 것이었다. 그리고 무엇보다도 그것은 다른 누구의 것도 아닌 거스리 자신의 내부에서 자연스럽게 생겨난 독창적인 것이었다.

그러한 그의 완고하며 직선적인 음악에 대한 자세는 많은 정통파 포크 송 가수에게로, 밥 딜런에게로, 브루스 스프링스틴에게로, 멈추는 일 없이 그 맥을 이어가게 된다. 제임스 테일러James Taylor의 아티큘레이션이 명료한 가창을 들으면서 문득 거스리의 가창을 떠올리게 되는 경우도 있다. 존 멜렌캠프John Mellencamp나 브라이언 애덤스Brian Adams가 보여주는 반골적인 자세에서 거스리가 관철한 고고함을 발견할 때도 있다. 인디고 걸스Indigo Girls, 1980년대 중반 서정적인 포크와 강렬한 펑크 사운드로 혜성처럼 등장한 여성 듀오. 페미니즘, 정치 문제 등의 비판적인 노랫말이 특징이다의 음악이 빚어내는 산뜻함에서 거스리의 간결한 숨결을 느낄 때도 있다.

여기에 예로 든 뮤지션에게는 공통되는 몇 가지 상항이 있다. 그중 하나는 설사 어떤 일이 있다 해도 그들은 부시 정권(혹은 그와 유사한 정권)을 위해서는 노래를 부르지 않으리라는 점이다. 그런 의미에서 거스리의 음악혼은 오늘날에도 오늘다운 것으로, 하나의 유효한 지침으로, 우리 사회에 살아 숨 쉬고 있다고 할 수 있을 것이다. 거스리 자신의 인생은 모순과 혼란에 가득 찬 것이었을지도 모른다. 그가 이루어낸 현실적인 달성은 어쩌면 한정된 것이었는지도 모른다. 공산주의가 역사로부터 퇴장하자 좌익이라는 개념은 우리 사회에서 사실상 소멸되어 버렸고, 사회의 급속한 복잡화·중층화에 따라 억압이라는 것은 무엇인가, 계급이라는 것은 무엇인가 하는 기본적인 정의조차 상당히 애매모호한 것이 되고 말았다. 그러나 거스리가 음악을 통해 일관되게 보여준, 학대

받은 사람들을 위한 사회적 공정성social justice을 획득하고자 하는 의지는, 그리고 그것을 지탱한 순수하기조차 한 이상주의는 많은 뜻있는 뮤지션에 의해 계승되어 오늘날에도 완고하게—뜻밖이라고 할 수 있을 정도로—그 힘을 계속해서 유지해오고 있다. 역사적 배경을 정밀하고 생생하게 직접 손으로 기록하고자 한 국민 시인적인 전통도 몇몇 계승자를 찾을 수 있다.

우디 거스리의 음악이 결코 세련된 음악이라고는 할 수 없을 것이다. 또한 그는 뛰어난 멜로디 메이커도 아니었다. 좋은 목소리를 가지고 있지도 않았으며 뛰어난 악기 연주를 보여준 것도 아니었다. 그 자신도 그러한 사실을 잘 알고 있었다. "내가 부른 수많은 노래는 결국에는 한낱 노래에 지나지 않는다"고 이야기한 적도 있다. 그는 수많은 음악을 만들었으나 그 대부분은 '일회성'의 것으로, 노래가 끝나면 점차로 잊혀갔다. 그는 평생 1,200곡 정도를 만들었다고 하지만 대부분은 가사만이 남아 있고 멜로디는 기록되어 있지 않다(그중 몇 개에 얼마 전 빌리 브랙이 새로이 멜로디를 붙였다). 거스리는 음악이라는 것은 메시지를 운반하는 생명체이며 그 장소에서 사명을 다하면 그대로 어디론가 사라져버려도 상관없다는 생각을 가지고 있었던 모양이다. 모든 것이 먼지에서 태어나 다시금 먼지로 돌아가는 것처럼 말이다. 그러나 우디 거스리의 혼은 어떠한 격렬한 모래 폭풍에도 날아가지 않고, 시대라는 파도에도 휩쓸리지 않고, 확실하게 오늘날에도 남아 있다.

1950년대에 접어들어 마침내 그의 음악이 세상으로부터 인정받기 시작했을 무렵 조셉 매카시Joseph MacCarthy가 지휘하는 격렬한 반공 운동이 미국 전역에 몰아닥쳤다. 거스리는 공산당의 프로파간다에 협력했다는 이유로 단기간이기는 하지만 형무소에 투옥되었고, 가까스로 이루어진 대형 레코드사와의 계약이 파기되고 말았다. 그 때문에 그가 남긴 녹음은 수적인 면에서나 음질적인 면에서나 결코 만족스러운 것은 아니다. 그러나 우디 거스리의 음악은 그러한 핸디캡에 아랑곳없이 당당하게 우리 귀에 각인된다.

존 스타인벡은 우디 거스리에 대해 다음과 같은 글을 남겼다.

"우디는 단지 우디일 따름이다. 대부분의 사람은 그가 다른 이름을 가지고 있다고 생각지 않는다. 기타와 목소리, 그것이 그다. 그는 사람들을 위해 노래했고, 어떤 의미에서는 그 자신이야말로 그 사람들 중의 한 사람일 것이다. 비음 섞인 거친 목소리, 마치 녹슬어 떼어내 버린 타이어 같은 차림에 어깨로부터 늘어뜨린 기타. 거스리에게서 감미로운 구석은 찾아볼 수 없다. 그가 부르는 노래도 마찬가지다. 그러나 그의 노래에 귀를 기울이는 사람들에게는 더욱 중요한 것이 거기에 있다. 압박에 견뎌내고 그것에 맞서 일어서려는 의지가 거기에 있는 것이다. 그것을 미국의 혼이라고 불러도 될 것이다."

말할 나위도 없는 이야기지만 음악에는 다양한 기능이 있고, 다양한 목적이 있고, 다양한 감상법이 있다. 어떤 것이 뛰어나고, 어떤 것이 뒤떨어지는 것도 아니다. 그러나 우디 거스리가 인생을 걸고 지켜낸 음악의 모습은, 시대를 막론하고 우리가 경의를 가지고 소중히 간직해 나가야 하는 것 중의 하나일 것이다.

하루키가 애청하는
우디 거스리의 앨범

This Land Is Your Land
(Columbia Japan Y2-93-FW)

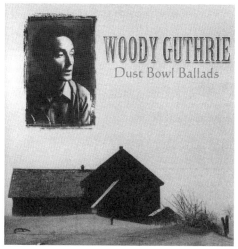

Dust Bowl Ballads(Buddha 74465-99724-2)

독자 여러분과 음악적
공감을 나눌 수 있다면……

여기에 수록된 글을 통해 독자 여러분과 가령 조금이라도 음악적 공감 같은 것을 나눌 수 있다면 더 이상의 기쁨은 없을 것이다. 그러니까 '그래, 맞아. 나도 그렇게 생각해' 같은 종류의 심정 말이다. 음악적 공감. 또한 이 책을 읽고 나서 '음악을 더 많이, 더 깊이 들어보고 싶다'는 마음이 든다면 당초의 내 소망은 거의 이루어진 셈이다.

한 번쯤 음악에 관한 얘기를, 자리 잡고 앉아 차분히 써보고 싶다는 생각을 오래전부터 해왔지만 좀처럼 그럴 기회가 없었다. 구체적으로 말하자면 한 테마에 원고지 50장에서 60장 정도 되는 이야기를 시리즈로 묶어 쓰고 싶었다. 그런데 그런 분량의 기사를 게재해 줄 적당한 매체를 찾기는 쉬운 일이 아니었다. 활자만으로 독자에게 전하는 형태가 바람직할 것이라고 생각했다. 음악과 거리가 먼 매체라면 모양새도 좋지 않고 안정감도 없다. 그렇다고 해서 음악 업계와

만 뜨면 우린 음악 이야기를 했다. 영화 〈사랑도 리콜이 되나요High Fidelity〉를 보다가, 그 당시의 내 모습이 떠올라 웃음이 나왔다. 아무튼 오랫동안 내 생활은 그런 식으로, 음악을 중심으로 돌아가고 있었다. 그러나 그렇게 지내다 보니 '뭔가 부족하다'는 막연한 생각이 내 속에서 솟아나기 시작했다. 아마 자신이 작품의 수신인이라는 사실에 점점 불만이 생겼던 것이리라. 그런 마음이 들게 되리라고는 생각지도 않았지만 말이다. 생각해보면 그것이 내 인생의 전환기였다. 그렇게 해서 스물아홉 살이 되었을 때 나는 마음먹고 소설을 썼고, 그리고 소설가가 되었다.

전업 소설가가 되고 5, 6년쯤 재즈를 거의 듣지 않았다는 생각이 든다. 소중히 간직했던 레코드에도 거의 손을 대지 않았다. 아마도 오랫동안 음악을 직업으로 삼아왔던 것에 대한 반동이었을 것이다. 아니면 자신이 단지 수신인에 지나지 않았다는 사실에 대한 반동이었을까? 그만큼 재즈를 좋아했는데(그리고 지금도 분명 좋아하는데), 그 음악을 듣고 싶다는 마음이 생기지 않았다. 그런 연유로 몇 년 동안 나는 재즈를 멀리하고 클래식 음악과 록만을 들었다. 물론 어느 시점에서 나는 재즈와 화해하고 나의 음악 생활 속에 재즈가 다시금 힘차게 돌아왔지만 말이다.

솔직히 말하자면 나는 이제껏 음악에 관해서는 적극적으로 글을 써본 적이 없었다. 음악에 연관된 일은 몇 차례 했지만 비교적 짧은 글밖에 쓰지 않았다. 그것은 내 속에 '이제 두 번 다시 음악을 직업이라는 영역에 들여놓고 싶지 않다'는 마음이 강하게 작용했기 때문이다. 가능하다면 순수하게 개인적인 기쁨으로 음악과 접하고 싶었다. 음악이 주는 자연스러운 기쁨을 일과 연관 짓는 것으로 다시금 망치고 싶지 않았다. 또 음악이라는 것을 필요 이상으로 분석하고 싶지 않다는 생각도 있었다. 뛰어난 음악을 있는 그대로 순수하게 즐길 수 있고 때로 감동할 수 있다면 그걸로 충분하지 않을까 하는 생각이었다. 하지만 최근 들어 음악에 관해 얘기해보고 싶다는 마음이 점차로 내 속에서 커져갔다. 나는 한 사람의 성실한—그렇게 생각하고 싶다—음악의 수신인으로서, 그리고 동시에 한 사람의 직업적인 문필가로서(여기에서 성실함은 당연한 전제 조건이 된다) 음악에 관해 진지하게 자리 잡고 앉아 얘기해야 되지 않을까 하고 생각하게 된 것이다. 그것은 아마 내 속에서 무엇인가가 심리적으로 일단락되었기 때문이리라. 무엇이 일단락되었는지 세세한 부분까지는 잘 모르겠다. 하지만 그런 느낌 같은 것이 분명히 내 속에 있다.

그리고 이 책이 그러한 시도의 한 성과다. 나는 음악 전문가가 아니니 학문적인 정밀한 분석까지는 할 수 없으며 자료를 읽어내는 데에도 느슨한 면이 있을지 모른다. 글 속에서 인용하는 용어도 본래의 정확함을 간과하는 부분이 있을지도 모른다. 음악관이나 세계관에도 적지 않은 개인적인 편향이 있어, 그에 대해 반감을 가지게 되는 경향이 있을지도 모른다. 편향에 관한 한 되도록이면 공정하게 다루려고 애썼으나 당연히 편향과 공정함이 동거를 거부하는 상황과 맞부딪히는 경우도 있었다. 그와 같은(예상되는) 결함에 관해서는 미리 사과를 해두고 싶다. 물론 사과한다고 해서 모든 것이 용서되는 것은 아니지만 내가 쓴 글이 어느 정도 불완전한 것이라는 정보만은 일단 밝혀두고 싶다. 그것은 이미 이 세상의 어딘가에서 밝혀져 버렸는지도 모르지만 말이다.

하지만 그건 그것으로, 불완전함은 불완전함으로, 여기에 수록된 글을 통해 독자 여러분과 가령 조금이라도 음악적 공감 같은 것을 나눌 수 있다면 더 이상의 기쁨은 없을 것이다. 그러니까 '그래, 맞아. 나도 그렇게 생각해' 같은 종류의 심정 말이다. 음악적 공감. 또한 이 책을 읽고 나서 '음악을 더 많이, 더 깊이 들어보고 싶다'는 마음이 든다면 당초의 내 소망은 거의 이루어진 셈이다. 기본적으로 머리보다는 마음을 이용해—두뇌 장비가 충분하지 않다는 이유가 있다 해도—글을 쓰는 것이 우리 직업의 본분이기 때문이다.

《의미가 없다면 스윙은 없다》라는 제목은 물론 듀크 엘링턴의 명곡 〈스윙이 없다면 의미는 없다It Don't Mean a Thing, If It Ain't Got That Swing〉에서 차용한 것이다. 그러나 단지 말장난으로 이런 제목을 붙인 것은 아니다. '스윙이 없다면 의미는 없다'는 말은 재즈의 진수를 표현하는 명문구로 항간에 알려진 것인데 그와는 반대로, 그러니까 도대체 어떻게 거기에서 '스윙'이라는 것이 탄생되는 것일까, 거기에는 어떤 배경 내지는 성립 조건 같은 것이 있는 것일까 하는 관점에서 나는 이 글을 써보고자 했다. 이 경우 '스윙'이란 어떤 음악에도 통용하는 그루브groove, 사전적 의미는 창문이나 미닫이문에서 볼 수 있는 창틀의 홈 또는 기차의 레일처럼 방향성 있게 인도해 가는 길이나 통로를 말한다. 흔히 '모든 좋은 음악이나 히트곡들은 그루브가 있다'라고 하는데, 그것은 그 곡이 댄스풍의 곡이건 느리고 슬픈 발라드이건 귀에 감기고 중독성 있는 곡들은 듣는 이들을 눈에 보이지 않는 힘으로 이끌어가는 파워풀한 느낌을 공통으로 가지고 있다는 의미이다, 혹은 기복 같은 것이라고 생각하면 된다. 그것은 클래식 음악에도, 재즈에도, 록 음악에도, 블루스에도 존재하는 것이다. 뛰어난 진짜 음악을, 뛰어난 진짜 음악으로 성립시키는 그와 같은 '뭔가=something else'를 뜻한다. 나로서는 그 '뭔가'를 내 나름대로의 언어를 사용해, 능력이 허락하는 한 밝혀보고자 했다.

처음에 얘기했듯이 원고를 매회 쓰고 싶은 만큼 써서《스테레오사운드》측에 전달했지만 물론 잡지에도 페이지 할당의 사정이 있어 "이건 아무리 그래도 그렇지 너무 깁니다"라는 사태가 종종 일어났다. 오노데라 씨도 되도록 원고를 그대로 실어 주고자 했지만 모든 일에는 역시 한도라는 게 있다. 그런 때에는 지면에 맞추어 대폭 글을 삭제해야 했다. 이책에는 그 삭제 전의 긴 버전이 수록되어 있다. 그렇기에 잡지 연재 때와는 다른 형태로 이루어진 장도 있으니 그 점에관해서 양해를 구하고자 한다. 또 다 하지 못한 말, 너무 많이한 말, 혹은 내가 잘못 생각한 것, 사실과 다른 부분도 있어그러한 것들을 이번 기회에 가필, 수정했다. 또한 프로필, 데이터에 관해서는《CD저널CDジャーナル》의 시바타 슈헤이柴田修平 씨로부터 협력을 받았다. 지면을 통해 감사의 말씀을 드린다.

언제가 될지는 모르겠지만 또 다른 형태로 음악에 대해 차분히 얘기할 수 있는 기회가 있었으면 한다.

村上春樹

세계적 작가 하루키의
깊이 있는 음악 세계

음악에 깃든 사적인 이야기를 풀어내는 것은 하루키만이 할 수 있는 일일 것이다. 음악을 얘기하며 그것을 만들어낸 음악가의 고독을, 절망을, 희망을, 그리고 지향점을 얘기하는 하르키의 음악 에세이는 여타의 음악 평론서에서는 볼 수 없었던 새로운 즐거움을 선사한다.

위대한 음악의 기원을 추적하다

독자들로 하여금 음악과 함께 자신의 작품 세계로 빠져들 수 있도록 안내해 온 하루키가 본격적인 음악 에세이를 펴냈다.

일찍이 소설 속에 하루키만큼 음악에 관한 고유명사를 사용했던 작가가 있었던가? 그것도 단순한 배경음악으로서가 아니라 작가의 이야기 세계와 연관성을 가지고, 나름대로 역할을 맡은 음악이 등장하는 것이다. 아니, 어쩌면 음악이 작가인 그에게 영감을 주어 그의 작품 세계를 좀 더 다채롭게 만들었는지도 모른다. 아무튼 하루키에게 있어 음악은 그의 일부분이다. 그런 그가 비로소 음악에 대해 얘기하고자 펜을 들었다.

작가의 예리한 통찰력은 이 글에서도 여지없이 발휘된다. 더군다나 그는 정말로 음악에 관한 조예가 깊은 사람이고, 누구보다도 음악을 사랑하는 사람이다. 이만큼 다양한 장르에 걸친 음악 이야기를 써낸 책을 나는 여태껏 보지 못했다. 하루키는 탁월한 음악 작품을 판별할 수 있는 귀를 가지고 있고, 그러한 산출물(작품)에 깊은 애정을 가지고 있다. 동시에 그는 그것이 세상에 나오기까지 온갖 복합적인 과정을 놓치지 않는다. 그것이 아마도 음악 평론가와 하루키의 차이일 것이다. 하루키는 음악을 얘기하며 그것을 만들어낸 음악가의 고독을, 절망을, 희망을, 지향점을 얘기한다.

자칫 이 책은 사적私的이고 어려운 음악 평론서로 보일 수도 있다. 그러나 몇 페이지만 읽어보면, 이 글이 음악에 대한 글임과 동시에 인간에 대한 글이라는 것을 쉽사리 알아차릴 수 있을 것이다. 물론 이런 부분 때문에 보다 전문적인 음악 평론을 생각했던 독자의 기대와는 조금 다를 수 있겠지만, 생각해보면 진정한 평가 내지는 평론이라는 것은 그 사람을 진정으로 이해함으로써 이루어지는 것이다. 음악을 순수하게 음악 자체에 대해서 쓰는 것은 그리 어렵지 않을 수도 있을 것이다. 하지만 그 음악이 왜, 어떻게, 매력적인지를 써내는 것은 매우 힘든 작업일 것이다. 훌륭하다는 것은 지극히 주관적인 평가일 수 있지만 하루키는 그것이 어떻게 훌륭한 것인가를 제시하고자 한다. 적어도 하루키는 그런 작업에 과감히 도전했고 그 도전이 성공을 거두었다고 생각한다.

삶에 온기를 더해주는 소중한 이야기

물론 이 책에서 하루키가 다룬 열한 명의 음악가는 하루키 자신의 개인적인 애착에 의한 선정이었으니만큼 왜 하필이면 이 뮤지션에 관해 썼을까, 하는 의구심이 들 수도 있다. 하지만 중요한 것은 어느 글을 보더라도 그 음악가의 삶의 방식, 사고방식 등이 아로새겨져 있고 그것들을 통해 하루키의 음악관을 들여다볼 수 있다는 점이다. 또한 그 음악이 탄생된 사회적 상황도 면밀히 묘사되어 음악에 별 흥미를 느끼지 못하는 사람이더라도 이 책은 충분한 읽을거리를 제공해 주고 있다.

번역 작업을 하며 왜 우리가 하루키에게 열광할 수밖에 없나 하는 것을 다시 한 번 되새기지 않을 수 없었다. 그의 필력은 대단하다. 특히 에세이를 읽다 보면 그가 뿜어내는 글의 힘을 느낄 수 있다. 여행 에세이를 읽다 보면 나도 훌쩍 떠나고 싶은 마음이 들고, 이러한 음악 에세이를 읽다 보면 나도 모르게 CD 수납장을 뒤져 음악을 틀게 된다.

그와 동시에 하루키는 유달리 인간을, 유한자인 인간의 어찌할 수 없는 패배감 같은 것을, 어루만져주는 작가라는 생각이 든다. 픽션이 아닌 실제 인물들을 통해 그는 그러한 인간의 상처를 보여주었고, 그 상처를 딛고 일어나는 인간의 의지와 함께 보다 다양한 삶의 양식을 수용하는 자세를 보여주었다. 어느 장을 보아도 내용 면에서도 진지하고 성실하며 깊은 음악적 통찰력이 느껴지는 글로 가득 차 있다. 그리고 음악과 글과 더불어 우리 힘든 삶을 따뜻하게 해줄 수 있는, 너무나도 소중한 연료라는 사실을 다시금 되새겨 준다.

후기에서도 밝혔듯이 하루키는 어느 시점에 음악을 접고 글쓰기를 생업으로 택했다고 진술했지만 음악은 그로부터 분리될 수 없는 그의 일부분이기에 그는 그의 문학을 통해 영원히 음악을 얘기하는 작가일 것이다.

이 책을 통해 독자 여러분과 가령 조금이라도 음악적 공감 같은 것을 나눌 수 있다면 더할 나위 없이 기쁠 것이라고

말한 작가의 소기의 목적은 충분히 달성되었으리라 믿어 의
심치 않는다.

...

참고문헌

...

·《이번 달의 한장 CD LD 36선》, 요시다 히데가즈 저, 신쵸사, 2001년

·Charles L. Granata, *Wouldn't It Be Nice; Brain Wilson and the Making of the Beach Boy's Pet Sounds*, Chicago Rewiew Pr., 2003

·Steven Gaines, Heroes & Villain; *The True Story of Beach boys*, Da Capo Press, 1955

·*Back to the Beach; A Brain Wilson and The Beach boys Reader*, edited by Kingsley Abbott, Helter Skelter Publishing, 1997

·*Add Some Music to Your Day; Analyzing and Enjoying the Music of the Beach boys,* edited by Don Cunningham and Jeff Bleiel, Tiny Rippie Books, 2000

·《섬머 데이즈—비치 보이스에게 바치다》 나카야마 야스키 저, 코사이도출판, 1997년

·《브라이언 윌슨 자서전》, 나카야마 케이코 역, 케이쇼보, 1993년

·《비치 보이스—리얼 스토리》(상·하) 스티븐 게인즈 저, 고바야시 호로아

키·스가노 아키코 역, 히야위와쇼보, 1988년

· Bill Crow, *From Birdland to Broadway Scenes from a Jazz Life*, Oxford University Press, Inc., 1992(번역본은 《안녕 버드랜드 어느 재즈 뮤지션의 회상》, 빌 크로우 저, 무라카미 하루키 역, 신초사, 1996년)

· Donald L, Maggin, *Stan Getz*, Warner Bros. Publications, 1966

· Dave Gelly, *Stan Getz; Nobody Else But Me*, Backbeat Books, 2002

· James Gavin, *Deep in a Dream; The Long Night of Chet Baker*, Alfred A. Knopf, 2002

· Robert Coles, *Bruce Springsteen's America; The People Listening, a Poet Singing*, Random House Inc., 2003

· Dave Marsh, Bruce Springsteen; *Two Hearts; The Definitive Biography*, 1972–2003, Routledge, 2004

· Eric Alterman, *It ain't no sin to be glad you're alive The Promise of Bruce Springsteen*, Little, Brown & Co, 2001

· Stephen Lehmann & Marion Faber, *Rudolf Serkin; A Life*, Oxford University Press, Inc., 2003

· Arthur Rubinstein, *My Young Years,* Alfred A. Knopf Inc., 1973(번역본은 《화려한 선율 루빈슈타인 자전》, 도쿠마루 요시히코 역, 헤이본샤,

1977년)

·Arthur Rubinstein, *My Many Years,* Random House Inc.,
1980(번역본은 《루빈스타인 자선 신에게 사랑받은 피아니스트》(상·하), 기무
라 히로에 역, 교도쓰신샤, 1983년)

Leslie Gourse, *Skain's Domain; A Biography,* Schirmer
Books, 1999

·Wynton Marsalis & Carl Vigeland, *Jazz in the Bittersweet
Blues of Life,* Da Capo Press, 2001

·《명곡명반 300 NEW: 20세기의 베스트 레코드는 이것이다》(레코드예술
편), 온가쿠노토모샤, 1999년

·Benjamin Ivry, *Francis Poulenc,* Phaidon Press Limited,
1996

·《프랑시스 풀랭크》, 앙리 에르 저, 무라다 겐지 역, 순슈샤, 1993년

·Ed Cray, *Ramblin' Man: The Life and Times of Woody Guthrie,*
W. W. Norton & Company, 2004

·Joe Klein, *Woody Guthrie: A Life,* Random House Inc.,
1982

·《웨크슬러가의 선택 유전자진단과 마주한 가족》, 알리스 웨크슬러 저, 부
도 가오리·누카가 요시오 역, 신쵸샤, 2003년